suhrkamp taschenbuch 2534

Bittersüße Schokolade, der erfolgreich verfilmte Roman, ist Liebesroman und Kochbuch in einem: Tita liebt Pedro und er sie, doch nach einem ungeschriebenen Gesetz muß sie als Jüngste ledig bleiben, um später einmal die verwitwete und despotische Mutter zu versorgen. Also heiratet Pedro die ältere Schwester Rosauro, um in Titas Nähe zu bleiben, und das Leben geht weiter – für Tita die meiste Zeit in der Küche. Dort besinnt sie sich auf die Geheimnisse der traditionellen mexikanischen Kochkunst, und mit ihrer Begabung, Menschen vermittels kulinarischer Köstlichkeiten zu verzaubern, wirkt Tita nicht nur auf Pedros Sinne wahrhaft betörend, sondern auch auf die Gemüter all derer, die in den Genuß kommen, ihre erlesenen Gerichte zu kosten. So gelingt es Tita allmählich, sich gegen Mutter und Schwester durchzusetzen.

Laura Esquivel hat jedes Kapitel des Romans mit einem der raffinierten Rezepte Titas versehen, die dazu einladen, die Gerichte und ihre betörende Wirkung einmal selbst auszuprobieren.

Laura Esquivel wurde 1950 in Mexiko-Stadt geboren. Bittersüße Schokolade ist ihr erster Roman; er wurde zum großen Überraschungserfolg in ihrem Heimatland, und inzwischen auch bei uns, er ist 1991 von Alfonso Arau verfilmt worden.

Laura Esquivel
Bittersüße Schokolade

Mexikanischer Roman
um Liebe, Kochrezepte
und bewährte Hausmittel
in monatlichen Fortsetzungen

Aus dem Spanischen von
Petra Strien

Suhrkamp

Die Originalausgabe erschien 1989 unter dem Titel
Como agua para chocolate. Novela de entregas mensuales con recetas, amores y remedios caseros
bei Editorial Planeta Mexicana, S. A.
de C. V. Grupo Editorial Planeta.
Umschlag: Hermann Michels
Foto: Detlef Erler

suhrkamp taschenbuch 2534
Erste Ausgabe 1995

Druck: Ebner Ulm
Printed in Germany
Umschlag nach Entwürfen von
Willy Fleckhaus und Rolf Staudt

1 2 3 4 5 6 – 00 99 98 97 96 95

Stehn einmal Tisch und Bett bereit,
verpaß nicht die Gelegenheit!

Bittersüße Schokolade

KAPITEL I

JANUAR:

Weihnachtstortas

ZUTATEN:

1 Büchse Sardinen
1/2 kg Chorizo
1 Zwiebel
Oregano
1 Dose Serrano-Pfefferschoten
10 kleine weiße Baguettebrötchen

ZUBEREITUNG:

Die Zwiebel sollte fein gehackt sein. Will man vermeiden, daß einem beim Zwiebelschneiden die Tränen in die Augen schießen, ist es ratsam, sich ein Stückchen Zwiebel auf den Scheitel zu legen. Dabei ist nicht einmal das Weinen an sich so lästig, sondern daß man einfach nicht mehr aufhören kann, sobald man mit dem Hacken begonnen hat. Ich weiß nicht, ob es Ihnen schon einmal so ergangen ist, mir jedenfalls ja. Sogar unzählige Male. Mama meinte immer, diese Empfindlichkeit gegen Zwiebeln habe mir meine Großtante Tita vererbt.

Von Tita heißt es, sie habe derart heftig auf Zwiebeln reagiert, daß sie schon im Leib meiner Urgroßmutter fürchterliche Tränen vergoß, sobald diese Zwiebeln hackte. Ihr Weinen war so laut, daß selbst Nacha, die Köchin des Hauses, es mühelos hören konnte, und die war halb taub. Eines Tages steigerte sich Titas Schluchzen dermaßen, daß es vorzeitig die Geburt einleitete. So geschah es, daß – bevor meine Urgroßmutter auch nur piep sagen konnte – Tita Hals über Kopf auf die Welt kam, und zwar mitten auf dem Küchentisch, eingehüllt in den Duft von Nudelsuppe, die gerade auf dem Herd kochte, von Thymian, Lorbeer, Koreander, siedender Milch, Knoblauch und natürlich Zwiebeln. Daß sich unter diesen Umständen der berühmte Klaps auf den Po erübrigte, versteht sich von selbst, wurde Tita doch schon weinend geboren, und dies vielleicht auch, weil sie ihr Orakel kannte, daß ihr in diesem Leben die Ehe verwehrt bleiben sollte. Nacha erzählte, Tita sei buchstäblich auf die Welt gespült worden, von einem unglaublichen Tränenfluß, der sich über den Tisch und den gesamten Küchenboden ergoß.

Am Nachmittag, als der Schock vorüber war und die Sonnenwärme das Wasser getrocknet hatte, fegte Nacha die Tränenablagerungen auf den roten Küchenfliesen zusammen. Mit diesem Salz füllte sie einen Fünf-Kilo-Sack, aus dem man sich noch lange Zeit zum Kochen bedienen sollte. Diese wunderliche Geburt führte dazu, daß Tita eine unerschöpfliche Liebe zur Küche entwickelte und den größten Teil ihres Lebens, praktisch von Geburt an, dort verbrachte. Denn sie war noch nicht ganz zwei Tage alt, als ihr Vater, also mein Urgroßvater, an einem Herzschlag starb. Nach dieser Erschütterung versiegte Mama Elena die Milch. Unglücklicherweise gab es zu jener Zeit noch keine Pulvermilch oder Ähnliches, auch war es nicht möglich, eine Amme aufzutreiben, so daß man sich in arger Bedrängnis sah, wie der Hunger des Neugeborenen zu stillen sei. Nacha, eine wahre Expertin in allen Küchendingen – und in vielen anderen mehr, die vorläufig nichts zur Sache tun –, bot an, sie wolle sich um Titas Ernährung kümmern. In ihren Augen brachte sie die besten Voraussetzungen mit, »den Magen des unschuldigen kleinen Geschöpfs ans Essen zu gewöhnen«, obwohl sie selbst niemals geheiratet oder Kinder bekommen hatte. Nicht einmal des Lesens und Schreibens war sie kundig. Bei allem freilich, was die Küche anging, kam ihr niemand an Erfahrung gleich. Mama Elena ging nur allzu gern auf dieses Angebot ein, hatte sie doch wahrlich genug Last zu tragen mit ihrem Kummer, der ungeheuren Verantwortung für die Farm, der Sorge, ihre Kinder zu ernähren und ihnen die bestmögliche Erziehung zu bieten; so war sie heilfroh, wenn ihr wenigstens jemand die Betreuung des Neugeborenen und das Problem, es ordentlich satt zu bekommen, abnahm.

Noch am gleichen Tag siedelte Tita daher in die Küche über, wo sie mit Maisbrei und Kräutertees prächtig gedieh und bald vor Gesundheit strotzte. Dies erklärt auch die Tatsache, daß sie einen sechsten Sinn für alles entwickelte, was ihren Hunger zu stillen vermochte. Die Zeiten etwa, zu denen sie gefüttert wurde, waren auf den Küchenplan abgestimmt: Wenn Tita morgens roch, daß die Bohnen gar gekocht waren, oder mittags merkte, daß das Wasser bereit war und die Hühner gerupft werden konnten, oder wenn nachmittags das Brot für das Abendessen im Ofen buk, wußte sie, es war an der Zeit, lauthals ihre Mahlzeit anzumahnen.

Manchmal weinte Tita auch einfach drauflos, etwa wenn Nacha Zwiebeln hackte; da jedoch beide die Ursache für diese Tränen kannten, nahm man sie nicht weiter ernst. Schließlich waren sie in solchen Momenten so ausgelassen, daß Tita während ihrer Kindheit niemals recht zu unterscheiden lernte, ob nun Freudentränen vergossen wurden oder ob die Tränen vor Kummer flossen. Für sie bedeutete das Lachen eine Art zu weinen.

Ebenso verwechselte sie die Lust zu leben mit dem Genuß beim Essen. Für jemanden, der das Leben nur im Umkreis der Küche kennengelernt hatte, war es nicht leicht, die Welt außerhalb dieses kleinen Reiches zu verstehen; das heißt die riesige Welt, die hinter der

Küchentür begann und die gesamten Innenräume des Hauses umfaßte. Denn das Terrain jenseits der Hintertür, die zum Patio, zum Garten und zu den Gemüsebeeten hinausführte, war ihr bis in den letzten Winkel vertraut, ja hier war sie die unumstrittene Herrin. Anders als Tita war ihren Schwestern dieser Bereich, in dem, wie sie argwöhnten, zahllose unbekannte Gefahren lauerten, nicht geheuer. Die Spiele innerhalb der Küche erschienen ihnen nicht nur albern, sondern auch gefährlich; freilich ließen sie sich eines Tages von Tita davon überzeugen, daß es ein faszinierendes Schauspiel sei, wenn man Wassertropfen auf den glutheißen Comal spritzte und sie wie wild darauf tanzen ließ.

Doch während Tita sang und rhythmisch ihre nassen Hände schüttelte, damit die Tropfen rascher auf den Comal herabfielen, um zu »tanzen«, verkroch sich Rosaura, die es schon beim bloßen Zuschauen grauste, in die hinterste Ecke. Ganz anders Gertrudis, die von diesem Spiel, wie überhaupt von allem, was mit Rhythmus, Bewegung oder Musik zu tun hatte, restlos begeistert war und geradezu enthusiastisch mitmachte. So blieb Rosaura schließlich keine andere Wahl mehr, als die Flucht nach vorne anzutreten, denn sie wollte um keinen Preis hinter den anderen zurückstehen. Da sie indes kaum ihre Hände anfeuchtete und sich nur zaghaft am Spiel beteiligte, gelang es ihr nicht, die gewünschte Wirkung zu erzielen. Um ihr zu helfen, versuchte Tita nun, Rosauras Hände näher an den Comal heranzuführen. Rosaura leistete erbitterten Widerstand. Da keine von beiden nachgab, entspann sich ein heftiger Kampf, bis Tita plötzlich die Geduld verlor und Rosauras Hände unvermittelt losließ, woraufhin sie mit dem freigesetzten Schwung mitten auf die glühheiße Fläche niederschnellten. Nicht nur, daß dieses Mißgeschick Tita zur Strafe eine ordentliche Tracht Prügel eintrug, fortan war ihr auch das Herumtollen mit den Schwestern in ihrem Reich aufs strengste untersagt. Folglich blieb ihr nur noch Nacha als Spielkameradin. Gemeinsam vertrieben sie sich damit die Zeit, Spiele und Streiche auszuhecken, die stets etwas mit der Küche zu tun hatten. So etwa an jenem Tag, als sie auf dem Dorfplatz einen Mann entdeckten, der aus länglichen Luftballons Tierfiguren bastelte, und beiden sogleich die Idee kam, ihm nachzueifern, freilich mit Chorizo-Stücken. Sie bauten nicht nur naturgetreue Tiere zusammen, sondern erfanden auch Phantasiegestalten, unter ihnen solche mit Schwanenhälsen, Hundepfoten und Pferdeschwänzen.

Problematisch wurde es erst dann, wenn sie zum Braten der Chorizos wieder auseinandergenommen werden mußten. Zumeist wehrte sich Tita mit aller Kraft. Einzig wenn es darum ging, die gefüllten Weihnachtstortas zuzubereiten, war es möglich, Tita zum Nachgeben zu bewegen, denn diese Tortas waren ihr Leibgericht. Auf einmal ließ sie nicht nur zu, daß eines ihrer Tiere zerstört wurde, sondern sie hatte auch einen Heidenspaß, wenn sie beim Braten der Wurst zusah.

Man muß darauf achten, daß die Chorizo-Stücke für die gefüllten Tortas auf kleiner Flamme braten, damit sie richtig garen, ohne jedoch zu kroß zu werden. Sobald sie fertig sind, nimmt man sie vom Feuer und fügt die zuvor entgräteten Sardinen hinzu. Zusammen mit den Sardinen werden die Zwiebel, die gehackten Pfefferschoten und das zerriebene Oregano untergemischt.

Die Masse muß eine Zeitlang ruhen, bevor sie in die Brötchen gefüllt wird.

Dieser Vorgang bereitete Tita das größte Vergnügen, denn während die Füllung ruhte, war es herrlich, ihren Duft zu genießen, haben Düfte doch die Eigenschaft, vergangene Momente mitsamt ihren nie mehr in gleicher Form erlebten Klängen und Wohlgerüchen wiederaufleben zu lassen. Tita liebte es, die Luft tief einzusaugen, denn in diesem Dunst nahm sie ein ganz spezielles Aroma wahr, das sie bis in die entferntesten Winkel ihrer Erinnerung zurückversetzte.

Vergeblich versuchte sie, sich den Moment ins Gedächtnis zu rufen, als sie zum ersten Mal den würzigen Duft einer solchen Füllung wahrnahm, vielleicht weil sich das noch vor ihrer Geburt zugetragen hatte. Womöglich war sie schon damals von der ungewöhnlichen Mischung aus Sardinen und Chorizo so überwältigt gewesen, daß sie schließlich den Entschluß gefaßt hatte, sie wolle den friedlichen Äther gegen Mama Elenas Leib vertauschen und Mama Elena damit zu ihrer Mutter erwählen, um sich auf diese Weise der Familie De la Garza einzugliedern, die solche Köstlichkeiten zu essen pflegte und vor allem diese unübertrefflichen Chorizos herzustellen verstand.

Auf Mama Elenas Farm war die Zubereitung von Chorizos ein echtes Ritual. Bereits am Vortag galt es, Knoblauch zu schälen, Chili zu waschen und Gewürze zu mahlen. Ausnahmslos alle weiblichen Familienmitglieder hatten mitzuwirken: Mama Elena, ihre Töchter Gertrudis, Rosaura und Tita, Nacha, die Köchin, und Chencha, das Dienstmädchen. Nachmittags versammelte man sich zum Essen um den Eßzimmertisch, und wie im Flug verging die Zeit bis zum Einbruch der Dämmerung mit Plaudereien und Späßen. Dann aber meinte Mama Elena:

»Für heute ist es genug.«

Da sie, wie es so schön heißt, nicht auf den Kopf gefallen waren, brauchte Mama Elena das nicht zweimal zu sagen; alle wußten, nachdem sie diesen Satz vernommen hatten, was zu tun war. Im Handumdrehen wurde der Tisch abgedeckt und anschließend die restliche Arbeit aufgeteilt: Eine versorgte die Hühner, eine andere schöpfte Wasser aus dem Brunnen und stellte es für das Frühstück am nächsten Morgen bereit, schließlich schaffte eine weitere das Holz für den Ofen herbei. An diesem Tag wurde nicht mehr gebügelt, gestickt oder Kleidung genäht. Nach vollendeter Arbeit begaben sich alle direkt auf ihre Zimmer, wo sie noch etwas lasen, beteten und schließlich zu Bett gingen. An einem dieser Abende, bevor noch Mama Elena gesagt hatte, man könne sich vom Tisch erheben, verkündete ihr Tita, die damals fünfzehn Jahre zählte, mit bebender Stimme, Pedro Muzquiz habe sich angesagt, um mit ihr zu sprechen...

»Worüber sollte dieser Herr schon mit mir sprechen wollen?« fragte Mama Elena nach so langem Schweigen, daß Tita beinahe das Herz zersprungen wäre.

Mit kaum vernehmbarer Stimme erwiderte sie:

»Ich weiß nicht.«

Mama Elena warf ihr einen vernichtenden Blick zu, der für Tita all die Jahre widerspiegelte, in denen die Familie Mama Elenas despotische Herrschaft hatte ertragen müssen, und verkündete schließlich:

»Falls er etwa um deine Hand anhalten will, wäre es

besser, du ließest ihn gleich wissen, daß er es gar nicht erst versuchen soll. Er würde nur seine Zeit vergeuden und meine dazu. Du weißt sehr wohl, daß dir als dem jüngsten weiblichen Familienmitglied die Aufgabe zufällt, mich bis zu meinem Tode zu pflegen.«

Als sie zu Ende gekommen war, erhob sie sich in aller Ruhe, verstaute ihre Brille in der Schürze und wiederholte noch einmal, damit auch unmißverständlich klar würde, daß dies ihr letztes Wort war:

»Für heute wollen wir dieses Thema beenden!«

Tita wußte sehr wohl, daß die Regeln des häuslichen Umgangs jede Diskussion ausschlossen, indes wagte sie zum ersten Mal in ihrem Leben den Versuch, sich einer Anweisung ihrer Mutter zu widersetzen.

»Aber meiner Meinung nach ...«

»Du hast überhaupt nichts zu meinen, und damit basta! Niemals, seit Generationen, hat jemand in meiner Familie gewagt, seine Stimme gegen dieses ungeschriebene Gesetz zu erheben, und ich werde es nicht dulden, daß ausgerechnet eine meiner Töchter diesen Brauch mißachtet!«

Tita senkte den Kopf, und mit dem gleichen Ungestüm, mit dem nun ihre Tränen auf den Tisch flossen, brach ihr Schicksal über sie herein. Von Stund an waren beide jenen unheilvollen Kräften auf Gedeih und Verderb ausgeliefert; Tita war bestimmt, ihr absurdes Los auf sich zu nehmen, und dem Tisch, als Auffangbekken für ihre Tränen ein Leben lang ihr Leid mitzutragen.

Freilich war Tita nicht gewillt, sich zu fügen. Eine Menge Zweifel und Fragen gingen ihr durch den Kopf. So hätte sie zum Beispiel nur allzu gerne gewußt, welcher Schlauberger unter ihren Vorfahren wohl diese Tradition angeregt hatte. Es wäre vielleicht angebracht, jenen Herrn Neunmalklug davon in Kenntnis zu setzen, daß ihm beim Aushecken dieses fast perfekten Plans zur Alterssicherung der Frauen leider ein winziger Irrtum unterlaufen war. Wenn Tita nämlich nicht heiraten und auch keine Kinder haben konnte, wer würde sie dann im Alter betreuen? Welche Lösung war für derartige Fälle vorgesehen? Oder rechnete man womöglich gar nicht erst damit, daß die Töchter, die zur Pflege bei ihren Müttern blieben, deren Tod noch lange überlebten? Und was geschah mit den Frauen, die heirateten, aber keine Kinder bekamen, wer würde für ihr Wohl sorgen? Im übrigen wäre überhaupt zu fragen, welche Erkenntnisse zu dem Schluß geführt hatten, daß gerade die jüngste Tochter am besten geeignet sei, bei der Mutter auszuharren, und nicht etwa die älteste? Hatte man auch nur ein einziges Mal eine der Betroffenen selbst um ihre Meinung gebeten? War es ihr denn wenigstens gestattet, wenn ihr schon die Heirat verwehrt bleiben sollte, die Liebe zu erfahren? Oder nicht einmal dies?

Tita wußte sehr wohl, daß alle diese Zweifel unvermeidlich in den großen Katalog offener Fragen wandern würden. In der Familie De la Garza gehorchte man, punktum. Ohne sie auch nur eines Blickes zu würdigen, verließ Mama Elena zornig die Küche und redete noch eine Woche lang kein Sterbenswörtchen mehr mit Tita.

Sie sprachen erst wieder miteinander, als Mama Elena die Kleider begutachtete, die jedes einzelne der Mädchen genäht hatte, und dabei entdeckte, daß Titas

Kleid zwar am saubersten gearbeitet war, sie freilich das vorherige Heften versäumt hatte.

»Meinen Glückwunsch«, sagte sie, »die Nähte sind perfekt, aber du hast sie vorher nicht geheftet, nicht wahr?«

»Nein«, erwiderte Tita baß erstaunt darüber, daß ihre Mutter ihr Schweigen brach.

»Dann wirst du es eben wieder auftrennen. Du heftest es erst, nähst es dann erneut zusammen und zeigst mir das Ganze zum Schluß noch einmal vor; denn Müßiggang ist der Amboß, auf dem alle Sünden geschmiedet werden; damit du dir das hinter die Ohren schreibst!«

»Aber das gilt doch nur, wenn man einen Fehler macht, Sie selbst haben eben noch gesagt, daß meins...«

»Wollen wir mit dem Theater wieder von vorne beginnen? Ist es nicht schon genug, daß du es gewagt hast, mit deiner Näharbeit wieder aus der Reihe zu tanzen?«

»Verzeihung, Mami. Es wird nicht wieder geschehen.«

Tita gelang es mit diesen Worten, Mama Elenas Zorn etwas zu besänftigen. Voller Berechnung hatte sie den Moment und den Ton gewählt, um »Mami« zu sagen. Mama Elena meinte nämlich, das Wort »Mama« klinge abfällig, und hatte daher ihre Töchter von klein auf dazu angehalten, sie mit »Mami« und natürlich mit »Sie« anzusprechen, wenn sie das Wort an sie richteten. Die einzige, die sich stets hartnäckig weigerte oder zumindest dem Wort nie den richtigen Tonfall verlieh, war Tita, womit sie sich bereits unzählige Ohrfeigen eingehandelt hatte. Doch wie gut war es ihr in diesem Augenblick gelungen! Mama Elena war sogleich besänftigt bei dem Gedanken, nun werde sie es vielleicht noch schaffen, den Widerspruchsgeist ihrer jüngsten Tochter zu brechen. Leider währte diese Hoffnung nur kurz, denn schon am nächsten Tag stand Pedro Musquiz in Begleitung seines Herrn Vaters vor der Haustür mit der Absicht, bei Mama Elena um Titas Hand anzuhalten. Ihr Kommen stiftete im Haus eine beträchtliche Verwirrung. Mit dem Besuch hatte man nicht mehr gerechnet. Noch Tage zuvor hatte Tita Pedro über Nachas Bruder eine Nachricht zukommen lassen mit der Bitte, von seinem Plan Abstand zu nehmen. Jener schwor Stein und Bein, er habe Don Pedro das Papier überbracht, doch jetzt standen sie nun einmal vor der Tür. Mama Elena empfing sie im Wohnzimmer und setzte ihnen mit betonter Höflichkeit auseinander, aus welchen Gründen sie der Heirat nie und nimmer zustimmen könne.

»Wenn es Ihnen freilich vor allem darum geht, für Pedro eine geeignete Frau zu finden, so kann ich Ihnen wärmstens meine Tochter Rosaura ans Herz legen: Sie ist nur zwei Jahre älter als Tita, ungebunden und wie geschaffen für die Ehe.«

Als Chencha diese Worte vernahm, wäre ihr um ein Haar das Tablett, das sie hereingebracht hatte, um Don Pascual und seinen Sohn zu bewirten, mitsamt dem Kaffee und den ganzen Keksen direkt über Mama Elena aus der Hand geglitten. Mit einer Entschuldigung verschwand sie hastig wieder in der Küche, wo Tita, Rosaura und Gertrudis sie bereits ungeduldig erwarteten, um bis in jede Einzelheit zu erfahren, was dort drinnen verhandelt wurde. Als sie so Hals über Kopf in die Küche gestürzt kam, ließen alle sogleich ihre Arbeit ruhen, um sich nur ja kein einziges Wort entgehen zu lassen.

Sie waren dort beisammen, um die gefüllten Weihnachtstortas zu backen. Wie ihr Name schon besagt, werden diese Tortas normalerweise zur Weihnachtszeit gegessen, doch diesmal sollte es sie zu Titas Geburtstagsfeier geben. Am 30. September vollendete Tita ihr 16. Lebensjahr, und sie hatte sich gewünscht, diesen Tag mit ihrem Leibgericht zu begehen.

»Herrjeh, ich kann es einfach noch nicht fassen. Ihre Mama, nein sowas, für die Ehe geschaffen, als ob sie einen Gaul verkaufen wollte. Und dann setzt sie den Leuten so mir nix dir nix einfach einen Teller Tacos statt Enchiladas vor!«

Chencha konnte sich gar nicht beruhigen und schmückte die Schilderung der Szene, der sie soeben beigewohnt hatte, auf ihre Weise immer weiter aus. Tita waren Chenchas Übertreibungen und ihr Geflunker gewiß nicht fremd, und dennoch überkam sie unfreiwillig ein Gefühl der Panik. Vorläufig weigerte sie sich jedoch hartnäckig, das, was sie dort hörte, für bare Münze zu nehmen. Daher heuchelte sie Gleichgültigkeit und fuhr seelenruhig fort, die Baguettebrötchen in zwei Hälften zu teilen, damit ihre Schwestern und Nacha sie füllen konnten.

Vorzugsweise nimmt man für dieses Rezept hausgebackene Brötchen. Anderenfalls sollte man beim Bäkker extra kleine weiße Baguettebrötchen in Auftrag geben, denn die großen eignen sich zu diesem Zweck weniger gut. Sind sie gefüllt, werden sie 10 Minuten im

Ofen überbacken und sogleich heiß serviert. Am besten gelingen sie, wenn man sie zuvor über Nacht in ein Tuch gewickelt ruhen läßt, damit sie das Wurstfett gut aufsaugen.

Tita war soeben dabei, die letzten Tortas für den nächsten Tag einzuwickeln, als Mama Elena die Küche betrat und verkündete, sie habe Pedros Heirat zugestimmt, freilich mit Rosaura.

Kaum wurde die schlechte Nachricht zur Gewißheit, da spürte Tita auch schon, wie mit einem Schlag der Winter in ihrem Körper Einzug hielt, so frostig kalt und spröde, daß ihre Wangen feuerrot zu glühen begannen, rot wie das Leuchten der Äpfel, die vor ihr lagen. Diese eisige Kälte sollte sie von Stund an lange Zeit nicht mehr verlassen, kein Mittel der Welt konnte ihr Linderung verschaffen, daran änderte sich auch nichts, als Nacha ihr verriet, was ihr auf dem Weg zum Hoftor, wohin sie Don Pascual Muzquiz und seinen Sohn begleitet hatte, zu Ohren gekommen war. Nacha war vor ihnen hergegangen und hatte ihren Gang etwas verlangsamt, um so der Unterhaltung zwischen Vater und Sohn besser lauschen zu können. Don Pascual und Pedro waren ihr in einigem Abstand gefolgt und hatten die ganze Zeit über in kaum verhohlenem Zorn miteinander getuschelt.

»Warum hast du das getan, Pedro? Wir haben uns lächerlich gemacht, indem wir in die Heirat mit Rosaura einwilligten. Was wird aus der Liebe, die du Tita geschworen hast? Steht ein Mann so zu seinem Wort?«

»Aber ich stehe doch zu meinem Wort, Papa! Wenn man Ihnen genauso rundheraus abschlüge, die Frau zu heiraten, die Sie lieben, und die einzige Möglichkeit, ihr nahe zu sein, darin bestünde, ihre Schwester zu heiraten, würden Sie dann nicht genau die gleiche Entscheidung treffen wie ich?«

Nacha hatte die Antwort leider nicht mehr hören können, denn just in diesem Moment hatte sich Pulque, der Hofhund losgerissen, um einem Kaninchen, das er wohl irrtümlicherweise für eine Katze hielt, hinterherzukläffen.

»Du willst also die Ehe eingehen, ohne Liebe zu empfinden?«

»Nein, Papa, ich heirate, weil ich eine grenzenlose, nimmer endende Liebe für Tita in mir fühle.«

Die Stimmen wurden immer stärker vom Geräusch der Schritte auf den trockenen Blättern überdeckt, so daß Nacha nun zunehmend schlechter verstand. Freilich war es überhaupt ein Wunder, daß Nacha, die zu jener Zeit schon stocktaub war, der Unterhaltung hatte folgen können. Tita war ihr gleichwohl für diese Nachricht dankbar, wenn es auch nichts an der kühlen, distanzierten Haltung änderte, die sie von nun an Pedro gegenüber einnahm. Im Volksmund heißt es: »Was der Taube nicht hören mag, er reimt sich's zusammen.« Womöglich hatte Nacha nur jene Worte vernommen, die alle sich insgeheim wünschten. In der folgenden Nacht konnte Tita keinen Schlaf finden; es war ihr unmöglich, in Worte zu fassen, was in ihr vorging. Jammerschade, daß man zu jener Zeit noch nichts von den schwarzen Löchern im Weltall wußte, denn dann wäre es ihr weniger schwergefallen zu begreifen, daß sich mitten in ihrer Brust ein schwarzes Loch auftat, durch das unaufhörlich der Frost einsickerte.

Jedes Mal wenn sie die Augen schloß, wurden erneut die Szenen jenes Heiligabend des Vorjahres lebendig, als Pedros Familie zusammen mit anderen Nachbarn erstmalig bei ihnen zum Abendessen eingeladen war, und dann begann die Kälte unweigerlich noch heftiger zu stechen. Obwohl inzwischen geraume Zeit verstrichen war, erinnerte sie sich bis in jede Einzelheit an die Geräusche, die Düfte, das Gefühl, wie ihr neues Kleid über den frisch gebohnerten Fußboden schleifte; und an Pedros Blick auf ihrem Rücken... Was für ein Blick! Sie war auf den Tisch zugeschritten und hatte ein Tablett voll duftenden Eidotterkonfekts auf der Hand balanciert, als sie unvermittelt eine Glut spürte, die sich ihr in die Haut einbrannte. Da wandte sie flugs den Kopf und schaute direkt in Pedros Augen. In diesem Moment spürte sie mit einem Mal, wie einem Schmalzgebäck zumute sein muß, wenn es mit siedendem Fett in Berührung kommt. So heftig durchfuhr die Hitze ihren Körper, daß Tita aus Furcht, sie würde sich wie der Spritzkuchen über und über mit Bläschen bedecken – im Gesicht, am Bauch, im Herzen, auf der Brust –, diesem Blick nicht weiter standzuhalten vermochte, die Augen niederschlug und hastig den Salon bis zum anderen Ende durchquerte, wo Gertrudis zum Walzer ›Augen der Jugend‹ in die Pedale des Pianolas trat. Dort setzte sie ihr Tablett auf einem Serviertisch ab, an dem sie vorbeikam, griff zerstreut nach einem Glas Noyo-Likör und nahm neben Paquita Lobo von der Nachbarfarm Platz.

Doch der räumliche Abstand von Pedro nutzte herzlich wenig; vielmehr spürte sie nun, wie ihr das Blut glühend heiß in den Adern aufstieg. Ein heftiges Rot ergoß sich über ihre Wangen, und es wollte ihr beim besten Willen nicht gelingen, auch nur einen winzigen Fleck im Raum auszumachen, wo sie ihren Blick hätte ruhen lassen können. Paquita war nicht entgangen, daß etwas mit Tita nicht stimmte, daher erkundigte sie sich äußerst besorgt: »Köstlich dieses Likörchen, findest du nicht auch?«

»Verzeihung?«

»Du scheinst nicht ganz bei der Sache zu sein, Tita; ist auch alles in Ordnung mit dir?«

»Ja, doch, danke.«

»Du bist ja wohl alt genug, um zu besonderen Anlässen schon mal am Likör zu nippen, Liebchen, aber sag doch, hast du auch wirklich die Erlaubnis deiner Mama? Du bist ja völlig durcheinander und zitterst am ganzen Leib.« Dann hatte sie ihr mitleidig geraten: »Besser du trinkst nichts mehr, sonst bietest du uns allen noch ein Schauspiel!«

Das fehlte gerade noch, wenn Paquita Lobo dächte, sie sei betrunken! Sie konnte nicht zulassen, daß Paquita auch nur den mindesten Verdacht hegte, nicht daß noch ihrer Mutter etwas zu Ohren käme! Die Furcht vor ihrer Mutter ließ Tita für einen Moment lang Pedros Anwesenheit vergessen, und so versuchte sie nach allen Regeln der Kunst Paquita davon zu überzeugen, daß sie im Vollbesitz ihrer geistigen Kräfte sei und einen glasklaren Kopf habe. Sie plauderten über einige Klatschgeschichten und Belanglosigkeiten. Sogar das Rezept des Noyo-Likörs, der Paquita solche Sorge bereitete, gab Tita preis. Dieser Likör wird auf der Basis von vier Unzen Herzpfirsichsamen und einem Pfund Aprikosensamen hergestellt, die über vierundzwanzig Stunden in einem Azumbre Wasser ziehen müssen, damit sich die Haut ablöst; dann werden sie geschält, zerhackt und vierzehn Tage lang in zwei Azumbres Branntwein eingelegt. Nun geht man zur Destillation über. Nachdem zweieinhalb Pfund zerstoßener Zucker vollständig in der Flüssigkeit aufgelöst sind, fügt man vier Unzen Orangenblüten hinzu, verrührt alles gut miteinander und gibt es durch einen Filter. Und damit auch nicht der geringste Zweifel mehr an ihrem körperlichen und geistigen Wohlbefinden herrsche, erinnerte Tita Paquita ganz nebenbei daran, daß ein Azumbre 2.016 Liter entspräche, nicht mehr und nicht weniger.

Als kurze Zeit später Mama Elena hinzutrat, um sich bei Paquita zu vergewissern, daß sie sich gut unterhielt, erwiderte diese vollauf begeistert:

»Ich amüsiere mich prächtig! Du hast fabelhafte Töchter. Einfach faszinierend, sich mit ihnen zu unterhalten!«

Mama Elena forderte Tita auf, etwas Eidotterkonfekt aus der Küche zu holen, um es den Gästen anzubieten. Pedro, der wie zufällig gerade vorbeikam, bot ihr sogleich seine Hilfe an. Tita lief eilig zur Küche, ohne auch nur ein Wort zu sagen. Pedros Nähe brachte sie völlig aus der Fassung. Sie trat ein und wollte eine der Platten mit köstlichem Konfekt nehmen, die geduldig auf dem Küchentisch ausharrten.

Niemals würde sie die unerwartete Berührung ihrer Hände vergessen, als sie und er gleichzeitig unbeholfen nach derselben Platte griffen.

Dies war der Moment, in dem Pedro ihr seine Liebe gestand.

»Señorita Tita, ich möchte die Gelegenheit nutzen, nun da wir ungestört sprechen können, um Ihnen zu sagen, daß ich Sie aus vollem Herzen liebe. Ich weiß, daß diese Erklärung kühn, ja überstürzt ist, doch es ist fast unmöglich, sich Ihnen zu nähern, daher habe ich den Entschluß gefaßt, es heute abend zu wagen. Ich bitte Sie nur, mir zu sagen, ob ich auch auf Ihre Liebe hoffen darf.«

»Ich weiß nicht, was ich Ihnen darauf antworten soll, geben Sie mir etwas Bedenkzeit.«

»Nein, das könnte ich um keinen Preis, ich will Ihre Antwort jetzt gleich. Über die Liebe denkt man nicht nach. Man spürt sie oder man spürt sie nicht. Ich bin ein Mann weniger, aber verläßlicher Worte. Und ich schwöre Ihnen, daß ich Sie ewig lieben werde. Was erwidern Sie mir? Bringen Sie mir die gleiche Liebe entgegen?«

»Ja!«

Ja, ja und abermals ja. Von diesem Abend an hatte sie ihn bedingungslos geliebt! Doch nun mußte sie auf ihn verzichten. Es gehörte sich nicht, den zukünftigen Ehemann der eigenen Schwester zu begehren. Sie mußte versuchen, ihn irgendwie aus ihrem Gedächtnis zu streichen, um endlich Schlaf zu finden. Sie gab sich einen Ruck, um etwas von der Weihnachtstorta zu kosten, die ihr Nacha mitsamt einem Glas Milch auf den Nachttisch gestellt hatte. Bei vielen anderen Gelegenheiten hatte dies prompt gewirkt. Nacha wußte aus Erfahrung sehr genau, daß es für Tita kein Leid gab, das nicht beim Verzehr einer der köstlichen Weihnachtstortas im Nu verflog. Doch diesmal war es anders. Das Loch in ihrem Magen wollte einfach nicht weichen. Im Gegenteil, bald überkam sie eine Art Übelkeit. Da wurde ihr klar, daß die Leere nicht vom Hunger rührte; es handelte sich vielmehr um ein schmerzhaftes Gefühl eisiger Kälte. Sie mußte etwas unternehmen, um dieses elende Frieren loszuwerden. Als erste Maßnahme hüllte sie sich in Wollwäsche und eine schwere Decke. Die Kälte blieb unverändert. Alsdann zog sie sich Bettschuhe über und deckte sich mit zwei weiteren Decken zu. Nichts tat sich. Schließlich holte sie aus ihrem großen Nähkorb eine Überdecke, die sie an eben jenem Tag zu häkeln begonnen hatte, als Pedro von Ehe sprach. Eine solche Häkeldecke braucht ungefähr ein Jahr bis zu ihrer Fertigstellung. Genau die Zeit, die Pedro und Tita bis zur Hochzeit hatten verstreichen lassen wollen. Sie beschloß, das Garn nutzbringend zu verwenden, statt es sinnlos liegenzulassen, und begann wütend drauflos zuhäkeln und zu weinen; so weinte und häkelte sie, bis in den frühen Morgenstunden die Decke groß genug war und Tita sie sich zusätzlich überlegte. Es half nichts. Weder diese Nacht noch viele weitere ihres Lebens gelang es ihr, dieser eisigen Kälte Herr zu werden.

FORTSETZUNG FOLGT . . .

Nächstes Rezept:
Chabela – Hochzeitskuchen

Bittersüße Schokolade

KAPITEL II

FEBRUAR:

Chabela-Hochzeitskuchen

ZUTATEN:

175 g feinster Kristallzucker
300 g feines Mehl, dreifach durchgesiebt
17 Eier
abgeriebene Schale einer Zitrone

ZUBEREITUNG:

In eine Schüssel gibt man 5 Eigelb, 4 ganze Eier sowie den Zucker und verschlägt alles. Sobald die Masse fest wird, kommen noch zwei Eier hinzu. Man hört nicht auf zu rühren, bis die Masse von neuem fest wird, und schlägt dann weitere 2 Eier hinein. Der Vorgang wird so oft wiederholt, bis alle Eier verarbeitet sind. Um den Teig für Pedros und Rosauras Hochzeitskuchen zu bereiten, hatten Tita und Nacha allerdings die Mengenangaben des Rezepts um das Zehnfache erhöhen müssen, denn statt eines Kuchens für 18 Personen sollten sie einen für 180 Personen backen. Also brauchten sie 170 Eier! Das bedeutete, sie mußten etliche Vorkehrungen treffen, damit ihnen überhaupt eine derartige Menge Eier und noch dazu der besten Qualität am Backtag zur Verfügung stand.

Dieses Problem konnten sie nur lösen, indem sie bereits mehrere Wochen im voraus damit begannen, nach und nach die Eier ihrer besten Legehennen zu konservieren. Ein geeignetes Rezept zur Versorgung mit diesem elementaren und gehaltvollen Nahrungsmittel während der Wintermonate wurde auf der Farm schon seit urewigen Zeiten angewandt. Am besten eignen sich die Monate August und September, will man solche Vorräte anlegen. Die Eier müssen für die Konservierung unbedingt frisch sein. Nacha achtete stets darauf, daß sie nur Eier verwendete, die am gleichen Morgen gelegt worden waren. Man schichtet die Eier in ein Gefäß, das mit ausgelassenem, wieder abkühlendem Hammeltalg angefüllt wird, bis es die Eier ganz bedeckt. Das genügt, um sie für einige Monate frisch zu halten. Beabsichtigt man jedoch, sie für länger als ein Jahr aufzubewahren, ist es ratsam, die Eier in einen Einmachtopf zu füllen, wo man sie mit einer Flüssigkeit aus einem Teil Kalk auf zehn Teile Wasser übergießt. Für ein gutes Gelingen ist es wichtig, daß der Topf luftdicht verschlossen wird und im Keller lagert. Tita und Nacha hatten sich für die erste Möglichkeit entschieden, da sie die Eier nicht so viele Monate lang aufbewahren mußten. Das Gefäß mit den Eiern hatten sie unter dem Küchentisch bereitgestellt, und sie bedienten sich nun daraus, während sie den Kuchenteig anrührten.

Die übermenschliche Kraft, die das Mischen einer so unvorstellbaren Eiermenge verlangt, machte Tita schon ganz wirr im Kopf, obschon nicht einmal hundert Eier verarbeitet waren. Die Zahl von 170 erschien ihr schier unerreichbar.

Tita rührte und rührte, während Nacha die Eier aufschlug und hineingab. Bei jedem Schlag fuhr Tita ein Schauder durch den Körper, und ihr standen sämtliche Haare zu Berge. Denn das Weiß der Eier rief ihr die Hoden der Hähne in Erinnerung, die sie vor einem Monat kastriert hatte. Kapaune sind verschnittene Haushähne, die gemästet werden. Eben dieses Gericht hatte man für Pedros und Rosauras Hochzeit bestimmt, da es als Krönung solch herausragender Festlichkeiten allgemein geschätzt wird, wobei diese Spezialität ihren Ruf nicht weniger den umständlichen und aufwendigen Vorbereitungen als dem erlesenen Geschmack der Kapaune verdankt.

Kaum war die Hochzeit auf den 12. Januar festgelegt, wurden auch schon zweihundert Hähne geordert, die jene Prozedur über sich ergehen lassen mußten, damit man sogleich mit der Mast beginnen konnte.

Mit dieser Aufgabe wurden Tita und Nacha betraut; Nacha aufgrund ihrer Erfahrung und Tita als Strafe dafür, daß sie unter Vortäuschung einer Migräne erfolgreich verhindert hatte dabeizusein, als um Rosauras Hand angehalten wurde.

»Ich werde dir deine störrischen Allüren schon austreiben«, hatte Mama Elena sie heruntergeputzt, »ich kann nicht zulassen, daß du deiner Schwester mit dieser Leidensmiene ihre Hochzeit verdirbst. Du wirst ab sofort die Vorbereitungen für das Festmahl leiten, und gib nur ja acht, daß du mir nicht noch einmal mit diesem Gesicht wie sieben Tage Regenwetter unter die Augen kommst, und Tränen will ich schon gar nicht sehen, hast du mich verstanden?«

Tita hatte sich verzweifelt diese Warnung ins Gedächtnis gerufen, als sie sich anschickte, die erste Operation durchzuführen.

Die Kastration des Hahns beginnt mit einem Einschnitt in die Deckhaut der Testikel. Dann tastet man sich mit den Fingern vorwärts, um schließlich die Hoden abzureißen. Nach vollendeter Tat wird die Wunde vernäht und mit frischer Butter oder mit Geflügelschmalz eingerieben. Tita wäre um ein Haar in Ohnmacht gefallen, als sie den ersten Hahn befühlen und ihm gewaltsam die Hoden entfernen mußte. Der Schweiß war ihr heruntergelaufen, ihre Hände hatten gezittert und ihr Magen geflattert wie ein Papierfetzen im Wind. Just in diesem Augenblick hatte ihr Mama

Elena einen vernichtenden Blick zugeworfen und sie angefahren:

»Was ist los? Warum zitterst du, wollen wir etwa schon wieder Ärger machen?« Tita hatte aufgeschaut und sie angestarrt. Sie hätte ihr ins Gesicht schreien mögen, ja, es gebe Ärger, sie habe sich nämlich das falsche Objekt für die Kastration gewählt, denn nicht die Hähne, sondern sie, Tita, sei das eigentliche Opfer; auf diese Weise gäbe es wenigstens einen plausiblen Grund dafür, daß ihr die Ehe verweigert wurde und Rosaura ihren Platz bei dem Mann einnahm, den sie selbst liebte. Mama Elena, die alles in ihren Augen lesen konnte, war aus der Haut gefahren und hatte Tita eine so gehörige Ohrfeige versetzt, daß sie zu Boden knallte, genau auf den Hahn, der so zwar vor der Kastration aber nicht vor seinem vorzeitigen Tode bewahrt wurde.

Wie wild begann Tita nun den Teig zu schlagen, als wollte sie ihrem Martyrium ein für alle Mal ein Ende setzen. Es blieben nur noch zwei Eier zu verarbeiten, bis der Kuchenteig fertig wäre. Das war alles, was sie noch tun mußte, der Rest, jedes einzelne Gericht des zwanziggängigen Gelages sowie die unzähligen vorab zu reichenden Appetithäppchen standen schon für das Festmahl bereit. In der Küche hielten sich nur noch Tita, Nacha und Mama Elena auf. Chencha, Gertrudis und Rosaura hatten alle Hände voll damit zu tun, das Hochzeitskleid für den großen Tag herzurichten. Unendlich erleichtert griff Nacha nach dem vorletzten Ei und wollte es gerade aufschlagen. Doch da entfuhr Tita ein Schrei, und es gelang ihr eben noch im letzten Moment, Nacha aufzuhalten.

»Nein!«

Tita hielt im Rühren inne und nahm das Ei in die Hand. Unverkennbar hörte sie durch die Schale hindurch das Piepsen eines Kükens. Als sie ihr Ohr noch näher heranführte, konnte sie es ganz deutlich wahrnehmen. Mama Elena ließ ihre Arbeit augenblicklich ruhen und fragte warnend:

»Was ist los? Warum hast du so geschrien?«

»In diesem Ei ist ein Küken! Nacha kann es natürlich nicht hören, aber ich!«

»Ein Küken? Bist du nicht bei Trost? Das ist bei eingelegten Eiern vollkommen ausgeschlossen!«

Mit zwei Sätzen war sie auch schon bei Tita, riß ihr das Ei aus der Hand und schlug es auf! Mit aller Gewalt preßte Tita die Augen zu.

»Öffne gefälligst die Augen und sieh dir dein Küken an!«

Nur zögernd schlug Tita die Augen auf. Völlig fassungslos mußte sie da feststellen, daß sie ein ganz normales Ei, und noch dazu ein zweifellos frisches, für ein Küken gehalten hatte.

»Nun hör mir mal gut zu, Tita, allmählich reißt mir der Geduldsfaden. Merk dir endlich: Ich verbitte mir, daß du derartig respektlose Scherze mit mir treibst. Schreib dir das hinter die Ohren, sonst kannst du was erleben!«

Tita wußte sich niemals ganz zu erklären, was an jenem Abend tatsächlich vorgefallen war, ob sie sich den Laut, den sie gehört hatte, vielleicht in ihrer Erschöpfung nur eingebildet, es sich um eine bloße Sinnestäuschung gehandelt hatte? Vorläufig schien es ihr wohl das klügste, erst einmal weiterzurühren, um

Mama Elena nicht unbedingt zur Weißglut zu bringen.

Beim Einrühren der letzten zwei Eier fügt man die abgeriebene Zitronenschale hinzu; wenn die Masse die nötige Festigkeit erreicht hat, wird das durchgesiebte Mehl nach und nach eingearbeitet, indem man es mit einem Holzspachtel allmählich unterhebt, bis es vollständig aufgebraucht ist. Zum Schluß wird eine Form mit Butter ausgestrichen, mit Mehl bestäubt und der Teig eingefüllt. Er muß 30 Minuten im Ofen backen.

Nacha war völlig erschöpft, nachdem sie drei Tage hintereinander nicht weniger als zwanzig verschiedene Gänge vorbereitet hatte, daher konnte sie es kaum noch erwarten, den Kuchen in den Ofen zu schieben und endlich schlafen zu gehen. Tita hatte sie dieses Mal nicht wie üblich entlastet. Zwar war keine einzige Klage über ihre Lippen gekommen, wohl auch weil der forschende Blick ihrer Mutter dies verhinderte, doch kaum hatte sie Mama Elena die Küche verlassen und auf ihr Zimmer gehen sehen, entfuhr ihr auch schon ein abgrundtiefer Seufzer. Da nahm ihr Nacha, die neben ihr stand, sanft den Rührlöffel aus der Hand, schloß sie in die Arme und sagte:

»Nun ist niemand mehr in der Küche, jetzt darfst du deinen Tränen endlich freien Lauf lassen, mein Kind, denn ich will nicht, daß dich morgen einer weinen sieht. Am wenigsten Rosaura.«

Nacha hatte Tita beim Rühren des Teiges unterbrochen, weil sie spürte, daß die Ärmste am Rande eines Nervenzusammenbruchs stand. Wenn sie es auch nicht in diesen Worten ausgedrückt hätte, so begriff sie doch, daß Tita am Ende ihrer Kräfte war. Im Grunde genommen fühlte sie sich selbst nicht besser. Mit Rosaura hatte sie sich noch niemals gut verstanden. Nacha hatte es von Beginn an geärgert, daß Rosaura sich grundsätzlich beim Essen zierte. Entweder rührte sie das Essen auf dem Teller gar nicht an, oder sie verfütterte es heimlich an Tequila, den Vater des Pulque. Nacha pflegte ihr vorzuhalten, sie möge sich ein Beispiel an Tita nehmen, die ihren Teller stets bis auf den letzten Rest leerte. Nur eine Ausnahme gab es, ein einziges Gericht, das Tita verabscheute, und zwar jenes weichgekochte Ei, das Mama Elena ihr immer wieder unerbittlich aufzwang. Doch im übrigen aß Tita, da sich Nacha ihrer kulinarischen Erziehung angenommen hatte, alles, was üblicherweise auf den Tisch kam, und nicht nur das, sondern auch Schnabelkerfen, Agavenraupen, Süßwassergarnelen, Pakas, Gürteltiere und ähnliches mehr, und zwar zu Rosauras allergrößtem Entsetzen. Dies war der Grund, warum Nacha Rosaura nicht mochte, aber auch die Rivalitäten zwischen den beiden Schwestern hatten hier ihren Ursprung und wurden nun von jener Hochzeit gekrönt, die bedeutete, daß Rosaura den Mann heiratete, den Tita liebte. Was Rosaura freilich nicht wußte, obwohl sie es wohl ahnte, war, daß Pedro unbeirrt an seiner Liebe zu Tita festhielt. Jedenfalls war es nur allzu verständlich, daß Nacha für Tita Partei ergriff und auf jede erdenkliche Weise versuchte, ihr Leid zu ersparen. Mit der Küchenschürze wischte Nacha die Tränen fort, die Tita über die Wangen kullerten, und meinte endlich: »Nun ist es gut, Kindchen, Schluß mit dem Weinen!«

Freilich brauchten sie noch ungewöhnlich lange, bis sie fertig wurden, da Titas Tränen den Teig derart verwässert hatten, daß er einfach nicht mehr fest werden wollte.

So lagen sie sich eine Weile schluchzend in den Armen, bis Titas Tränen versiegten. Und noch immer hörte sie nicht auf zu weinen, wenn auch jetzt mit trokkenen Augen, was schmerzhafter sein soll als eine trokkene Geburt, doch zumindest den Vorteil hatte, daß der Teig sich nicht weiter verflüssigte und sie endlich ihre Arbeit fortsetzen konnten:

FÜLLUNG:

150 g Aprikosenmus
150 g Kristallzucker

ZUBEREITUNG:

Man stellt die Aprikosen mit wenig Wasser aufs Feuer, bringt sie zum Kochen und gibt sie dann durch ein feines Haarsieb oder ein engmaschiges Drahtsieb; zur Not kann auch ein normales Sieb benutzt werden. Das Mus wird anschließend in einen Topf umgefüllt, der Zucker hinzugegeben und das Ganze aufs Feuer gestellt, ohne daß man aufhört zu rühren, bis die Masse geliert. Nun nimmt man den Topf erneut vom Feuer und läßt die Marmelade abkühlen. Zum Schluß streicht man sie auf die Hälften des zuvor in der Mitte durchgeschnittenen Kuchens.

Glücklicherweise hatten Tita und Nacha vorgesorgt und bereits einen Monat vor der Hochzeit mehrere Einmachgläser mit Aprikosen, Feigen und einem Gemisch aus Süßkartoffeln und Ananas gefüllt. Dank dieses Umstandes konnten sie sich an jenem Tag wenigstens die Mühe der Marmeladenherstellung ersparen.

Sie waren es gewohnt, riesige Mengen von Marmelade in einem Bottich anzurühren, der im Patio stand, um die Früchte der Jahreszeit aufzunehmen. Er wurde auf ein großes Holzfeuer gehoben, und beim Marmeladerühren mußten sie ihre Arme mit alten Bettlaken umwickeln, um zu verhindern, daß Spritzer ihnen die Haut verbrannten.

Als Tita das Glas öffnete, ließ der Aprikosenduft in ihrer Erinnerung jenen Nachmittag wieder lebendig werden, an dem sie die Marmelade gekocht hatten. Tita war mit einer ganzen Ladung Früchte im Rock – sie hatte den Korb vergessen – vom Garten zurückgekehrt. Sie hatte den Rock hochgeschürzt getragen, als sie die Küche betrat, und wie groß war ihre Überraschung gewesen, als sie dort auf Pedro stieß. Pedro war gerade unterwegs zum Hinterhof gewesen, wo die Kutsche stand. Man hatte unerwartet ins Dorf fahren müssen, um ein paar Einladungen auszuteilen, und da der Stallmeister morgens nicht erschienen war, hatte Pedro angeboten, sich selbst darum zu kümmern. Nacha hatte ihn in die Küche kommen sehen und sich blitzschnell davongemacht unter dem Vorwand, sie wolle draußen Epazote-Kraut für den Bohneneintopf holen. Tita hatte vor Schreck einige Aprikosen auf den Boden rollen lassen. Pedro war flugs zur Stelle gewesen, um ihr beim Aufsammeln zu helfen. Als er sich herunterbückte, hatte er einen Blick auf Titas entblößte Beine erhaschen können.

Peinlich darauf bedacht, daß Pedro ihr nur ja nicht auf die Waden schaute, hatte Tita den Rock sogleich wieder fallen gelassen.

Dabei hatten sich freilich die restlichen Aprikosen über Pedros Kopf ergossen.

»Verzeihung, Pedro. Habe ich Ihnen weh getan?«

»Nicht so sehr, wie ich Sie verletzt habe: Darf ich Ihnen sagen...«

»Ich habe Sie um keine Erklärung gebeten.«

»Sie müssen mir einfach erlauben, daß ich nur ein paar Worte an Sie richte...«

»Einmal habe ich Ihnen nachgegeben und bin auf Ihre Lügen hereingefallen, jetzt möchte ich nichts mehr hören...«

Und schon war Tita auf die gegenüberliegende Tür zugelaufen und aus der Küche geradewegs in das Wohnzimmer verschwunden, wo Chencha und Gertrudis am Hochzeitslaken stickten. Das Laken war aus weißer Seide und wurde in der Mitte durch hauchfeine Lochstickerei verziert. Jenes Loch war dazu bestimmt, in den intimsten Momenten des Ehevollzugs nur die edelsten Körperteile der Braut zu zeigen. Durch eine glückliche Fügung hatten sie in diesen Zeiten politischer Unruhen sogar französische Seide erstehen können. Die Revolution machte jede Reise durch das Land zur Gefahr; ohne jenen Chinesen, der sich dem Schwarzhandel verschrieben hatte, wäre es ihnen unmöglich gewesen, den Stoff aufzutreiben, hätte doch Mama Elena nie und nimmer zugelassen, daß eine ihrer Töchter die waghalsige Reise in die Hauptstadt unternähme, um auch nur das Notwendigste für Rosauras Hochzeitskleid und ihre Aussteuer zu beschaffen. Dieser Chinese war ausnehmend geschäftstüchtig: In der Hauptstadt tauschte er seine Ware gegen Scheine des Revolutionsheeres der Nordprovinzen, die in der Stadt keinen Pfifferling wert waren und die sonst niemand nahm. Er akzeptierte sie natürlich hundertfach unter dem Nennwert und reiste mit diesem Geld wieder nach Norden, wo die Scheine ihren tatsächlichen Wert hatten, und deckte sich dort mit neuer Ware ein.

In den Nordprovinzen wiederum ließ er sich mit Scheinen aus der Hauptstadt zu für ihn entsprechend günstigen Konditionen bezahlen. So betrieb er seine Geschäfte während der gesamten Revolution, bis er schließlich als Millionär endete. Doch entscheidend war, daß dank seiner Hilfe Rosaura als Braut in den Genuß der feinsten und erlesensten Stoffe kam.

Tita war vom strahlend weißen Glanz des Lakens, auf das sie nun starrte, wie hypnotisiert gewesen; es hatte nur einige Sekunden gedauert, doch sie genügten, um Tita buchstäblich zu blenden. Wohin auch ihr Blick schweifte, sie hatte nur strahlendes Weiß gesehen. Rosaura, die gerade einige Einladungen mit der Hand schrieb, hatte sie wie ein schneeschimmerndes Gespenst wahrgenommen. Doch es war ihr gelungen, so geschickt zu überspielen, was in ihr vorging, daß niemand etwas bemerkt hatte.

Auf keinen Fall war ihr daran gelegen gewesen, sich einen weiteren Tadel von Mama Elena einzuhandeln. Daher hatte sie sich mächtig zusammengerissen und ihre Sinne geschärft, um festzustellen, wen sie willkommen hieß, als sich die Lobos zur Überreichung ihres Verlobungsgeschenks ankündigten, denn alle waren ihr wie bei einer Vorführung chinesischer Schattenspiele mit weißen Laken bedeckt erschienen. Zum Glück hatte ihr Paquitas schrille Stimme einen Anhaltspunkt geboten, und so war es ihr gelungen, die Begrüßung anstandslos zu überstehen.

Später, als sie die Gäste bis zum Hoftor begleitet hatte, war ihr aufgefallen, daß selbst die Nacht sich ihr in nie gesehener Form darbot: in strahlendem Weiß.

Nun fürchtete sie, das gleiche könne ihr in diesem Augenblick erneut widerfahren, als ihr, so sehr sie sich auch auf die Herstellung der Kuchenglasur konzentrierte, diese einfach nicht gelang. Sie schreckte vor dem Zuckerweiß zurück und spürte, daß sich die weiße Farbe jeden Augenblick ihrer Sinne bemächtigen würde, im Schlepptau Bilder aus ihrer Kindheit in unschuldigem Weiß, als man sie weiß gekleidet vor die Maijungfrau geführt hatte, um ihr weiße Blumen zu bringen. Gemeinsam mit anderen Mädchen im weißen Kleid war sie in einer Prozession vor den Altar getreten, der von weißen Kerzen und Blüten überquellend in himmlisch weißem Licht erstrahlte, das durch das Fenster der weiß gekalkten Pfarrei eindrang. Nicht ein einziges Mal hatte sie die Kirche betreten, ohne davon zu träumen, daß sie diese Schritte eines Tages am Arm eines Mannes gehen würde. Doch nicht allein diese Gedanken mußte sie nun verscheuchen, sondern überhaupt alle Erinnerungen, die sie schmerzten: Vor allem durfte sie die Glasur für den Hochzeitskuchen ihrer Schwester nicht warten lassen. So gab sie sich schließlich einen Ruck, um mit der Arbeit in der Küche zu Ende zu kommen:

MENGENANGABEN FÜR DIE GLASUR:

800 g Kristallzucker
60 Tropfen Zitronensaft und soviel Wasser, daß der Zucker sich gerade darin auflöst.
1 Prise Karmin

ZUBEREITUNG:

Man setzt einen Topf mit dem Zucker und dem Wasser aufs Feuer und rührt ohne Unterbrechung, bis die Masse zu kochen beginnt. Nun gießt man sie durch ein Sieb in ein anderes Gefäß, setzt das Ganze wieder aufs Feuer, fügt den Zitronensaft hinzu und wartet, bis der Grad des kleinen Ballens erreicht ist. Dabei reinigt man den Topfrand wiederholt mit einem feuchten Leinentuch, um zu verhindern, daß die Glasur kristallisiert; sobald der genannte Grad erreicht ist, gießt man die Masse in einen angefeuchteten Topf um, besprengt sie leicht und läßt sie dann ein wenig abkühlen. Schließlich schlägt man sie mit einem Holzlöffel, bis sie sämig wird.

Um die Masse aufzutragen, gibt man einen Löffel Milch hinzu, stellt sie erneut auf das Feuer, damit sie wieder flüssig wird, färbt sie mit einer Prise Karmin ein und streicht sie dann auf die obere Hälfte des Kuchens.

Nacha entging nicht, wie sehr Tita sich quälte, als diese sie fragte, ob sie nicht noch das Karmin hinzufügen wolle.

»Mein Mädchen, das habe ich doch eben getan, siehst du nicht, daß sich die Glasur rötlich verfärbt?«

»Nein...«

»Komm, geh schlafen, Kindchen, ich mache das Baiser fertig. Nur die Töpfe können ermessen, wie sehr der Sud in ihrem Inneren brodelt, ich freilich kann mir sehr gut den Aufruhr vorstellen, der dich insgeheim plagt. Und nun fang nicht wieder an zu weinen, du verwässerst mir auch noch die Glasur, bis sie zu nichts mehr zu gebrauchen ist, los geh schon.«

Nacha bedeckte Tita über und über mit Küssen und schob sie aus der Küche hinaus. Woher nahm Tita bloß noch all diese Tränen, doch da waren sie nun einmal und drohten die Konsistenz der Kuchenglasur zu verändern. Ihr Gelingen kostete Nacha schließlich die doppelte Mühe. Dann begab sie sich umgehend daran, allein das Baiser aufzuschlagen, damit auch sie endlich schlafen gehen konnte. Es wird aus 10 Eiweiß und 500 g Zucker hergestellt, wobei man beides gründlich verquirlt, bis die Mischung eine klebrig feste Konsistenz bekommt.

Als sie mit der Arbeit fertig war, kam Nacha die Idee, noch einen Finger in den Kuchenteig zu tauchen, um zu prüfen, ob Titas Tränen den Geschmack verändert hatten. Zum Glück schienen sie ihn nicht beeinträchtigt zu haben, doch ohne zu wissen warum, überkam Nacha unvermittelt ein Gefühl tiefster Wehmut. Sie rief sich jeden einzelnen Hochzeitsschmaus ins Gedächtnis, den sie für die Familie De la Garza vorbereitet hatte, immer mit der Vorstellung, es handele sich um ihre eigene. Mit ihren jetzt 85 Jahren war es sinnlos, noch zu weinen oder darüber zu klagen, daß es niemals zu dem ersehnten Festessen oder der erhofften Hochzeit gekommen war, wenngleich der Bräutigam sich sehr wohl eingestellt hatte. Und ob! Nur daß es Mama Elenas Mutter im Nu gelungen war, ihn wieder zu verscheuchen. Von da an hatte sie sich damit abgefunden, fremde Hochzeiten zu genießen, und so hatte sie es klaglos viele Jahre lang gehalten. Daher wunderte sie sich selbst, warum sie ausgerechnet jetzt trübselig wurde. Sie spürte sehr wohl, daß es reichlich närrisch war, und doch konnte sie dagegen nicht ankommen. So gut sie vermochte, überzog sie den Kuchen mit der Zuckermasse und begab sich schließlich mit einem stechenden Schmerz in der Brust auf ihr Zimmer. Dort weinte sie die ganze Nacht über und fühlte sich noch am nächsten Morgen so zerschlagen, daß sie der Hochzeit nicht beiwohnen konnte.

Tita hätte alles darum gegeben, an Nachas Stelle zu sein, denn sie mußte nicht nur in der Kirche zugegen sein, sondern, egal wie ihr zumute war, sich bemühen, daß ihr Gesicht nur ja nicht die mindeste Gemütsbewegung verriet. Sie meinte sogar, es könnte ihr gelingen, nur durfte ihr Blick nicht Pedros kreuzen. Ein solcher Zwischenfall würde allen Frieden und die ganze Ruhe, die sie zur Schau trug, hinfällig machen.

Sie wußte, daß sie mehr als ihre Schwester Rosaura im Mittelpunkt des allseitigen Interesses stand. Den Gästen war weniger daran gelegen, der Familie ihre Aufwartung zu machen, als sich an Titas Leid zu ergötzen, doch sie würde ihnen einen gehörigen Strich durch die Rechnung machen. Sie konnte förmlich spüren, wie sich ihr das Getuschel der Anwesenden beim Vorübergehen in den Rücken bohrte.

»Hast du Tita schon gesehen? Die Ärmste, ihre Schwester wird ihren Liebsten heiraten! Einmal habe ich sie sogar auf dem Dorfplatz ertappt, wie sie Händchen hielten. Sie wirkten so unendlich glücklich!«

»Sag bloß. Also Paquita meint, sie habe eines Tages entdeckt, wie Pedro Tita mitten bei der Messe einen Liebesbrief zuspielte, sogar einparfümiert!«

»Es heißt, sie werden unter dem gleichen Dach leben! Ich an Elenas Stelle würde das auf keinen Fall zulassen!«

»Ich glaube kaum, daß sie so naiv ist. Sieh doch bloß, wie die Leute schon darüber reden!«

Tita behagten diese Kommentare ganz und gar nicht. Die Rolle der Verliererin war ihr nicht eben auf den Leib geschrieben. Sie mußte deutlich eine Siegespose einnehmen! Wie eine große Schauspielerin wollte sie würdevoll ihren Part spielen und acht haben, daß ihre Sinne nicht vom Hochzeitsmarsch, von den Worten des Priesters oder vom Ringetausch betäubt würden.

Also ließ sie ihre Gedanken bis zu jenem Tag zurückschweifen, als sie im Alter von neun Jahren mit einer Horde Dorfjungen losgezogen war. Man hatte ihr untersagt, mit Jungen herumzutollen, doch die langweiligen Spiele mit ihren Schwestern war sie leid gewesen. Um herauszufinden, wer in der kürzesten Zeit an das andere Ufer schwimmen würde, hatten sie sich zur breitesten Stelle des Flusses begeben. Wie hatte ihr Herz doch vor Freude gehüpft, als sie an jenem Tag den Sieg davontragen konnte.

Einen weiteren großen Triumph hatte sie an einem ruhigen Sonntag im Dorf gefeiert. Sie war 14 Jahre alt und in Begleitung ihrer Schwestern mit der Kutsche ausgefahren, als einige Jungen einen Feuerwerkskörper nach ihnen geworfen hatten. Vor Entsetzen waren die Pferde mit ihnen durchgegangen. Außerhalb des Dorfes hatte der Kutscher vollends die Kontrolle über den Wagen verloren.

Da hatte Tita ihn einfach zur Seite gestoßen und ganz allein die Gewalt über die vier Pferde gewonnen. Als einige Männer aus dem Dorf im Galopp zu Hilfe eilten, hatten sie nicht schlecht über Titas Wagemut gestaunt.

Das Dorf hatte sie schließlich wie eine Heldin empfangen.

Diese und zahlreiche ähnliche Szenen aus ihrer Vergangenheit lenkten sie während der Trauung ab und ließen sie das innige Lächeln einer zufriedenen Katze aufsetzen, bis es an der Zeit war, die Braut in die Arme zu schließen und ihr Glück zu wünschen. Pedro, der dabeistand, sagte zu Tita:

»Und mir wollen Sie nicht gratulieren?«

»Doch, selbstverständlich. Ich wünsche Ihnen viel Glück!«

Pedro zog sie fester an sich, als der Anstand es erlaubte, und nützte diese einmalige Gelegenheit, um Tita etwas ins Ohr zu flüstern:

»Ich bin sicher, daß dieses Glück eintreten wird, denn durch die Hochzeit habe ich erreicht, was ich mir so sehnlichst wünschte: Ihnen nahe zu sein, der Frau, die ich als einzige aus vollem Herzen liebe.«

Die Worte, die Pedro soeben ausgesprochen hatte, wirkten auf Tita wie eine heftige Brise, die eine erlöschende Kohlenglut von neuem entfacht. Nachdem sie ihre Gesichtszüge so viele Monate lang beherrscht hatte, um nichts von ihren Gefühlen zu verraten, ging nun ein unkontrollierbarer Wandel mit ihr vor, und ihre Miene spiegelte unendliche Erleichterung, ja Heiterkeit wider. Es war, als begänne der schon fast erloschene Vulkan plötzlich durch Pedros feurigen Atem auf ihrem Hals, seine Hände auf ihren Schultern, seine stürmische Brust auf ihren Brüsten erneut zu brodeln... Sie hätte auf ewig in dieser Haltung verweilen mögen, wäre da nicht Mama Elena gewesen und ihr Blick, der bewirkte, daß sie sich schnellstens von Pedro löste. Da trat ihre Mutter auch schon hinzu und wollte wissen:

»Was hat dir Pedro eben zugeflüstert?«

»Nichts, Mami.«

»Mir kannst du nichts vormachen, da mußt du schon früher aufstehen, also spiel nicht das Unschuldslamm. Und Gott stehe dir bei, wenn ich dich ein zweites Mal in Pedros Nähe sehe.«

Nach dieser Schelte achtete Tita darauf, sich von Pedro so weit wie möglich entfernt zu halten. Freilich wollte es ihr um keinen Preis gelingen, ein breites Lächeln als Zeichen ihrer Genugtuung zu unterdrücken. Von Stund an gewann diese Hochzeit für sie eine andere Bedeutung.

Nun störte es sie nicht mehr im geringsten zuzusehen, wie Pedro und Rosaura von Tisch zu Tisch schritten, um mit den Gästen anzustoßen, wie sie den Walzer tanzten oder später ihren Hochzeitskuchen anschnitten. Endlich hatte sie Gewißheit erlangt: Pedro liebte sie. Sie hoffte nur, das Festmahl nähme bald ein Ende, dann würde sie schnell zu Nacha laufen, um ihr alles brühwarm zu erzählen. Voller Ungeduld wartete sie ab, daß die Gäste ihren Kuchen aufäßen, damit sie sich zurückziehen durfte. Wie man im Carreño-Benimmbuch nachlesen konnte, verboten es die Anstandsregeln, sich vorzeitig zu erheben; freilich konnten sie nicht verhindern, daß sie förmlich im siebenten Himmel schwebte, während sie ihr Kuchenstück hinunterschlang. Sie war zu tief in Gedanken versunken, um zu bemerken, daß es um sie herum augenscheinlich nicht mit rechten Dingen zuging. Eine unendliche Schwermut breitete sich unter den Anwesenden aus, sobald sie den ersten Bissen von dem Kuchen gegessen hatten. Selbst den sonst so nüchternen Pedro kostete es eine unglaubliche Beherrschung, seine Tränen zurückzuhalten. Ja auch Mama Elena, die sich nicht einmal beim Tod ihres Mannes eine Träne des Kummers gestattet hatte, weinte nun still vor sich hin. Und damit nicht genug, denn schließlich erwies sich dieses Schluchzen als erstes Anzeichen einer mysteriösen Vergiftungserscheinung, die ausnahmslos allen Gästen ein niederschmetterndes Gefühl der Trauer einflößte und dazu führte, daß sie sich schließlich, wo sie nur gingen und standen, sei es im Patio, bei den Gehegen oder gar in den Toiletten, wiederfanden, wie sie der großen Liebe ihres Lebens nachweinten. Nicht ein einziger entging diesem Bann, und nur wenige Glückliche erreichten beizeiten eine der Toiletten; die übrigen beteiligten sich an der allgemeinen Orgie, in der sie allesamt mitten im Patio das wunderbare Festmahl wieder zutage förderten. Nur auf Tita hatte der Kuchen eine Wirkung wie der Wind auf Benito Juárez. Sobald sie nämlich ihr Mahl beendet hatte, verließ sie fluchtartig das Fest. Sie wollte Nacha umgehend mitteilen, daß sie sich nicht getäuscht habe, daß Pedro, wie Nacha ihr ja prophezeit hatte, keine andere als sie liebe. Bei der Vorstellung, welch glückliches Gesicht Nacha machen würde, nahm sie das allgemeine Leid, das um sie herum beständig wuchs und schließlich jämmerliche, ja alarmierende Ausmaße annahm, schlichtweg nicht wahr.

Selbst Rosaura war genötigt, den Ehrentisch unter Würgen zu verlassen. Um jeden Preis wollte sie ihre Übelkeit unterdrücken, doch diese war stärker als sie. Alles hätte sie darum gegeben, ihr Hochzeitskleid zu schützen, als ihre Verwandten und Freunde sich allesamt übergaben, doch beim Versuch, den Hof unbeschadet zu überqueren, glitt sie aus, und schließlich blieb keine einzige Stelle ihres Kleides mehr unbefleckt. Ein mächtiger, reißender Strom umspülte sie und zog sie dann einige Meter weit mit, wobei sie nicht länger standzuhalten vermochte und wie ein ausbrechender Vulkan in eruptiven Stößen aus vollem Hals unter Pedros entsetzten Blicken erbrach. Rosaura bejammerte unter Tränen diesen Zwischenfall, der ihr die Hochzeit gründlich verdarb, und keine Macht der Welt hätte sie von dem Verdacht abbringen können, Tita habe dem Kuchen irgendein geheimes Mittel beigemischt.

Die ganze Nacht verbrachte sie hin- und hergerissen zwischen Wehklagen und der quälenden Angst, sie könne die Laken beschmutzen, an denen so lange Zeit gestickt worden war. Pedro schlug seinerseits eiligst vor, den Höhepunkt der Hochzeitsnacht auf einen späteren Zeitpunkt zu vertagen. Doch es sollten noch Monate vergehen, bevor Pedro sich bemüßigt fühlte, dieses Versprechen in die Tat umzusetzen, und Rosaura es wagte, ihm zu verstehen zu geben, sie fühle sich wieder vollkommen hergestellt. Pedro hatte jedenfalls diese Zeitspanne gebraucht um einzusehen, daß er sich nicht mehr länger um seine Pflicht, als Samenspender zu dienen, herumdrücken konnte, und noch in der gleichen Nacht kniete er vor dem Bett, das mit dem Hochzeitslaken bedeckt war, nieder und murmelte im Tonfall eines Gebets:

»Herr, nicht aus Sünde und Begehren, nur für den Sohn zu Deinen Ehren.«

Tita hatte keine Ahnung, daß Pedro so lange Zeit bis zum Vollzug der besagten Ehe verstreichen ließ. Eigentlich interessierte es sie auch herzlich wenig, wie es war, ob es sich am Tag der kirchlichen Zeremonie oder zu irgendeinem anderen Zeitpunkt ereignete.

Mehr als an allem anderen war ihr daran gelegen, ihre eigene Haut zu retten. Denn noch in der Hochzeitsnacht hatte sie von Mama Elena eine solche Tracht Prügel bezogen, daß ihr Hören und Sehen verging. Zwei volle Wochen verbrachte sie im Bett, um sich von den Hieben zu erholen. Der Grund für diese grausame Züchtigung war Mama Elenas Überzeugung, Tita habe im heimlichen Einvernehmen mit Nacha von vorneherein geplant, Rosaura die Hochzeit gehörig zu verleiden, indem sie ein Brechmittel in den Kuchen gab. Nie sollte es Tita gelingen, sie davon zu überzeugen, daß die Tränen, die sie bei der Zubereitung vergossen hatte, der einzige Fremdstoff im Kuchen gewesen waren. Nacha konnte Tita nicht mehr als Zeugin beistehen, denn als Tita noch am Abend der Hochzeit zu ihr gegangen war, hatte sie diese tot, mit starrem Blick, angetroffen, an den Schläfen mit Talg bestrichene Papierstreifen gegen Kopfschmerzen und in den Händen das Foto eines verflossenen Verehrers.

FORTSETZUNG FOLGT ...

Nächstes Rezept:
Wachteln in Rosenblättern

Bittersüße Schokolade

KAPITEL III

MÄRZ:

Wachteln in Rosenblättern

ZUTATEN:

12 Rosen, möglichst rot
12 Kastanien
2 Löffel Butter
2 Löffel Maisstärke
2 Tropfen Rosenwasser
2 Löffel Anis
2 Löffel Honig
2 Knoblauchzehen
6 Wachteln
1 Pita-Frucht

ZUBEREITUNG:

Die Blütenblätter werden behutsam von den Rosen abgezupft, wobei darauf zu achten ist, daß man sich nicht an den Dornen sticht, denn die Stiche sind nicht nur äußerst schmerzhaft, sondern das Blut könnte auch an den Blütenblättern haften bleiben. Dies würde möglicherweise den Geschmack des Gerichts beeinträchtigen und, was noch schlimmer ist, eine nicht ungefährliche chemische Reaktion hervorrufen.

Doch Tita war nicht in der Verfassung, dieses geringfügige Detail zu beachten angesichts ihrer tiefen Ergriffenheit, als Pedro ihr eigenhändig einen Strauß Rosen überreichte. Es war die erste stärkere Gemütsregung, die sie seit dem Hochzeitstag ihrer Schwester empfand, als sie nämlich aus Pedros Mund vernommen hatte, wie sehr er sie liebte, und sie es tunlichst vor den Augen der anderen zu verbergen gesucht hatte. Mama Elena, deren geschärfter Wachsamkeit nicht das Geringste entging, konnte sich ausmalen, was geschehen würde, wenn Pedro und Tita Gelegenheit bekämen, allein zu sein. Aus diesem Grund hatte sie bisher alle erdenklichen Vorkehrungen getroffen, so daß es ihr tatsächlich meisterhaft gelungen war, beide einander fernzuhalten und dafür zu sorgen, daß sie sich kaum zu Gesicht bekamen. Ein winziges Detail war ihr freilich entgangen: Seit Nachas Tod war Tita als einzige der Frauen im Hause in der Lage, deren Platz in der Küche einzunehmen, dort allerdings entzogen sich der Geschmack, der Duft und die Konsistenz der Speisen sowie ihre möglichen Auswirkungen Mama Elenas sonst so strenger Kontrolle.

Tita war das letzte Glied einer aussterbenden, bis vor die Kolonialzeit zurückreichenden Kette von Köchinnen, die ihre Küchengeheimnisse von Generation zu Generation weitergegeben hatten, und sie galt als einzige Vertreterin dieser wunderbaren kulinarischen Kunst. Deshalb wurde ihre Ernennung zur offiziellen Köchin der Farm allerseits gutgeheißen. Tita nahm das Amt trotz des Schmerzes, den ihr Nachas Fehlen bereitete, freudig an.

Deren Tod hatte Tita in eine tiefe Depression gestürzt. Durch Nachas Ableben war sie mutterseelenallein zurückgeblieben. Für Tita war es nicht anders, als wäre ihre eigentliche Mutter gestorben. Pedro wollte ihr darüber hinweghelfen und meinte, es sei eine nette Geste, ihr zur Feier ihres ersten Jahrestags als Hausköchin einen Blumenstrauß zu schenken. Doch Rosaura – die ihr erstes Kind erwartete – hätte dem niemals zugestimmt, und sobald sie ihn mit dem Blumenstrauß in der Hand hereinkommen sah und ihr klar wurde, daß er ihn Tita und nicht ihr überreichen wollte, rannte sie von Weinkrämpfen geschüttelt hinaus.

Mit einem einzigen Blick hieß Mama Elena Tita, den Raum zu verlassen und sich umgehend der Rosen zu entledigen. Pedro bemerkte seine Kühnheit zu spät. Doch Mama Elena bedeutete ihm mit einer entsprechenden Geste, noch sei es Zeit, den angerichteten Schaden wieder gutzumachen. Also stammelte er einige Worte der Entschuldigung und lief hinaus, um Rosaura zu suchen. Tita preßte die Rosen mit solcher Gewalt an die Brust, daß die Blüten, die zuvor rosa waren, sich nun, als sie die Küche betrat, vom Blut ihrer Hände und ihrer Brust rot verfärbten. Rasch mußte sie sich einfallen lassen, was sie mit den Rosen machen wollte. Sie waren so wunderschön! Undenkbar, sie auf den Müll zu werfen, nicht nur, weil sie nie zuvor Blumen erhalten hatte, sondern vor allem, weil sie von Pedro waren. Plötzlich vernahm sie ganz deutlich Nachas Stimme, die ihr ein Rezept aus der Vorkolonialzeit zur Verwendung von Rosenblättern einflüsterte. Tita hatte es halb vergessen, denn für dieses Gericht brauchte man Fasane, und auf der Farm war diese Geflügelart niemals gehalten worden.

Als einziges standen Wachteln zur Verfügung, so daß sie beschloß, das Rezept geringfügig abzuwandeln, um die Blumen zu verarbeiten.

Kurzentschlossen ging sie auf den Hof hinaus, um Wachteln einzufangen. Nachdem sie sechs erwischt und diese in die Küche gebracht hatte, machte Tita sich daran, sie zu töten, was ihr indes nicht leichtfiel, nachdem sie die Vögel so lange Zeit gehegt und gefüttert hatte.

Sie holte tief Atem, packte die erste Wachtel und drehte ihr den Hals um, wie sie es bei Nacha so oft beobachtet hatte. Doch augenscheinlich ging sie zu zaghaft vor, so daß die arme Wachtel, statt zu sterben, mit zur Seite hängendem Kopf ihr Schicksal jämmerlich durch die ganze Küche beklagte. Dieser Anblick entsetzte Tita fürchterlich. Ihr wurde klar, daß sie beim Töten nicht zimperlich sein durfte: Entweder führte man es energisch durch, oder man fügte grauenvolles Leid zu. In diesem Augenblick wünschte sie, Mama Elenas Kraft zu besitzen. Ihre Mutter tötete so, wie es erforderlich war, mit einem Hieb und mitleidslos. Na ja, um ehrlich zu sein, nicht ganz so. Bei ihr hatte Mama Elena eine Ausnahme gemacht, indem sie bereits begonnen hatte, sie umzubringen, als sie noch ein Kind war, ganz allmählich, doch den letzten Schlag hielt sie bisher aus irgendwelchen Gründen zurück. Pedros Hochzeit mit Rosaura hatte sie nicht anders als die Wachtel zugerichtet, mit gebrochenem Hals und Herzen, doch bevor sie zuließ, daß die Wachtel den gleichen Schmerz erlitt wie sie selbst, setzte Tita deren Leben rasch und entschlossen ein Ende. Mit den übrigen ging alles erheblich leichter. Tita brauchte sich lediglich vorzustellen, jeder einzelnen Wachtel stecke ein weichgekochtes Ei im Kropf und sie befreie sie von dieser Folter, indem sie ihr den Gnadenstoß versetzte. Als Kind hätte sie unzählige Male lieber sterben mögen, als das berüchtigte und unvermeidliche weichgekochte Ei zum Frühstück aufzuessen. Doch Mama Elena zwang sie stets dazu. Tita schnürte es jedes Mal die Kehle völlig zusammen, so daß sie außerstande war, auch nur einen Bissen hinunterzuwürgen, bis ihre Mutter ihr einen gezielten Schlag auf den Hinterkopf versetzte, was Wunder wirkte und ihr den Knoten in der Kehle löste, woraufhin das Ei plötzlich anstandslos hinabglitt. Danach beruhigte sie sich meist ein wenig und brachte die weiteren Bissen leichter hinunter.

Fast mochte es scheinen, Nacha selbst sei es, die in Titas Gestalt alle Handgriffe erledigte: die Vögel trokken rupfen, die Eingeweide herausnehmen und die Wachteln braten.

Nach dem Rupfen und Ausnehmen werden dem Geflügel die Füße zusammengebunden, damit es seine anmutige Haltung bewahrt, während es in Butter gebräunt und mit Pfeffer und Salz nach Geschmack gewürzt wird.

Wichtig ist, daß die Vögel trocken gerupft werden, denn taucht man sie in siedendes Wasser, wird der Geschmack des Fleisches beeinträchtigt. Dies ist eines der unzähligen Geheimnisse der Kochkunst, die man erst mit der Praxis lernt. Da Rosaura freilich, seitdem sie sich die Hände auf dem Comal verbrannt hatte, gänzlich das Interesse an kulinarischen Fertigkeiten verloren hatte, waren ihr logischerweise jene und andere gastronomische Raffinessen unbekannt. Dennoch hatte sie – Gott weiß warum, vielleicht um Pedro, ihren Ehemann, zu beeindrucken oder Tita auf ihrem ureigenen Gebiet Konkurrenz zu machen – eines Tages das Wagnis auf sich genommen, ein Gericht zu kochen. Als Tita ihr netterweise einige Ratschläge erteilen wollte, hatte Rosaura ausgesprochen gereizt reagiert und verlangt, man solle sie gefälligst unbehelligt in der Küche walten lassen.

Wie nicht anders zu erwarten, entpuppte sich der Reis am Ende als pappig, das Fleisch war versalzen und das Dessert angebrannt. Doch niemand am Tisch hatte sich zu irgendeiner Geste des Mißfallens hinreißen lassen, hatte doch Mama Elena gebieterisch verkündet:

»Rosaura hat heute zum ersten Mal gekocht, und ich denke, dafür ist es ihr nicht einmal schlecht gelungen. Was meinen Sie, Pedro?«

Pedro hatte sich mächtig zusammengerissen und, um seine Frau nicht zu verletzen, erwidert:

»Nein, für das erste Mal ist es gar nicht so übel.«

Natürlich litt die ganze Familie noch am gleichen

Nachmittag unter Magenbeschwerden. Sie fühlten sich ziemlich elend, freilich in weniger spektakulärem Ausmaß als am Hochzeitstag auf dem Patio. Die Verbindung von Titas Blut mit den Blütenblättern der Rosen, die Pedro ihr verehrt hatte, sollte allerdings noch weiteren Sprengstoff liefern.

Als man sich zu Tisch setzte, war die Stimmung noch gerade erträglich bis zu dem Moment, als die Wachteln aufgetragen wurden. Pedro, der sich nicht damit begnügte, die Eifersucht seiner Frau provoziert zu haben, schloß beim ersten Happen verzückt die Augen und rief aus:

»Dies ist eine geradezu himmlische Köstlichkeit!«

Mama Elena, die zwar bei sich anerkennen mußte, daß dieses Gericht meisterhaft gelungen war, mißbilligte gleichwohl den soeben geäußerten Kommentar und versetzte:

»Es ist versalzen.«

Rosaura gab prompt vor, ihr sei übel und schwindelig, und aß nicht mehr als drei Bissen. Mit Gertrudis hingegen ging etwas Seltsames vor.

Offensichtlich entfaltete diese Speise bei ihr, noch während des Verzehrs, eine aphrodisische Wirkung, denn sie begann zu spüren, wie eine starke Hitze an der Innenseite ihrer Schenkel aufstieg. Ein Kitzeln in der Leibesmitte hinderte sie immer eindringlicher daran, sittsam auf ihrem Stuhl sitzen zu bleiben. Sie fing an zu schwitzen und konnte sich der Vorstellung kaum noch erwehren, sie säße rittlings auf einem Pferd, in den Armen eines Villa-Anhängers, den sie eine Woche zuvor beim Einmarsch auf dem Dorfplatz entdeckt hatte, vom Geruch nach Schweiß und Erde, nach gefahrenumwitterten und ungewissen Morgenden, nach Leben und Tod umgeben. Gemeinsam mit Chencha, der Magd, war sie auf dem Weg zum Markt gewesen, als sie ihn über die Hauptstraße aus der Richtung von Piedras Negras her nahen sah. Er hatte augenscheinlich als Hauptmann des Trupps die Soldaten angeführt. Ihre Blicke hatten sich gekreuzt, und was sie in seinen Augen zu lesen vermeinte, hatte sie erschaudern lassen. Viele gemeinsame Nächte am Lagerfeuer hatte sie dort gesehen, in denen er sich nach einer Frau sehnte, die er küssen, nach einer Frau, die er in die Arme schließen würde, einer Frau... wie sie. Sie zog ihr Taschentuch hervor und machte Anstrengungen, sich mit den Schweißtropfen auch alle sündigen Gedanken aus dem Kopf zu wischen.

Doch es war zwecklos, etwas schier Unerklärliches ging in ihr vor. Hilfesuchend blickte sie zu Tita, doch diese war abwesend, ihr Körper saß zwar auf dem Stuhl, und das in völlig korrekter Haltung, doch ihre Augen ließen kein Lebenszeichen erkennen. Es machte tatsächlich den Eindruck, als habe ihr Geist sich durch irgendeinen mysteriösen Vorgang der Alchimie in der Rosenblütensauce, in den Wachteln, im Wein und in jedem einzelnen der Düfte dieser Speise aufgelöst. Auf diese Weise drang sie in Pedros Körper ein, wollüstig, aromatisch, wohlig erhitzt und voller Sinnenlust.

Man mochte meinen, sie habe einen neuen Code zur geheimen Verständigung entdeckt, bei dem Tita als Sender wirkte, Pedro als Empfänger und Gertrudis als glückliche Nutznießerin jenes wundersamen Geschlechtsaktes, der sich über das Essen vollzog.

Pedro widersetzte sich nicht, ja er ließ Tita bis in den

letzten Winkel seines Seins eindringen, ohne daß sie den Blick voneinander wenden konnten. Da entfuhr ihm die Bemerkung:

»Nie zuvor habe ich etwas derart Erlesenes kosten dürfen, ich danke Ihnen.«

In der Tat ist dieses Gericht eine besondere Delikatesse. Die Rosen verleihen dem Geflügel ein höchst spezielles, subtiles Aroma.

Sobald die Blütenblätter entfernt sind, zerreibt man sie gemeinsam mit dem Anis im Mörser. Dann röstet man die Kastanien einzeln auf dem Comal, schält sie und kocht sie in Wasser weich. Danach werden sie püriert. Der Knoblauch wird ganz fein gehackt und in Butter gedünstet, bis er goldbraun ist. Man fügt das Kastanienmus, den Honig, die zerkleinerte Pita-Frucht, die Rosenblätter und Salz nach Geschmack hinzu. Damit die Sauce sämiger wird, kann man zwei Löffel Maisstärke untermischen. Zum Schluß gibt man alles durch ein Sieb, schmeckt mit höchstens zwei Tropfen Rosenwasser ab, um eine zu intensive Wirkung zu vermeiden, und nimmt es vom Feuer. Die Wachteln dürfen nicht mehr als zehn Minuten darin ziehen, damit sie nur eben einen Hauch dieses Aromas annehmen, und dann holt man sie wieder heraus.

Die Rosenblätter haben eine so durchdringende Wirkung, daß dem Mörser, den man zum Mahlen der Blätter benutzt hat, noch tagelang ihr Parfum anhaftet.

Für den Abwasch des Mörsers samt aller anderen schmutzigen Küchengeräte war eigentlich Gertrudis verantwortlich. Diese Arbeit verrichtete sie normalerweise nach der Mahlzeit im Patio, wo sie gleichzeitig die Gelegenheit nutzte, den Haustieren die Essensreste aus den Töpfen vorzuwerfen. Im übrigen wusch sie die Küchengerätschaften wegen ihrer beträchtlichen Größe lieber im Waschbottich. Doch am Tag des Wachtelessens machte sie eine Ausnahme und bat Tita darum, ihr diese Aufgabe nur das eine Mal abzunehmen. Gertrudis fühlte sich augenblicklich einer solchen Anstrengung beim besten Willen nicht gewachsen, da sie unaufhörlich am ganzen Körper schwitzte. Die Tropfen, die ihr aus den Poren rannen, waren rosa verfärbt und strömten einen durchdringenden, wahrhaft betörenden Rosenduft aus. Sie verspürte den unwiderstehlichen Drang nach einem Bad und lief eilig los, um die nötigen Vorkehrungen zu treffen.

Im hinteren Teil des Patios, der an die Stallungen und die Getreidespeicher angrenzte, hatte Mama Elena eine behelfsmäßige Duschvorrichtung anbringen lassen. Es handelte sich um eine kleine, aus Holzplanken zusammengezimmerte Kammer, nur daß zwischen den einzelnen Brettern ein so breiter Spalt blieb, daß man unfreiwillig einen Blick auf die Person werfen konnte, die gerade dort ein Bad nahm. Immerhin handelte es sich um die erste Dusche, die das Dorf je gesehen hatte. Einer von Mama Elenas Vettern, der in San Antonio, Texas, lebte, hatte diese Konstruktion erfunden. Sie wurde durch einen zwei Meter hohen Kasten versorgt, der 40 Liter faßte, vor dem Bad aufgefüllt werden mußte und dann mit Hilfe der Schwerkraft funktionierte. Es bedeutete harte Arbeit, die randvollen Wassereimer über eine Holzleiter hinaufzuschaffen, doch danach war es eine Wohltat, wenn man nur den Hahn aufzudrehen brauchte und in den Genuß des kräftigen

Wasserstrahls kam, der sich nicht einzeln geschöpft, sondern in vollem Schwung über den gesamten Körper ergoß. Jahre später sollten die Gringos diesen Vetter mit einer Lappalie für seine grandiose Erfindung abfinden, um das System anschließend zu perfektionieren. Sie konstruierten Abertausende von Duschen, ohne den besagten Tank zu benötigen, da das System mit Hilfe von Wasserleitungen betrieben wurde.

Wenn Gertrudis das in jenem Augenblick gewußt hätte! Die Ärmste schleppte mindestens zehn bleischwere Wassereimer die Leiter hinauf. Es fehlte nicht viel, und sie wäre in Ohnmacht gefallen, so sehr schürte diese geradezu unmenschliche Anstrengung in ihr die Glut des alles verzehrenden Feuers.

Einzig die Aussicht auf das erfrischende Bad, das sie erwartete, hielt sie aufrecht, doch unglückseligerweise konnte sie es am Ende doch nicht genießen, denn der Wasserstrahl, der aus der Dusche trat, kam erst gar nicht so weit, ihren Körper zu berühren: bevor er ihn auch nur streifte, war er bereits verzischt. Gertrudis' innere Glut war so heftig, daß die Holzbretter schließlich zu ächzen begannen und es nicht lange dauerte, bis sie Funken sprühten. Da sie es plötzlich mit der Angst zu tun bekam, sie würde in den Flammen umkommen, flüchtete Gertrudis panikartig aus dem Holzverschlag, und zwar so wie sie war, splitterfasernackt.

Im Handumdrehen hatte der Rosenduft, den ihr Körper ausströmte, sich in beträchtlichem Umkreis verbreitet. Ja er war bis über das Dorf hinaus vorgedrungen, wo die Revolutionäre und die Federales, die regimetreuen Truppen, sich soeben eine blutige Schlacht lieferten. Unter ihnen tat sich jener Villa-Anhänger, der eine Woche zuvor in Piedras Negras Einzug gehalten hatte und Gertrudis auf dem Dorfplatz begegnet war, durch besondere Tapferkeit hervor.

Eine rosige Duftwolke erreichte ihn, hüllte ihn ein und bewirkte, daß er unversehens in wildem Galopp Mama Elenas Farm entgegeneilte. Ohne zu wissen warum, hatte Juan, so hieß dieser Mann, dem Schlachtfeld den Rücken gekehrt und dort einen der Feinde mehr tot als lebendig zurückgelassen. Eine höhere Macht lenkte sein Tun. Er wurde vom überwältigenden Verlangen getrieben, so schnell wie möglich an einem nicht näher bestimmten Ort nach etwas Unbekanntem zu suchen. Dieses zu finden, fiel ihm freilich nicht weiter schwer. Er brauchte nur dem Duft von Gertrudis' Körper zu folgen und kam noch gerade rechtzeitig an sein Ziel, um zu erleben, wie sie mitten über das Feld davonlief. Nun wußte er, warum es ihn magisch hierhergezogen hatte. Jene Frau verlangte es gebieterisch danach, ein Mann möge ihr die Glut löschen, die ihre Eingeweide verzehrte. Ein Mann, der sich nicht weniger nach Liebe sehnte als sie, ein Mann wie er.

Gertrudis hielt im Lauf inne, als sie ihn herannahen sah. Nackt wie sie war, mit gelöstem, bis zur Taille reichendem Haar und einem weithin sichtbaren Leuchten, verkörperte sie eine Art Synthese zwischen Engel und Teufel in Frauengestalt. Ihr liebliches Antlitz und der vollkommene, makellose Körper einer Jungfrau standen in krassem Gegensatz zu der Wollust, die ihr nicht nur aus den Augen, sondern auch aus sämtlichen Poren sprach. Diese Details, verbunden mit den sexuellen Gelüsten, die Juan so lange Zeit während des

Kampfes in der Sierra unterdrückt hatte, machten die Begegnung der beiden fürwahr zu einem Spektakel.

Von Ungeduld getrieben, beugte Juan sich mitten im Galopp herunter, packte Gertrudis bei der Taille, hob sie auf den Rücken des Pferdes, daß sie, das Gesicht ihm zugewandt, vor ihm aufsaß, und ritt mit ihr auf und davon. Das Pferd, das augenscheinlich nicht minder durch höhere Gewalt gelenkt wurde, fand seinen Weg allein, als wüßte es genau, wo es langging, obwohl Juan die Zügel losgelassen hatte, damit er Gertrudis leidenschaftlich in die Arme schließen und mit unzähligen Küssen bedecken konnte. Das Auf und Ab des Pferdes ging schließlich in den Rhythmus ihrer Körper über, während sie in scharfem Ritt unter äußersten Schwierigkeiten zum ersten Mal ausgiebig der Liebe frönten.

Alles verlief so blitzschnell, daß die Eskorte, die Juan gefolgt war, um ihn in Gewahrsam zu nehmen, aufgeben mußte. Entmutigt drehten sie ab, um Meldung zu machen, der Hauptmann habe aus unerfindlichen Gründen plötzlich mitten im Gefecht den Verstand verloren und sei Hals über Kopf aus dem Heer desertiert.

So zumindest lautete die Version der Augenzeugen, die freilich nur einen Bruchteil wiedergeben konnten. Titas Schilderung wich daher auch erheblich von der Version jener Revolutionäre ab, die Juan gefolgt waren. Sie hatte das Geschehen während des Abwaschs vom Patio aus verfolgt. Ihr war nicht das geringste Detail entgangen, und dies, obwohl ihr die Sicht durch eine rosaschimmernde Dunstwolke und die Flammen, die aus der Badestube schlugen, getrübt war. Dank einer glücklichen Fügung war auch Pedro an ihrer Seite in den Genuß dieses Schauspiels gekommen, denn just im entscheidenden Moment hatte er den Patio betreten, um sein Fahrrad für eine Spazierfahrt zu besteigen.

Wie die Zuschauer im Kino waren Pedro und Tita zu Tränen gerührt, als sie mit ansahen, wie ihre Helden jenen Liebesakt vollzogen, der ihnen versagt blieb. Einen flüchtigen Moment lang hätte Pedro sogar den Lauf der Geschichte wenden können. Indem er Titas Hand ergriff, brachte er gerade noch hervor: »Tita.« Nur dies. Zu mehr Worten blieb ihm keine Zeit mehr. Dann holte ihn auch schon die trübe Realität ein. Ein Aufschrei war zu vernehmen: Er kam aus Mama Elenas Mund, die wissen wollte, was eigentlich im Patio vor sich ginge. Hätte Pedro Tita jetzt darum gebeten, mit ihm zu fliehen, hätte sie nicht einen Augenblick gezögert, doch er tat es nicht, sondern erklomm statt dessen fluchtartig sein Fahrrad und trat mit seiner ganzen angestauten Wut in die Pedale. Das Bild, wie Gertrudis über das Feld lief – splitterfasernackt! – wollte ihm nicht aus dem Sinn gehen. Ihre üppigen Brüste, die dabei von einer Seite zur anderen schwangen, hatten ihn buchstäblich hypnotisiert. Noch niemals zuvor hatte er eine nackte Frau zu Gesicht bekommen. In den intimen Stunden mit Rosaura hatte er nicht den Wunsch verspürt, ihren Körper so zu sehen, wie Gott ihn geschaffen hatte, oder ihn gar zu liebkosen. Bei diesen Gelegenheiten hatten sie stets das Hochzeitslaken benutzt, das nur die edlen Körperteile seiner Frau sehen ließ. Nach vollendeter Tat hatte er sich gewöhnlich aus ihrem Schlafgemach davongemacht, bevor sie sich noch entblößen konnte. Nun hingegen war seine Neugier geweckt, der Wunsch, Tita eine Weile so anzusehen, ohne ein einziges Kleidungsstück.

Er war vom Verlangen gepeinigt, sie bis auf den letzten Zentimeter ihrer Haut kennenzulernen, zu erkunden, aufzuspüren, wie ihr üppiger und anziehender Körper beschaffen war. Er hegte nicht den geringsten Zweifel, daß er dem von Gertrudis in nichts nachstand, nicht umsonst waren sie Schwestern.

Der einzige Teil an Titas Körper, den er, bis auf Gesicht und Hände, bisher kannte, war die wohlgerundete Wade, die er damals flüchtig zu sehen bekommen hatte. Die Erinnerung an jenen Moment ging ihm nächtelang nach. Welch unbändige Lust drängte ihn, seine Hand auf dieses Stück Haut zu legen, ihren ganzen Leib zu spüren, so wie er es bei dem Mann gesehen hatte, der Gertrudis entführt hatte: voller Leidenschaft, voll ungestümen Verlangens!

Tita ihrerseits versuchte Pedro vergeblich nachzurufen, er möge doch auf sie warten, sie weit fortführen, dorthin wo man zuließe, daß sie sich liebten, wo man noch keine Regeln erdacht hätte, die zu achten und zu befolgen wären, wo ihre Mutter sie nicht erreichte, doch der Schrei blieb ihr in der Kehle stecken. Die Worte wurden ihr zu einem Kloß und erstickten eines nach dem anderen, bevor sie sich noch Luft machen konnten.

Wie einsam sie sich fühlte, wie verlassen! Ein gefüllter Chili, der nach Beendigung eines riesigen Festmahls mutterseelenallein in der Walnußsauce schwimmt, würde sich nicht elender fühlen als sie in diesem Moment. Wie oft hatte sie allein in der Küche eine jener Köstlichkeiten aus reinem Mitleid verzehren müssen, bevor sie zuließ, daß sie verdarb. Normalerweise lassen die Gäste den letzten Chili in der Schüssel zurück, um ihre zügellose Gier nicht zu zeigen; selbst dann, wenn sie ihn am liebsten auf der Stelle verschlingen würden, bringt niemand den Mut auf. Nur so erklärt sich, daß eine gefüllte Pfefferschote verschmäht wird, die mit allen nur erdenklichen Geschmacksraffinessen lockt, angefangen bei der Süße der kandierten Zitronenschale bis hin zur beißenden Schärfe des Chili, über das zarte Aroma der Nußsauce bis zur saftigen Frische des Granatapfelsamens, all dies macht die Verlockungen der paradiesischen Pfefferschote in Walnußsauce aus. Ihre Ingredienzen bergen sämtliche Geheimnisse der Liebe, die freilich aus Gründen des Anstands niemals gelüftet werden sollten.

Verfluchter Anstand! Verfluchtes Carreño-Benimmbuch! Es trug Schuld daran, daß ihr Körper dazu verdammt bleiben würde, hoffnungslos zu verwelken. Und verfluchter Pedro, so in sich gekehrter, so korrekter, so männlicher, so... so geliebter Pedro!

Hätte Tita damals gewußt, daß nicht mehr viele Jahre vergehen sollten, bis sie am eigenen Leib die Liebe erfahren würde, wäre sie in jenem Augenblick nicht so verzweifelt.

Mama Elenas Schrei ließ sie jäh aus ihren Grübeleien hochschrecken und so rasch wie möglich nach einer Ausrede suchen. Noch wußte sie nicht, was sie Mama Elena sagen würde, ob sie ihr als erstes mitteilen sollte, daß der hintere Teil des Patio brannte oder daß Gertrudis mit einem Villa-Anhänger hoch zu Pferd... und splitterfasernackt entflohen war...

Schließlich entschied sie sich für eine Version, nach

der die Federales, die Tita verhaßt waren, in Scharen die Farm überfallen, das Bad in Brand gesetzt und Gertrudis brutal entführt hatten. Mama Elena nahm die ganze Geschichte sogar für bare Münze und wurde vor Kummer ganz krank, doch als sie eine Woche später schon fast im Sterben lag, erfuhr sie aus dem Munde des Dorfpfarrers – der weiß Gott woher unterrichtet war –, Gertrudis arbeite in einem Bordell nahe der Grenze. Von da an untersagte sie aufs strengste, den Namen ihrer Tochter jemals wieder zu nennen, und befahl, alle ihre Fotos nebst der Geburtsurkunde auf der Stelle zu verbrennen.

Gleichwohl konnten weder das Feuer noch die dahingehenden Jahre den durchdringenden Rosenduft ausmerzen, der jenem Ort anhaftete, wo ehemals die Dusche gestanden hatte und wo sich heute ein Parkplatz befindet, der zu einem Apartmenthaus gehört. Ebensowenig konnten Tita und Pedro die Szenen, denen sie damals beigewohnt und die sich ihnen auf ewig eingeprägt hatten, aus dem Gedächtnis verbannen. Von jenem Tag an gedachten beide, jedes Mal wenn es Wachteln in Rosenblättern gab, insgeheim jenes faszinierenden Schauspiels.

Tita bereitete diese Delikatesse schließlich jedes Jahr als Opfergabe für die Freiheit, die ihre Schwester erlangt hatte, und legte besonderen Wert auf eine kunstvolle Verzierung.

Die Wachteln werden auf einer Platte angerichtet, dann gibt man die Sauce darüber und garniert sie mit einer ganzen Rose in der Mitte und Blütenblättern an den Rändern; statt auf einer Platte können sie freilich auch direkt auf den Tellern serviert werden. Tita bevorzugte letztere Alternative, da sie so weniger Gefahr lief, daß die Dekoration beim Auftragen zerstört wurde. Genau dies erläuterte sie auch in dem Kochbuch, das sie noch am gleichen Abend zu schreiben begann, nachdem sie wie jeden Tag ein beträchtliches Stück an ihrer Decke weitergehäkelt hatte. Während sie häkelte, wollte ihr das Bild der über das Feld laufenden Gertrudis nicht aus dem Kopf gehen, immerzu malte sie sich minuziös aus, was wohl später passiert sein mochte, nachdem sie ihre Schwester aus den Augen verloren hatte.

Gewiß, ihrer Phantasie waren in diesem Punkt aus Gründen mangelnder Erfahrung enge Grenzen gesetzt.

Besonders plagte sie die Neugier zu erfahren, ob ihre Schwester inzwischen wohl wieder Kleider angelegt hätte oder weiterhin so verblieb, so... ungeschützt! Dabei machte sie sich Sorgen, Gertrudis könnte vielleicht ebenso frieren wie sie selbst, doch dann verwarf sie diese Idee sogleich wieder. Schließlich tröstete sie sich mit dem Gedanken, sicherlich hielte sich Gertrudis in der Nähe einer Feuerstelle auf, in den schützenden Armen ihres Mannes, der sie wärmte.

Plötzlich kam ihr eine Erleuchtung, und sie hob den Blick zum sternenklaren Himmel empor. Sie wußte doch, wie stark das Feuer eines Blickes sein konnte, hatte sie das nicht am eigenen Leib erfahren?

Es wäre sogar in der Lage, die Sonne zu entfachen. Unter diesen Umständen fragte sie sich, was wohl passieren würde, sobald Gertrudis zu einem Stern aufschaute. Ganz bestimmt würde die von der Liebe entfachte Wärme ihres Körpers mit dem Blick ohne den geringsten Energieverlust das endlose Weltall durchqueren, bis sie schließlich auf den betrachteten

Stern fallen würde. Jene riesigen Himmelskörper haben Abermillionen von Jahren überlebt dank ihrer Sorgfalt, eben jene Strahlen, die alle in Liebe entbrannten Erdenkinder in die Nacht hinaussenden, erfolgreich abzuwehren. Denn anderenfalls entstünde so viel Energie in ihrem Kern, daß sie in tausend Stücke zerspringen würden. Daher stoßen sie, wenn sie einen Blick auffangen, diesen sogleich wieder ab und werfen ihn in Form von vielfachen Spiegelreflexen auf die Erde zurück. Das ist auch die Erklärung für ihre starke Leuchtkraft in der Nacht. So schöpfte Tita nun Hoffnung, sie könne in der Lage sein, falls sie aus allen Sternen am Firmament den einen ausfindig machte, auf den gerade in diesem Augenblick ihre Schwester schaute, nur ein ganz klein wenig von der reflektierten Wärme einzufangen, die Gertrudis übrig hatte.

Dies sollte freilich nur eine Hoffnung bleiben, denn so aufmerksam sie auch jeden einzelnen Stern am Firmament erforschte, so spürte sie doch nicht die mindeste Wärme, ganz im Gegenteil. Von Kälte geschüttelt, flüchtete sie sich schließlich in ihr Bett, überzeugt, daß Gertrudis inzwischen längst die Augen geschlossen hatte und friedlich schlief, was erklärte, warum ihr Versuch fehlgeschlagen war. Da verkroch sie sich zutiefst unter ihrer Decke, die sie zu diesem Zeitpunkt bereits dreifach übereinanderschlagen konnte, rekapitulierte ein letztes Mal das Rezept, das sie aufgezeichnet hatte, um sich zu vergewissern, daß sie nichts vergessen hatte, und schloß dann mit dem Zusatz: »Heute, als wir dieses Gericht aßen, lief Gertrudis von zu Hause fort.«

FORTSETZUNG FOLGT ...

Nächstes Rezept:
Puter in *Mole* mit
Mandeln und Sesamsamen

Bittersüße Schokolade

KAPITEL IV

APRIL:

Puter in Mole mit Mandeln und Sesamsamen

ZUTATEN:

1/4 Mulato-Pfefferschote
3 Pasilla-Pfefferschoten
3 Ancho-Pfefferschoten
1 Handvoll Mandeln
1 Handvoll Sesamsamen
Puterbrühe
1 Croissant
Erdnüsse
1/2 Zwiebel
Wein
2 mexikanische
Schokoladentaler
Anis
Schmalz
Nelken
Zimt
Pfeffer
Zucker
Chili-Samen
5 Knoblauchzehen

ZUBEREITUNG:

Zwei Tage nach dem Schlachten werden die Puter gut abgewaschen und in Salzwasser gekocht. Bei sorgfältigem Mästen erhält das Puterfleisch ein besonders feines und saftiges Aroma. Dazu müssen die Tiere in Gehegen gehalten werden und reichlich Mais und Wasser bekommen, wobei auf peinliche Sauberkeit zu achten ist.

Zwei Wochen vor dem angesetzten Schlachttermin beginnt man, die Truthähne mit kleinen Nüssen zu mästen. Am ersten Tag gibt man ihnen eine Nuß zum Futter hinzu, am zweiten Tag bekommen sie zwei in den Schnabel, und so steigert man die Ration in den folgenden Tagen bis zum letzten Abend, wobei man sie soviel Mais fressen läßt, wie sie wollen.

Tita wachte strengstens darüber, daß die Mast vorschriftsmäßig durchgeführt wurde, war ihr doch mächtig daran gelegen, ein so einmaliges Familienfest, wie es ihnen aus Anlaß eines so freudigen Ereignisses demnächst ins Haus stand, zum Erfolg werden zu lassen: Es sollte nämlich die Taufe ihres frisch geborenen Neffen, Pedros und Rosauras ersten Kindes, gefeiert werden. Diese Begebenheit verdiente es, mit einem entsprechend spektakulären Festmahl begangen zu werden, wobei der obligatorische Mole unter keinen Umständen fehlen durfte. Es war sogar eigens ein Tongeschirr angefertigt worden, das den Namenszug Roberto tragen sollte, so hieß der begnadete Nachwuchs, dem Verwandte und Freunde der Familie pausenlos mit Taufgeschenken ihre Aufwartung machten. Tita hatte entgegen allen Erwartungen die kleine Kreatur im Handumdrehen liebgewonnen; ja, Robertito hatte ihr Herz im Sturm erobert und sie jäh vergessen lassen, daß er immerhin der Verbindung zwischen ihrer Schwester und Pedro, dem Mann ihres Lebens, entstammte.

Voller Enthusiasmus schickte sie sich bereits am Vortag an, den Mole für das Bankett anzurühren. Als Pedro sie dabei vom Wohnzimmer aus hörte, überkam ihn unverhofft ein äußerst befremdliches Gefühl. Das Geräusch der klirrenden Töpfe, der Duft der auf dem Comal goldgelb röstenden Mandeln, Titas melodischer Singsang beim Kochen hatten plötzlich seine männliche Begierde entfacht. Ihm ging es nicht anders als Liebenden, die in der Nähe des geliebten Menschen dessen ureigenen Geruch einatmen, sich mit Liebkosungen in Stimmung bringen und die Vorfreude auf den zu erwartenden Liebesakt genießen, nur daß Pedro von jenen verlockenden Geräuschen und Düften, besonders des röstenden Sesamsamens, betört wurde, die ihm das unmittelbare Bevorstehen einmaliger kulinarischer Sinnesfreuden versprachen.

Mandeln und Sesamsamen werden auf dem Comal geröstet. Nach Entfernen der weißen Rippen werden die Ancho-Pfefferschoten ebenfalls geröstet, doch nur so lange, daß sie keinen bitteren Beigeschmack annehmen. Da bei diesem Vorgang etwas Schmalz benötigt wird, sollte man eine gesonderte Pfanne benutzen. Danach werden die Chilis mit Mandeln und Sesamsamen auf dem Metate zerdrückt.

Tita kniete über den Metate gebeugt und wiegte sich in sanftem Rhythmus, während sie die Mandeln und den Sesamsamen zerkleinerte.

Unter der Bluse wippten ihre Brüste keck hin und her, trug sie doch grundsätzlich kein Leibchen. Dabei traten an ihrem Hals Schweißtropfen hervor, die allmählich hinabglitten und sich schließlich einen Weg durch den Spalt zwischen den wohlgeformten, festen Brüsten hindurch bahnten.

Unfähig zu widerstehen, folgte Pedro den betörenden Duftschwaden, die aus der Küche hereinzogen, und blieb, als er Tita in solch aufreizender Pose gewahrte, wie angewurzelt im Türrahmen stehen.

Tita schaute auf, ohne freilich in ihrer Bewegung innezuhalten, und sah direkt in Pedros Augen. Da entflammten beider Blicke so heftig, daß sie schier miteinander verschmolzen und ein heimlicher Beobachter bloß einen einzigen Blick, ein einziges rhythmisches, sinnliches Wogen, einen einzigen beschleunigten Atem und eine einzige Wollust wahrgenommen hätte.

Für eine Weile verharrten sie in ihrem Liebesrausch gefangen, bis Pedro schließlich den Blick senkte und auf Titas Brüste heftete. Tita hielt im Stampfen inne, richtete sich auf und reckte stolz ihre Brüste vor, damit Pedro sie auch in ihrer vollen Pracht bewundern konnte. Die Prüfung, der er sie alsdann unterzog, sollte unwiderruflich ihr Verhältnis zueinander verwandeln. Nach diesem forschenden Blick, der die Kleidung durchbohrte, würde nichts mehr so sein wie bisher. Bei dieser Gelegenheit erfuhr Tita am eigenen Leib, wie die Berührung mit dem Feuer die Elemente verändert, wie ein Teigball zur Tortilla wird, warum eine Brust, ohne durch das Feuer der Liebe gegangen zu sein, eine leblose Brust bleibt, eine völlig nutzlose Masse. Wenige Augenblicke genügten, und schon hatte Pedro Titas

Brüste vom Zustand der Keuschheit in den der Wollust versetzt, ohne sie auch nur im geringsten zu berühren.

Wäre just in diesem Augenblick nicht Chencha vom Markt heimgekehrt, wo sie Ancho-Pfefferschoten besorgt hatte, wer weiß, was sich zwischen Pedro und Tita noch alles ereignet hätte; vielleicht wäre Pedro am Ende gar der Versuchung erlegen, Titas Brüste, mit denen sie ihn lockte, zu streicheln, doch leider kam es nicht mehr so weit. Pedro gab hastig vor, er sei hereingekommen, um ein Glas Limonade mit Chía-Samen zu trinken, griff danach und stürzte Hals über Kopf aus der Küche.

Tita zitterten noch die Hände, als sie sich krampfhaft bemühte, den Mole fertigzumachen, als wäre nichts geschehen.

Sind die Mandeln und der Sesamsamen fein genug gemahlen, verrührt man sie mit der Brühe, in der zuvor der Puter gegart wurde, und salzt dann nach Geschmack. Schließlich werden Nelken, Zimt, Anis, Pfeffer und zu guter Letzt Zwiebel und Knoblauch gehackt sowie das in Schmalz geröstete Croissant im Mörser zerstoßen.

Alles wird sogleich untergemischt und zum Schluß der Wein hinzugefügt.

Während Tita die Gewürze zerstieß, bemühte sich Chencha vergebens, Titas Aufmerksamkeit zu erregen. Wie beharrlich sie auch den Zwischenfall schilderte, der sich auf dem Marktplatz ereignet hatte, und in allen Einzelheiten die Grausamkeit der im Dorf tobenden Kämpfe ausmalte, es wollte ihr nicht gelingen, Tita auch nur für einen Augenblick zu fesseln.

Den ganzen Tag lang sollte Tita nichs anderes mehr im Sinn haben als die unbeschreibliche Wonne, die sie soeben verspürt hatte. Warum Chencha derlei Dinge erzählte, war ihr ohnehin kein Geheimnis. Seit sie nämlich nicht mehr das Kind war, das man mit Geschichten von Gespenstern, vom schwarzen Mann oder von Hänsel und Gretels Hexe oder derlei Gruselmärchen in Angst und Schrecken versetzen konnte, versuchte Chencha nun, sie mit allen möglichen Horrorgeschichten von Erhängten, Erschossenen, Gevierteilten, Geköpften und sogar von armen Teufeln, denen man das Herz herausgerissen hatte, und noch dazu mitten auf dem Schlachtfeld, aus der Fassung zu bringen! Bei anderer Gelegenheit hätte sich Tita auch gebührend von Chenchas schauriger Phantasie in den Bann ziehen lassen, ja diese farbigen Lügenmärchen am Ende sogar geglaubt, einschließlich der Beteuerung, Pancho Villa lasse sich die blutigen Herzen seiner Feinde bringen, um sie auf der Stelle zu verschlingen, doch im Moment war sie wahrlich nicht zu solchem Unsinn aufgelegt.

Pedros Blick hatte ihr nämlich zu verstehen gegeben, daß sie der Liebe, die er ihr einst geschworen hatte, wieder gewiß sein durfte. Monatelang hatte sie sich vor Gram verzehrt, weil sie fürchten mußte, Pedro habe sie, als er ihr am Tag der Hochzeit seine Liebe gestand, entweder aus purem Mitleid belogen oder mit der Zeit Rosaura tatsächlich liebgewonnen. Diese Zweifel waren aufgetaucht, als Pedro aus unerfindlichen Gründen von einem Tag zum anderen aufgehört hatte, ihre Gerichte zu loben. Von den schlimmsten Befürchtungen gepeinigt, hatte sich Tita daraufhin alle nur erdenkliche Mühe gegeben, von Mal zu Mal besser zu kochen. In endlosen Nächten hatte sie sich dann, wenn sie ein gutes Stück an ihrer Decke weitergehäkelt hatte, aus purer Verzweiflung neue Rezepte ausgedacht, in der Hoffnung, die Innigkeit, die sich mit Hilfe ihrer Gerichte zwischen ihr und Pedro entwickelt hatte, auf diesem Weg wiederherstellen zu können. Während dieser sorgenvollen Monate entstanden ihre besten Kochrezepte.

Nicht anders als der Dichter mit Worten spielt, hatte Tita je nach Lust und Laune mit Zutaten und Mengen experimentiert und damit prächtige Resultate erzielt. Der ersehnte Erfolg war freilich ausgeblieben, alle ihre Mühe umsonst gewesen. Es hatte ihr einfach nicht gelingen wollen, Pedros Lippen auch nur ein Sterbenswörtchen der Anerkennung zu entlocken. Was sie allerdings nicht wissen konnte, war, daß Mama Elena Pedro unmißverständlich aufgefordert hatte, Tita nicht mehr zu loben. Sie hatte das für nötig gehalten, weil Rosaura sich schon aufgrund ihrer Leibesfülle, ihrer im Laufe der Schwangerschaft zunehmenden Plumpheit mit Selbstzweifeln quälte und ihr zumindest die Komplimente erspart bleiben sollten, die Pedro Tita unter dem Vorwand machte, sie gälten ihren vorzüglichen Kochkünsten.

Wie verlassen hatte sich Tita doch während dieser Zeit gefühlt. Wie sehr hatte sie Nacha vermißt! Alle hatte sie zu hassen begonnen, selbst Pedro. Ja sie war am Ende gar soweit gewesen zu glauben, daß sie in ihrem Leben niemals mehr lieben würde. Doch alle diese trüben Gedanken waren im Nu verflogen, als sie plötzlich Rosauras Sohn in den Armen gehalten hatte:

Es ereignete sich an einem kühlen Märzmorgen, als sie sich gerade im Hühnerstall aufhielt, um die frisch gelegten Eier für das Frühstück einzusammeln. Einige waren sogar noch warm, so daß Tita sie sich unter die Bluse steckte und fest gegen die Brust preßte, um das chronische Frösteln, das in der letzten Zeit unerträglich zugenommen hatte, zu lindern. Wie gewöhnlich war sie früher als alle anderen aufgestanden.

An jenem Tag hatte sie sich sogar noch eine halbe Stunde eher als sonst erhoben, um einen Koffer für Gertrudis zu packen. Sie wollte nämlich die Gelegenheit nutzen, daß Nicolás sich auf den Weg machte, um Vieh zu erstehen, und hatte ihn darum gebeten, bei der Gelegenheit ihrer Schwester doch bitte den Koffer vorbeizubringen. Natürlich geschah alles hinter Mama Elenas Rücken. Tita war auf den Gedanken verfallen, sie müsse Gertrudis Kleider schicken, weil sie von der fixen Idee besessen war, ihre Schwester sei weiterhin nackt. Und zwar schrieb sie diesen mißlichen Umstand nicht etwa dem Gewerbe zu, dem ihre Schwester im Bordell an der Grenze nachging. Die Wahrheit wollte sie gar nicht sehen; vielmehr beharrte sie auf der Vorstellung, Gertrudis fehlten einfach die nötigsten Kleidungsstücke und nur aus diesem Grunde sei es ihr unmöglich, ihre Blößen zu bedecken.

Rasch überreichte sie Nicolás den zum Bersten vollen Koffer mitsamt einem Briefumschlag, auf dem die Adresse des Etablissements vermerkt war, wo er Gertrudis voraussichtlich antreffen würde, und eilte dann ins Haus, um sich umgehend an die Arbeit zu machen.

Da hörte sie plötzlich, wie Pedro den Wagen anspannte. Sie war überrascht, daß er dies zu so früher Stunde tat, doch als sie am Lichteinfall merkte, wie hoch die Sonne bereits am Himmel stand, wurde ihr klar, daß es schon reichlich spät sein mußte, sie also mehr Zeit als vermutet darauf verwandt hatte, Gertrudis' Kleider samt einem Großteil ihrer Vergangenheit im Koffer zu verstauen. Es hatte auch beträchtliche Schwierigkeiten bereitet, etwa jenen Tag mit einzupakken, an dem die drei Schwestern gemeinsam ihre erste Kommunion gefeiert hatten. Die Kerze, die Bibel und die Fotos vor der Kirche hatte sie noch mit knapper Not unterbringen können, aber schon nicht mehr den Duft der Tamales mit Maisbrei, die Nacha für das anschließende Fest im Kreis der Familie und Freunde bereitet hatte. Wohl hatte sie noch Platz für die bunt bemalten Aprikosenkerne gefunden, doch leider nicht für das Gelächter beim Spiel auf dem Schulhof, für die Lehrerin Jovita, die Schaukel, den Geruch nach Gertrudis' Schlafgemach und vor allem nach frisch aufgeschlagener heißer Schokolade. Zum Glück hatten auch Mama Elenas Schläge und Schelte nicht mehr in den Koffer gepaßt, da Tita noch gerade rechtzeitig, bevor sie hineinrutschten, den Deckel zuklappen konnte.

Just in dem Moment, als Pedro verzweifelt nach ihr rief, trat sie auf den Patio hinaus. Er war in höchster Eile, nach Eagle Pass zu Doktor Brown, dem Hausarzt, zu kommen, und hatte sie nirgendwo finden können. Bei Rosaura hatten die Wehen eingesetzt.

Pedro flehte sie nun an, sie möge Rosaura so lange beistehen, bis er zurück wäre.

Leider kam Tita als einzige für die Aufgabe in Frage, an der Seite ihrer Schwester Wache zu halten, war doch sonst niemand mehr im Haus: Mama Elena und Chencha waren unterwegs zum Markt, um dort die dringend erforderliche Auffrischung ihrer Vorräte zu besorgen, denn jeden Augenblick stand die Niederkunft ins Haus, und es sollte doch kein einziger Gegenstand fehlen, der bei derlei Anlässen vonnöten ist. Die Ankunft der Federales, die nun das Dorf mit ihrer Belagerung verunsicherten, hatte sie daran gehindert, diese Erledigungen beizeiten zu machen. Als sie sich endlich doch aufmachten, konnten sie natürlich nicht ahnen, daß die Geburt früher als erwartet einsetzen würde. Kurzum, sie hatten noch nicht ganz das Haus verlassen, als bei Rosaura die Wehen einsetzten.

Tita blieb also nichts anderes übrig, als an der Seite ihrer Schwester auszuharren, in der Hoffnung, es würde nicht ewig dauern.

Ihr war ganz und gar nicht danach zumute, den Jungen oder das Mädchen oder was es auch sein würde zu Gesicht zu bekommen.

Womit sie wahrhaftig nicht rechnen konnte, war, daß Pedro von den Federales unrechtmäßig festgehalten und daran gehindert werden sollte, den Arzt zu Hilfe zu holen, und daß Mama Elena und Chencha durch eine Schießerei ebenfalls im Dorf festsitzen und so gezwungen sein würden, sich zu den Lobos zu retten. Also war Tita die einzige, die der Geburt ihres Neffen beiwohnte, ausgerechnet Tita!

Während der Stunden, die sie bei ihrer Schwester wachte, lernte sie mehr als in den gesamten Jahren auf der Dorfschule. Wie verfluchte sie doch ihre Lehrer und ihre Mutter, denn sie hatten ihr zu keiner Gelegenheit beigebracht, was bei einer Geburt zu tun sei. Was nützte es ihr in diesem Augenblick schon, die Namen sämtlicher Planeten oder gar das Carreño-Benimmbuch von A bis Z herbeten zu können, während ihre Schwester in Lebensgefahr schwebte und sie dazu verdammt war, untätig zuzusehen. Rosaura hatte im Laufe ihrer Schwangerschaft 30 kg zugenommen, was die Schwierigkeiten bei der Geburt, noch dazu der ersten, wesentlich erhöhte. Abgesehen von der enormen Leibesfülle fiel Tita auf, daß Rosauras Körper von unten nach oben beängstigend anschwoll. Zunächst waren nur die Füße betroffen, schließlich auch Gesicht und Hände. Tita wischte ihrer Schwester unermüdlich den Schweiß von der Stirn und gab ihr Bestes, um Rosaura Mut zuzusprechen, doch diese schien sie nicht einmal zu hören.

Tita hatte einige Male die Geburt von Haustieren miterlebt. Doch diese Erfahrung half ihr augenblicklich herzlich wenig. Bei solchen Gelegenheiten hatte sie stets nur zugesehen. Die Tiere wußten im übrigen sehr gut, was zu tun war, sie hingegen hatte nicht die leiseste Ahnung. Zwar lagen Bettücher und eine sterilisierte Schere griffbereit, und es war heißes Wasser zur Hand. Sie wußte auch, daß die Nabelschnur durchtrennt werden mußte, doch weder wie noch wann, geschweige denn in welcher Höhe. Natürlich hatte sie davon gehört, daß an Neugeborenen einige Handgriffe vorzunehmen sind, sobald sie auf die Welt kommen, aber welche genau, das war ihr ziemlich schleierhaft. Das einzige, woran sie nicht zweifelte, war, daß zunächst die Geburt erfolgen mußte, aber wann, das stand noch in den Sternen! Ein ums andere Mal beugte sich Tita vor, um zwischen den Beinen ihrer Schwester nachzuforschen, doch nichts tat sich. Da war nur ein finsterer Tunnel, ganz still und unendlich tief. Als Tita so vor Rosaura kniete, verfiel sie aus lauter Verzweiflung auf den Gedanken, Nacha um eine rettende Erleuchtung in dieser schweren Stunde anzuflehen.

Wenn Nacha in der Lage war, ihr Kochrezepte einzuflüstern, würde sie vielleicht auch in einer solchen Not etwas ausrichten können! Auf jeden Fall mußte Rosaura wohl jemand aus dem Jenseits zu Hilfe kommen, denn im Diesseits stand ja niemand zur Verfügung.

Mit der Zeit hatte sie das Gefühl dafür verloren, wie lange sie schon so auf den Knien liegend ihre Stoßgebete zum Himmel schickte, als sie mit einem Mal aufblickte und dabei bemerkte, daß der dunkle Tunnel sich plötzlich in einen wirbelnden roten Strom verwandelt hatte, in einen sprühenden Vulkan, der aufriß wie ein Papierfetzen. Die Fleischmassen ihrer Schwester öffneten sich, um das Leben hindurchzulassen. Dieses Geräusch, dieser Anblick in dem Moment, als ihr Neffe triumphierend seinen Kopf hervorreckte, um zu zeigen, daß er den Kampf um das Leben gewonnen hatte, würden Tita auf ewig im Gedächtnis haften bleiben. Man konnte diesen Schädel, nachdem er so lange Zeit stetem Druck ausgesetzt war, wahrlich nicht als hübsch bezeichnen, glich er doch weit eher einem Rohrzuckerkegel. In Titas Augen freilich war er der niedlichste Kopf, den sie je zu Gesicht bekommen hatte.

Das Geschrei des Neugeborenen nistete sich augenblicklich in Titas ausgebranntem Herzen ein und erfüllte es bis in den letzten Winkel. Nun erkannte sie, daß sie wieder liebte: das Leben, dieses Kind, Pedro, sogar die ihr so lange verhaßte Schwester. Sie nahm das kleine Wesen auf, reichte es Rosaura, und gemeinsam hielten sie es eine ganze Weile lang vor Freude schluchzend in ihren Armen. Später wußte Tita dank der Instruktionen, die Nacha ihr eingab, genau, welche Handgriffe zu tun waren: ihm die Nabelschnur im rechten Augenblick und an der richtigen Stelle durchschneiden, den Leib mit zartem Mandelöl abreiben, den Nabel umwickeln und den Kleinen ankleiden. Wie selbstverständlich zog Tita ihm zunächst das Leibchen und das Hemdchen über, band ihm die Nabelbinde um, legte ihm die Mull- und die Moltonwindel an, zog ihm das Strampelhöschen über die Beinchen, kleidete ihn in sein Häkeljäckchen und steckte seine winzigen Füßchen in die Söckchen und Schuhchen. Zum Schluß kreuzte sie ihm noch die Händchen über der Brust und hüllte ihn so in eine Plüschdecke, um zu verhindern, daß er sich das Gesichtchen aufkratzte. Als Mama Elena und Chencha am Abend endlich in Begleitung der Lobos heimkehrten, staunten sie nicht schlecht über die professionelle Arbeit, die Tita geleistet hatte. Wie eine eingerollte Tortilla lag Robertito friedlich da und schlief.

Erst am nächsten Tag, als man ihn endlich laufen ließ, traf Pedro in Begleitung von Doktor Brown ein. Ihre Ankunft beruhigte alle Gemüter.

Die Frauen hatten um Pedros Leben gebangt. Nun blieb nur noch die Sorge um Rosauras Gesundheitszustand, denn die Wöchnerin war immer noch sehr schwach und merkwürdig aufgedunsen. Doktor Brown untersuchte sie daher eingehender. Erst jetzt wurde allen klar, wie riskant die Geburt gewesen war. Der Arzt meinte, Rosaura habe einen lebensgefährlichen Anfall von Eklampsie erlitten. Er zeigte sich höchst erstaunt, daß Tita unter derart ungünstigen Umständen mit solcher Entschlossenheit Geburtshilfe geleistet hatte. Aber wer weiß, was ihn mehr verwunderte: daß Tita allein und gänzlich unerfahren zugepackt hatte, oder die Entdeckung, daß Tita, das Mädchen mit den hervorstehenden Zähnen aus seiner Erinnerung, zu einer bildhübschen jungen Frau erblüht war, ohne daß er es bisher bemerkt hätte.

Seit dem Tod seiner Frau vor fünf Jahren hatte er sich nie mehr derart heftig von einem weiblichen Wesen angezogen gefühlt. Der Schmerz über den Verlust seiner Frau so kurz nach der Eheschließung hatte ihn alle diese Jahre hindurch für die Liebe unempfänglich gemacht. Welch ungeahntes Gefühl befiel ihn nun freilich, als er auf Tita blickte. Ihm kam es plötzlich so vor, als liefe ihm eine ganze Horde Ameisen über den Körper und erweckte seine abgestorbenen Sinne zu neuem Leben. Eingehend betrachtete er Tita, als sähe er sie zum ersten Mal. Wie anziehend erschienen ihm auf einmal ihre Zähne, die inzwischen genau die richtige Größe im Vergleich zu den vollkommenen Proportionen ihrer zarten Gesichtszüge erlangt hatten.

Da riß ihn Mama Elenas Stimme jäh aus seinen Gedanken.

»Doktor, könnten Sie es vielleicht ohne große Umstände einrichten, zweimal täglich vorbeizuschauen, bis meine Tochter außer Gefahr ist?«

»Aber liebend gern! Es ist ja nicht nur meine Pflicht, sondern ich freue mich immer, Ihr gastfreundliches Haus aufzusuchen.«

Nur ein Glück, daß Mama Elena zu sehr mit Rosauras Gesundheit beschäftigt war, um den bewundernden Glanz in Johns Augen zu registrieren, während er Tita anschaute, denn wäre sie wachsamer gewesen, hätte sie ihm nicht so vertrauensselig die Tür ihres Heims geöffnet.

Doch im Augenblick war der Doktor noch Mama Elenas geringste Sorge; am meisten bekümmerte sie, daß Rosaura keine Milch hatte.

Im Dorf trieben sie glücklicherweise eine Amme auf, die sich bereit erklärte, das Kind zu stillen. Es handelte sich dabei um eine von Nachas Verwandten, die soeben ihr achtes Kind zur Welt gebracht hatte und freudig die ehrenvolle Aufgabe übernahm, Mama Elenas Enkel zu versorgen. Einen Monat lang tat sie dies vorbildlich, bis sie eines Morgens auf dem Weg zu ihrer Familie im Dorf während eines Gefechts zwischen Rebellen und Federales von einer verirrten Kugel niedergestreckt wurde. Gerade als Tita und Chencha in einem riesigen Tontopf die Zutaten für den Mole verrührten, betrat einer ihrer Verwandten die Farm mit der traurigen Nachricht.

Nachdem schon alle Zutaten in der oben angegebenen Weise zermahlen sind, ist dies der letzte Schritt. In einem Tontopf wird alles verrührt, dann gibt man die Puterteile, die Schokoladentaler und Zucker nach Geschmack hinzu. Sobald die Flüssigkeit eindickt, nimmt man den Topf vom Feuer.

Tita mußte schließlich die Sauce allein beenden, da Chencha, sobald sie die Nachricht erhalten hatte, ins Dorf geeilt war, um eine neue Amme für den Kleinen aufzutreiben. Erst am späten Abend kehrte sie unverrichteter Dinge wieder heim. Robertito schrie wie am

Spieß. In ihrer Verzweiflung versuchten sie, ihm Kuhmilch zu geben, doch er spuckte sie sofort wieder aus. Da kam Tita die Idee, ihm Tee einzuflößen, so wie Nacha es mit ihr getan hatte, doch vergebens: Der Kleine wehrte sich vehement. Schließlich fiel ihr ein, sich den Kittel anzuziehen, den Lupita, die Amme, versehentlich zurückgelassen hatte; sie hoffte, das arme Geschöpf würde sich beruhigen, wenn es den vertrauten Geruch wahrnähme, doch im Gegenteil, es schrie noch herzzerreißender, versprach doch dieser Geruch, daß sein Hunger nun endlich gestillt würde. Natürlich verstand das hilflose Wurm nicht, warum noch immer nichts geschah. Verzweifelt suchte es zwischen Titas Brüsten nach Milch. Wenn es aber etwas im Leben gab, was Tita beileibe nicht ertragen konnte, so war es, daß ein hungriges Wesen sie um Nahrung anbettelte und sie dieser Bitte nicht nachkommen konnte. Es tat ihr in der Seele weh. Außerstande, diese Hilflosigkeit weiter mitanzusehen, öffnete sie da unwillkürlich ihre Bluse und hielt der elenden Kreatur ihre Brust hin. Obwohl sie natürlich wußte, daß diese völlig trocken war, wollte sie damit ihrem kleinen Liebling doch wenigstens etwas zum Saugen bieten und ihn so lange ablenken, bis irgendeine Lösung gefunden wäre.

Gierig erhaschte Robertito eine Brustwarze und begann sogleich, derart verzweifelt daran zu nuckeln und zu saugen, daß schließlich wahrhaftig Milch aus Titas Brüsten trat. Als sie bemerkte, daß sich die Züge des Kleinen nach und nach besänftigten, und sie ihn zufrieden schlucken hörte, kam ihr der Verdacht, daß etwas Seltsames geschah. Sollte es tatsächlich möglich sein, daß sie den Säugling stillte? Aus Neugier nahm sie das Kind einen Moment lang von der Brust und sah wirklich einen Milchtropfen daraus hervorquellen. Aber das war doch gänzlich ausgeschlossen, eine unverheiratete Frau konnte ja gar keine Milch haben! Hier geschah ein Wunder, etwas, das in modernen Zeiten keine Erklärung findet. Jedes Mal wenn der Kleine nun merkte, daß man ihm seine Nahrungsquelle entzog, begann er erneut jämmerlich zu weinen. Dann hielt ihm Tita sogleich wieder eine Brustwarze hin, bis sein Hunger endlich gestillt war und er lammfromm in ihren Armen einschlief. So innig war sie in die Betrachtung des Kindes versunken, daß sie es nicht einmal wahrnahm, als Pedro in die Küche trat. Tita war in diesem Moment die leibhaftige Ceres, die Göttin der Nahrungsfülle.

Pedro zeigte sich nicht im mindesten überrascht und verlangte auch gar nicht erst nach einer Erklärung. Mit zufriedenem Lächeln kam er näher, beugte sich herab und hauchte Tita einen zärtlichen Kuß auf die Stirn. Endlich war ihr kleiner Liebling gesättigt, und Tita konnte ihn von der Brust nehmen. Da fiel Pedros Blick auf das, was er vorher nur unter der Bluse erahnt hatte: Titas Brüste.

Tita zog hastig die Bluse zu, dann half ihr Pedro stillschweigend und mit äußerster Behutsamkeit, die Knöpfe zu schließen. Währenddessen wurden beide von einer Reihe von Empfindungen übermannt: Liebe, Begierde, Zärtlichkeit, Wollust, Scham ... Furcht, ihre Blöße zu sehen. Das überraschende Geräusch von Mama Elenas Schritten auf den knarrenden Holzdielen warnte sie eben noch rechtzeitig vor der Gefahr. Tita gelang es knapp, sich die Bluse zurechtzuzupfen, und

Pedro trat hastig zurück, bevor Mama Elena die Küche betrat. Daher konnte sie, als sie die Tür öffnete, nichts Anstößiges, nichts Tadelnswertes entdecken. Pedro und Tita strahlten völlige Gelassenheit aus.

Gleichwohl witterte Mama Elena, daß etwas in der Luft lag, und so schärfte sie alle ihre Sinne, um herauszufinden, was sie wohl so beunruhigen mochte.

»Tita, was ist mit dem Kind los? Hast du es füttern können?«

»Ja, Mama, es hat Tee zu sich genommen und schläft jetzt friedlich.«

»Gott sei gelobt. Und du, Pedro, worauf wartest du noch, nimm endlich deinen Sohn und bring ihn zu deiner Frau! Ein Kind sollte nicht länger als nötig von seiner Mutter getrennt sein!«

Pedro verließ die Küche mit dem Kind auf dem Arm; derweil hörte Mama Elena nicht auf, Tita eingehend zu mustern, und nahm schließlich in den Augen ihrer Tochter eine winzige Trübung wahr, die ihr absolut nicht gefiel.

»Ist der Champurrado für deine Schwester schon fertig?«

»Ja, Mami.«

»Gib her, sie muß Tag und Nacht davon essen, damit sie endlich Milch bildet.«

Doch so viel Champurrado Rosaura auch schluckte, es gelang ihr nicht, auch nur einen Tropfen Milch zu produzieren. Tita hingegen hatte von jenem Tag an genügend Milch, um nicht nur den kleinen Roberto zu stillen, sondern wenn nötig eine ganze Schar von Säuglingen. Da Rosaura noch mehrere Tage lang nicht wieder zu Kräften kam, wunderte sich niemand, daß Tita ihren kleinen Neffen fütterte; was jedoch niemals entdeckt wurde, war, wie sie dies vollbrachte, da Tita mit Pedros Hilfe peinlichst darüber wachte, daß keiner zusah.

Das Kind trug beiden also nicht etwa eine Trennung ein, vielmehr verband es sie nur umso stärker. Ja man mochte fast meinen, nicht Rosaura, sondern Tita sei die leibliche Mutter. Genau das empfand sie nicht nur, sondern trug es auch gebührend zur Schau. Mit welchem Stolz hielt sie ihren Neffen am Tag der Taufe auf den Armen und zeigte ihn unentwegt bei allen Gästen herum! Rosaura konnte nur eben an der kirchlichen Zeremonie teilnehmen, denn sie war noch nicht wieder genesen. Daher nahm Tita ihren Platz auch beim Festmahl ein.

Doktor Brown war von Titas Anblick geradezu entzückt und starrte sie unverwandt an. Er konnte gar nicht mehr fortsehen. John wohnte nur deshalb der Taufe bei, weil er hoffte, sie endlich für einen Moment unter vier Augen zu sprechen. Obwohl sie sich während seiner Arztbesuche bei Rosaura täglich sahen, hatte er bisher niemals die Gelegenheit gefunden, frei und ungestört mit Tita zu reden. Also nutzte er nun den günstigen Moment, als Tita nahe an seinem Platz vorbeikam, erhob sich und gesellte sich zu ihr unter dem Vorwand, er wolle einen Blick auf das Kind werfen.

»Wie hübsch macht sich der Kleine auf den Armen einer so bezaubernden Tante!«

»Danke, Doktor.«

»Und das, obwohl er nicht einmal ihr Sohn ist, wie reizend wird sie erst ausschauen, wenn sie ihr eigenes Kind auf dem Arm trägt!«

Ein Anflug von Melancholie huschte über ihr Gesicht. John entging das nicht, und so setzte er hinzu:

»Verzeihung, ich habe wohl etwas Falsches gesagt!«

»Ach, das ist es nicht. Nur werde ich weder heiraten noch Kinder bekommen, weil ich für meine Mutter sorgen muß, und zwar bis an ihr Lebensende.«

»Ich verstehe wohl nicht recht! Was reden Sie denn da für einen Unsinn?«

»Das ist kein Unsinn! Und nun entschuldigen Sie mich bitte, ich muß mich um die Gäste kümmern.«

Tita zog sich hastig zurück und ließ John völlig verwirrt stehen. Sie fühlte sich nicht besser als er, doch erlangte sie gottlob schnell ihre Fassung wieder, als sie den kleinen Roberto in ihren Armen spürte. Was bedeutete ihr schon ihr Schicksal, solange sie dieses Kind hatte, es ihr gehörte und niemandem sonst. Tatsächlich spielte sie die Mutterrolle, freilich ohne offizielle Bestätigung. Pedro und Roberto waren Teil ihres Lebens, und das genügte ihr.

Tita strahlte vor Glück, so nahm sie nicht einmal wahr, daß ihre Mutter – ebenso wie John, wenn auch aus anderen Gründen – sie nicht einen Moment aus den Augen ließ. Mama Elena war nämlich felsenfest davon überzeugt, daß sich zwischen Tita und Pedro etwas anbahnte. Ganz von der Sorge erfüllt dahinterzukommen, vergaß sie sogar zu essen, ja sie versteifte sich so sehr darauf, ihnen nachzuspionieren, daß ihr darüber der überwältigende Erfolg des Festes völlig entging. Alle waren sich einig, daß ein Großteil des Verdienstes Tita zukam. Der Puter, den sie aufgetischt hatte, war eine Delikatesse! Sie wurde nur so überhäuft mit

Glückwünschen für ihre Kochkünste. Natürlich waren alle darauf erpicht, ihr das Geheimnis des Rezeptes zu entlocken. Aber gerade in dem Moment, als Tita sich anschickte, ihr Geheimnis zu lüften, daß nämlich die Zubereitung mit viel Liebe erfolgen müsse, stand Pedro in ihrer Nähe. Für den Bruchteil einer Sekunde zwinkerten sie sich komplizenhaft zu bei der Erinnerung an den Moment, als Tita die Mandeln auf dem Metate gemahlen hatte. Leider entging Mama Elenas Adleraugen selbst aus zwanzig Metern Entfernung dieses Aufblitzen nicht und versetzte sie in höchste Alarmbereitschaft.

Unter den Anwesenden war sie im Grunde genommen die einzig Störende, denn aus schier unerfindlichen Gründen hatte der Verzehr des Truthahns in Mole alle Gäste in einen Zustand seltsamer Euphorie versetzt, ja eine solche Ausgelassenheit bewirkt, daß es wohl nicht mit rechten Dingen zugehen konnte. Sie lachten und lärmten wie lange vorher und nachher nicht mehr. Die Revolutionswirren drohten zwar allerorts mit Hunger und Tod. Doch in jenem Moment schienen alle völlig vergessen zu wollen, daß es im Dorf zahllose Gefechte gab.

Die einzige, die nicht die Haltung verlor, war Mama Elena, so sehr war sie davon besessen, sie müsse verhindern, daß sich ihre schlimmsten Befürchtungen bewahrheiteten. Schließlich nutzte sie die Gelegenheit, als Tita, die sich kurz in ihrer Nähe aufhielt, jedes ihrer Worte hören mußte, und ließ laut und deutlich gegenüber Pater Ignacio verlauten:

»So wie die Dinge momentan stehen, Pater, mache ich mir größte Sorgen, meine Tochter Rosaura könnte eines Tages einen Arzt benötigen und uns wäre es unmöglich, einen zu erreichen, wie am Tag der Niederkunft. Ich glaube fast, es wäre das beste, sie mitsamt ihrem Gatten und ihrem Sohn nach Texas zu meinem Vetter zu schicken, sobald sie wieder etwas zu Kräften gekommen ist. Dort wäre sie ärztlich sicher besser versorgt.«

»Da teile ich ganz und gar nicht Ihre Meinung, Doña Elena, gerade wegen der augenblicklich herrschenden politischen Lage benötigen Sie einen Mann im Haus, der Sie beschützt.«

»Den habe ich noch nie gebraucht, bisher bin ich immer allein zurechtgekommen, sowohl mit meiner Farm als auch mit meinen Töchtern. Die Männer sind weiß Gott nicht das Wichtigste im Leben«, versetzte sie. »Doch auch die Revolution ist nicht so gefährlich, wie sie gerne geschildert wird; weitaus schlimmer ist es, scharfen Chili zu essen, ohne Wasser zur Hand zu haben!«

»Da muß ich Ihnen wiederum recht geben«, erwiderte er lachend. »Ach die gute Doña Elena! Immer zu einem Scherz aufgelegt. Sagen Sie übrigens: Haben Sie auch schon bedacht, wo Pedro in San Antonio arbeiten könnte?«

»Er dürfte wohl ohne Schwierigkeiten als Angestellter in der Firma meines Vetters unterkommen, er spricht ja fast fehlerfrei Englisch.«

Die Worte, die Tita da soeben vernommen hatte, hallten noch lange in ihrem Kopf nach wie Kanonendonner. Niemals durfte sie das zulassen! Sie konnte es nicht fassen, daß man ihr auf einmal das Kind fortnehmen wollte. Sie mußte das um jeden Preis verhindern!

Vorerst war es Mama Elena jedenfalls gelungen, ihr das Fest gründlich zu verderben. Das erste Fest ihres Lebens, das sie einmal richtig genossen hatte.

FORTSETZUNG FOLGT ...

Nächstes Rezept:
Chorizo nach Art des Nordens

Bittersüße Schokolade

KAPITEL V

MAI:

Chorizo nach Art des Nordens

ZUTATEN:

8 kg Schweinelende
2 kg Filetspitzen vom Rind
1 kg Ancho-Pfefferschoten
60 g Kümmel
60 g Oregano
30 g Pfeffer
60 g Nelken
2 Tassen Knoblauch
2 l Apfelessig
1/4 kg Salz

ZUBEREITUNG:

Zunächst stellt man den Essig aufs Feuer und gibt die zuvor entkernten Pfefferschoten hinzu. Sobald der Essig zu sieden beginnt, nimmt man den Topf vom Feuer, deckt ihn zu und läßt die Pfefferschoten darin ziehen.

Chencha setzte den Deckel auf den Topf und eilte in den Garten hinaus, um Tita bei der Suche nach Würmern zur Hand zu gehen. Jeden Augenblick konnte Mama Elena erscheinen, um zu kontrollieren, wie sie mit der Arbeit für den Chorizo vorankamen und ob ihr Badewasser bereitstand, doch mit beidem waren sie noch im Verzug. Das lag daran, daß Tita, seit Pedro und Rosaura mit dem kleinen Roberto nach San Antonio, Texas, übergesiedelt waren, jede Freude am Leben verloren hatte, mit Ausnahme eines hilflosen Taubenjungen, das sie mit Würmern aufpäppelte. Davon abgesehen hätte das Haus einstürzen können, es hätte sie völlig kaltgelassen.

Chencha wollte sich lieber nicht ausmalen, was passieren würde, wenn Mama Elena dahinterkäme, daß Tita keinerlei Interesse zeigte, sich an der Herstellung des Chorizo zu beteiligen.

Die Idee, Wurst zu machen, war ihnen gekommen, weil Schweinefleisch so auf die praktischste Art verarbeitet und haltbar gemacht werden konnte und damit für lange Zeit ein Vorrat an nahrhaften Lebensmitteln gesichert wäre, der nicht zu verderben drohte. Außerdem hatten sie zum Glück noch rechtzeitig beträchtliche Mengen an Räucherfleisch, Schinken, Speck und

Schmalz eingelagert. Möglichst das gesamte Schwein sollte nun noch verwertet werden; es war nämlich das letzte Schwein und eines der wenigen Tiere, die ihnen noch geblieben waren, nachdem einige Tage zuvor ein Revolutionärstrupp über die Farm hergefallen war.

An dem Tag, als die Rebellen kamen, befanden sich nur Mama Elena, Tita, Chencha und zwei Tagelöhner auf der Farm: Rosalío und Guadalupe. Nicolás, der Verwalter, war unterwegs, um ihren Viehbestand zu erneuern. Da sie bei der herrschenden Lebensmittelknappheit nach und nach alle Tiere hatten schlachten müssen, war er auf die Suche nach dem dringenden Ersatz für die fehlenden Tiere losgezogen. Zwei der treuesten Arbeiter hatte er zu seiner Unterstützung mitgenommen. Sein Sohn Felipe war zurückgeblieben, um die Farm zu verwalten; doch Mama Elena hatte ihn unlängst seines Amtes enthoben und selbst die Leitung übernommen. Felipe hatte sie nämlich auf den Weg nach San Antonio, Texas, geschickt, da man von Pedro und seiner Familie seit ihrer Abreise noch kein Lebenszeichen erhalten hatte. So mußte man befürchen, daß ihnen etwas zugestoßen war.

Rosalío kam im Galopp herbeigeeilt, um zu melden, daß ein Trupp sich dem Hof nähere. Mama Elena holte daraufhin unverzüglich ihr Gewehr und überlegte, während sie es rasch etwas ölte, wie sie ihren wertvollsten Besitz am besten vor der Habgier der Plünderer verbergen könnte. Was man ihr von den Revolutionären erzählt hatte, ließ nichts Gutes ahnen, wenngleich diese Informationen nicht unbedingt verläßlich waren, stammten sie doch von Pater Ignacio und dem Bürgermeister von Piedras Negras. Beide hatten erzählt, wie die Soldaten in die Häuser einfielen, alles niedermachten und jede junge Frau, die ihnen über den Weg lief, vergewaltigten. Daher ordnete sie nun an, Tita und Chencha sollten das letzte Hausschwein holen und sich schleunigst mit ihm im Keller verstecken.

Als die Rebellen eintrafen, fanden sie nur Mama Elena vor, die in der Küchentür stand. Flankiert von Rosalío und Guadalupe hatte sie sich dort postiert, die Flinte in den Falten ihres Unterrocks verborgen. Unerschrocken blickte sie dem Hauptmann, der den Trupp anführte, in die Augen, der sogleich verstand, daß dieser harte Blick einer Frau gehörte, mit der nicht zu spaßen war.

»Guten Abend, gnädige Frau, sind Sie die Herrin dieser Farm?«

»So ist es. Was führt Sie zu uns?«

»Wir sind gekommen, um Sie höflichst aufzufordern, der allgemeinen Sache zu dienen.«

»Und ich teile Ihnen höflichst mit, Sie mögen sich von den Lebensmitteln, die Sie im Getreideschuppen und in den Gehegen finden, nach Belieben bedienen. Aber das eine sage ich Ihnen, in meinem Haus rühren Sie nichts an, verstanden? Was sich dort befindet, dient meinem persönlichen Bedarf.«

Der Hauptmann salutierte zum Spaß und erwiderte: »Sehr wohl, mein General!«

Die Soldaten fanden diesen Witz ungemein komisch und wollten sich darüber halb totlachen; der Hauptmann hingegen hatte sofort erkannt, daß mit Mama Elena nicht gut Kirschenessen war und daß sie es bitterernst meinte.

Um freilich klarzustellen, daß er sich von ihrem gebieterisch strengen Blick nicht einschüchtern ließ, befahl er, die Farm zu durchsuchen. Was sie fanden, war nicht eben viel, nur ein bißchen Mais zum Aushülsen und acht Hühner. Einer der Sergeanten trat daraufhin zum Hauptmann und meinte:

»Die Alte da muß alles im Haus versteckt haben, lassen Sie mich reingehen, um nachzusehen!«

Da holte Mama Elena auf einmal die Flinte hervor und warnte:

»Ich scherze nicht, wenn ich sage, daß keiner mein Haus betritt!«

Mit einem breiten Grinsen machte sich nun der Sergeant, der ein paar Hühner gepackt hatte und sie in der Hand hin und her schwenkte, auf den Weg zur Eingangstür. Doch in dem Moment setzte Mama Elena die Flinte an, wobei sie sich gegen die Wand abstützte, um beim Schießen nicht vom Rückstoß nach hinten geschleudert zu werden, legte den Finger an den Hahn und gab einen gezielten Schuß auf die Hühner ab. In alle Himmelsrichtungen zerstoben die Fleischfetzen, und ein penetranter Gestank nach versengten Federn breitete sich aus.

Am ganzen Leibe zitternd zogen schließlich auch Rosalío und Guadalope ihre Pistolen, in der Gewißheit, daß ihre letzte Stunde geschlagen hatte. Der Soldat an der Seite des Hauptmanns setzte an und zielte auf Mama Elena, doch der Hauptmann winkte ab. Alle warteten auf seinen Befehl zum Angriff.

»Ich bin verdammt treffsicher und von aufbrausendem Charakter. Der nächste Schuß gilt Ihnen, und Sie können Gift darauf nehmen, daß ich Sie erschießen werde, bevor mich eine Kugel trifft, wir täten also gut daran, uns gegenseitig zu verschonen, denn wenn wir sterben, werde ich zwar niemandem fehlen, doch was Sie betrifft, bin ich davon überzeugt, daß Ihr Verlust für die Nation äußerst schmerzlich sein wird. Habe ich mich klar genug ausgedrückt?« hörte man da Mama Elena sagen.

Tatsächlich war es sehr schwer, Mama Elenas Blick standzuhalten, selbst für einen Hauptmann. Etwas schrecklich Einschüchterndes lag darin. Den, dem er galt, lehrte er das Fürchten: Man sah sich eines Vergehens angeklagt und schuldig gesprochen. Dieser Blick weckte die kindliche Angst vor der mütterlichen Autorität.

»Ja, da muß ich Ihnen zustimmen. Doch seien Sie unbesorgt, niemand wird Ihnen ein Haar krümmen oder es Ihnen gegenüber auch nur an nötigem Respekt fehlen lassen, das wäre ja noch schöner! Einer so wakkeren Frau gilt meine ganze Hochachtung.« Dann wandte er sich zu seinen Soldaten um und sagte:

»Niemand betritt dieses Haus, wir wollen mal nachsehen, ob hier noch etwas zu finden ist, dann ziehen wir ab.«

Was sie noch entdeckten, war der Taubenschlag, der den ganzen Raum unter beiden Dachschrägen des riesigen Hauses einnahm. Um dorthin zu gelangen, mußte man eine sieben Meter hohe Leiter erklimmen. Drei Rebellen wagten den Aufstieg; oben angelangt, zauderten sie eine ganze Weile, bevor sie sich endlich hineintrauten. Der riesige dunkle Innenraum und das Gurren der Tauben, die pausenlos durch winzige Fensterspalte an den Seitenwänden ein und aus flogen, verschlugen ihnen erst einmal die Sprache. Um zu verhindern, daß die Tauben entkamen, schlossen sie dann das Eingangstürchen und die Fensterlöcher und machten sich auf die Jagd nach den Tauben nebst ihren Jungen.

Sie brachten eine derartige Menge zusammen, daß ihr gesamtes Bataillon eine volle Woche davon satt werden konnte. Bevor sie sich zurückzogen, ritt der Hauptmann noch den ganzen Hinterhof ab und sog dabei den unauflöslichen, immer noch dort schwebenden Rosenduft ein. Er schloß die Augen und rührte sich eine Weile nicht von der Stelle. Als er schließlich wieder zu Mama Elena trat, wollte er wissen:

»Ich habe gehört, Sie haben drei Töchter, wo sind sie?«

»Die älteste und die jüngste leben in den Staaten, die mittlere ist gestorben.«

Diese Nachricht schien den Hauptmann schwer zu treffen. Mit kaum vernehmbarer Stimme erwiderte er:

»Das ist wirklich traurig, ausgesprochen traurig.«

Sodann verabschiedete er sich von Mama Elena mit einer höflichen Verbeugung. Ruhig und gesittet zogen sie ab, genauso, wie sie gekommen waren, und Mama Elena war völlig verwirrt darüber, wie man sie behandelt hatte; das entsprach ganz und gar nicht den Umgangsformen, die sie von blutrünstigen Mörderbanden erwartet hatte. Von Stund an beschloß sie, sich mit ihrer Meinung über die Revolutionäre etwas zurückzuhalten. Freilich konnte sie nicht wissen, daß dieser Hauptmann eben jener Juan Alejandrez war, der Monate zuvor ihre Tochter Gertrudis entführt hatte.

Dem Hauptmann erging es nicht besser, denn ihm blieb seinerseits verborgen, daß es Mama Elena gelungen war, im hinteren Teil des Hauses eine große Schar von Hühnern sicher unter einem Berg von Asche zu verscharren. Zwanzig hatten sie noch rechtzeitig vor der Ankunft der Plünderer schlachten können. Die Hühner werden mit Weizen oder Haferkörnern gefüllt und dann mitsamt ihrem Federkleid in einen lasierten Tontopf gelegt. Diesen deckt man sorgfältig mit einem Leintuch ab, wodurch das Fleisch gut und gerne eine Woche frisch bleibt.

Es wurde seit Menschengedenken auf der Farm so gehalten, wenn das Wildbret nach der Jagd gelagert werden mußte.

Als Tita schließlich aus ihrem Versteck wieder auftauchte, vermißte sie sofort das unablässige Gurren der Tauben, das ihren Alltag seit der Geburt begleitet hatte. Diese plötzliche Stille ließ sie schlagartig die ganze Last der Einsamkeit spüren. Es war der Moment, in dem sie die Leere nach Pedros, Rosauras und Robertos Fortgang am schmerzlichsten empfand.

Hastig erklomm sie die Sprossen der langen Leiter, die zum Taubenschlag führte, doch das einzige, was sie noch vorfand, war der Federteppich und der unvermeidliche Taubendreck.

Der Wind pfiff durch die offene Tür und wirbelte einige Federn in die Luft, die dann auf einen Teppich des Schweigens niederschwebten. Plötzlich vernahm sie ein leises Rascheln und entdeckte ein winziges, frisch geschlüpftes Küken, das dem Massaker entkommen war. Tita hob es auf und sah noch ein letztes Mal der von den Pferden beim Abmarsch hochgewirbelten Staubwolke nach, bevor sie sich an den Abstieg begab. Verwundert fragte sie sich, warum man ihrer Mutter eigentlich kein Leid zugefügt hatte. Unten in ihrem Versteck hatte sie inbrünstige Stoßgebete zum Himmel geschickt, Mama Elena möge nichts Böses geschehen, doch insgeheim hatte sie gehofft, ihre Mutter würde bei dieser Konfrontation den Tod finden.

Nun, als sie das Küken zwischen ihre Brüste steckte, um sich mit beiden Händen an der halsbrecherischen Leiter festzuhalten, reute es sie, diese Hoffnung gehegt zu haben. Dann begann sie den Abstieg. Von dem Tag an galt ihre größte Sorge der Aufzucht des abgemagerten Kükens. So hatte das Leben wenigstens einen gewissen Sinn. Zwar war es nicht annähernd vergleichbar mit dem Glück, das die Betreuung eines kleinen Menschenkindes bedeutete, doch immerhin besser als nichts.

Ihre Brüste waren durch den Schmerz über die Trennung von ihrem Neffen von einem auf den anderen Tag versiegt. Während sie nun die Würmer aufsammelte, plagte sie die Ungewißheit, von wem und wie der kleine Roberto jetzt wohl gefüttert würde. Dieser Gedanke ging ihr Tag und Nacht nicht mehr aus dem Kopf. Den ganzen Monat über hatte sie kaum Schlaf finden können, was den einzigen Vorteil hatte, daß ihre riesige Bettdecke um das Fünffache angewachsen war. Plötzlich trat Chencha heran und schreckte Tita aus ihrem Selbstmitleid hoch, um sie eiligst in Richtung Küche zu schieben. Dort setzte sie Tita an den Metate, wo sie die Gewürze und die Pfefferschoten zermahlen mußte. Um diesen Vorgang zu erleichtern, fügt man beim Zerstoßen wiederholt einige Spritzer Essig hinzu. Zum Schluß wird das fein gehackte oder durchgedrehte Fleisch mit den Pfefferschoten und den Gewürzen vermischt und einige Zeit, am besten eine Nacht lang, stehengelassen.

Sie hatten noch nicht ganz mit dem Zermahlen begonnen, da betrat auch schon Mama Elena die Küche und wollte wissen, warum das heiße Bad noch nicht fertig sei. Sie haßte es, so spät zu baden, da ihr Haar dann nicht mehr rechtzeitig trocken wurde.

Mama Elenas Bad vorzubereiten bedeutete eine umständliche, fast zeremonielle Prozedur. Dafür mußte zuerst Wasser mit Lavendel, ihrem bevorzugten Badezusatz, aufgekocht werden. Dann passierte man den Sud durch ein sauberes Tuch in große Kübel heißen Wassers und gab einige Tropfen Branntwein hinein. Zum Schluß war dieses heiße Wasser Eimer für Eimer in die »dunkle Kammer« zu schleppen, einen winzigen Raum, der am anderen Ende des Hauses neben der Küche lag. Diese Kammer ließ, wie ihr Name schon besagt, keinen einzigen Sonnenstrahl ein, da sie fensterlos war. Nur eine enge Tür führte hinein. Im Inneren, genau in der Mitte, stand eine riesige Wanne, in die das Wasser gegossen wurde. Daneben mußte ein Zinnkrug mit Xi-Xi aus zerdrückten Agavenblättern für Mama Elenas Haarwäsche bereitstehen.

Da Tita Mama Elena bis zu ihrem Lebensende zu pflegen hatte, durfte sie als einzige diesem Ritual beiwohnen, wo sie ihre Mutter unbekleidet zu Gesicht bekam. Niemand sonst. Eben aus diesem Grunde war jener vor unbefugten Blicken sichere Raum eingerichtet worden. Tita mußte ihrer Mutter zuerst den Körper abwaschen, daraufhin erfolgte die Haarwäsche, und zum Schluß ließ Tita sie eine Weile in Ruhe das Bad genießen, während sie die Kleidung bügelte, die Mama

Elena wieder anziehen würde, wenn sie aus der Wanne stieg.

Sobald ihre Mutter rief, half Tita ihr beim Abtrocknen und dann so schnell wie möglich in die angewärmten Kleider, damit Mama Elena sich keine Erkältung zuzog. Wenn sie damit fertig waren, öffnete Tita die Tür gerade einen Spalt weit, damit der Raum etwas abkühlte und ihre Mutter nur ja nicht zu plötzlich der hereinströmenden Kälte ausgesetzt würde. Derweil kämmte Tita ihr das Haar beim spärlichen durch den Türspalt fallenden Lichtstrahl, der aus den bizarren Spiralen des aufsteigenden Wasserdampfes eine unwirkliche Zauberwelt erstehen ließ. Sie kämmte ihr das Haar, bis es vollends trocken war, flocht es zu einem Zopf und beendete damit schließlich die Liturgie. Tita dankte Gott stets aufs neue, daß ihre Mutter sich nur einmal die Woche badete, sonst wäre ihr Leben ein wahrhafter Leidensweg gewesen.

In Mama Elenas Augen war es mit dem Bad nicht anders als mit dem Essen: So sehr sich Tita auch abmühte, immer unterliefen ihr zahlreiche Fehler. Entweder wies das Hemd eine winzige Falte auf, oder das Wasser war nicht heiß genug, oder sie zog beim Flechten den Scheitel schief; so schien es, als bestünde Mama Elenas herausragendes Talent darin, Fehler aufzuspüren. Doch nie zuvor hatte sie so viel zu bemängeln gehabt wie an diesem Tag. In der Tat war Tita bei jedem einzelnen Handgriff während der Vorbereitungszeremonie nachlässig gewesen. Das Wasser war so heiß, daß Mama Elena sich beim Einsteigen die Füße verbrühte, Tita hatte das Xi-Xi für die Haarwäsche vergessen, den Unterrock und das Hemd mit dem Bügeleisen versengt und am Ende die Tür zu weit geöffnet, so daß sie es schließlich nicht anders verdient hatte, als daß Mama Elena sie gehörig ausschalt und glatt aus der Badekammer warf.

Während Tita mit der Schmutzwäsche unter dem Arm im Laufschritt zur Küche eilte, klagte und jammerte sie über die Schelte und die groben Patzer, die sie sich geleistet hatte. Was ihr am meisten zu schaffen machte, war die unnötige Arbeit mit der versengten Wäsche. Erst zum zweiten Mal in ihrem Leben widerfuhr ihr ein derartiges Mißgeschick. Nun mußte sie die rostrot verfärbten Stellen in einer Lösung aus Kaliumchlorid in destilliertem Wasser mit einer verdünnten Lauge einweichen, sie dann immer wieder kräftig ausreiben, bis die Flecken verschwanden, und dies zusätzlich zu der ohnehin schon mühseligen Reinigung der schwarzen Kleidungsstücke, die ihre Mutter zu tragen pflegte. Für diese Arbeit mußte sie Rindergalle in einer geringen Menge kochenden Wassers auflösen, einen weichen Schwamm darin eintauchen, die ganze Wäsche damit anfeuchten, sie dann sofort mit klarem Wasser wieder ausspülen und schließlich an der frischen Luft trocknen lassen.

Tita schrubbte und schrubbte die Wäschestücke, wie sie es so viele Male mit Robertos Windeln getan hatte, um den Schmutz herauszureiben. Dazu mußte sie etwas Urin zum Kochen bringen, die Stelle einen Moment lang hineintauchen und dann mit klarem Wasser auswaschen. So einfach verschwand der Schmutz normalerweise. Doch dieses Mal wollte es ihr einfach nicht gelingen, so oft sie die Windeln auch in Urin einweichte, diese schreckliche schwarze Farbe herauszureiben. Mit einem Mal merkte sie, daß sie gar nicht Robertos Windeln bearbeitete, sondern die Wäsche ihrer Mutter. Die ganze Zeit schon war sie dabei, sie ins Nachtgeschirr zu tauchen, das sie am Morgen neben dem Abwaschbecken vergessen und noch nicht ausgespült hatte. Enttäuscht ging sie daran, ihren Irrtum zu korrigieren.

Als sie endlich wieder ihre Arbeit in der Küche aufnahm, faßte sie den festen Vorsatz, in Zukunft mehr darauf achtzugeben, was sie tat. Wenn sie nicht sofort die Erinnerungen verscheuchte, die sie von Mal zu Mal stärker aufwühlten, würde jeden Moment Mama Elenas ganzer Zorn über sie hereinbrechen.

Seit Beginn der Vorbereitungen für Mama Elenas Bad hatte die Chorizofüllung geruht, so daß inzwischen wohl genug Zeit vergangen war, um sie jetzt in die Därme zu stopfen.

Die Därme sollten vom Rind, makellos und gründlich ausgespült sein. Zum Füllen benötigt man einen Trichter. Jeweils im Abstand von vier Fingern Breite werden sie fest abgebunden und mit einer Nadel angestochen, damit die Luft entweichen kann, denn diese könnte später den Chorizo verderben. Sehr wichtig ist es, den Darm gut auszustopfen, damit keine Luftblasen entstehen.

So sehr Tita sich auch bemühte, ihre Erinnerungen abzuschütteln, um nicht noch mehr Fehler zu begehen, konnte sie doch nicht umhin, während sie ein großes Stück Chorizo in der Hand hielt, an jene Sommernacht zu denken, als sich alle draußen auf den Patio schlafen gelegt hatten. Zur Zeit der Hundstage, wenn die Hitze sich bis zur Unerträglichkeit steigert, wurden im Patio bequeme Hängematten befestigt. Auf einem Tisch stand ein Behälter voll Eis, in dem eine aufgeteilte Wassermelone bereitlag, für den Fall daß jemand von der Hitze geplagt, mitten in der Nacht aufstehen würde und ihn danach verlangte, sich mit einer Melonenscheibe zu erfrischen. Mama Elena war eine Expertin im Zerteilen von Melonen: Sie nahm ein scharf geschliffenes Messer, stieß die Spitze gerade soweit in die Frucht, daß sie nicht über den grünen Teil der Schale hinausging, also das Fruchtfleisch nicht einmal streifte.

Mit mathematischer Präzision ritzte sie alsdann die Schale an verschiedenen Stellen ein und konnte, wenn sie soweit war, die Melone in die Hand nehmen und mit einem gezielten Schlag auf einen Stein so aufspringen lassen, daß sich die Schale auf wundersame Weise blütenförmig öffnete und schließlich das Fruchtfleisch unversehrt mitten auf dem Tisch prangte. Unbestreitbar war Mama Elena eine Meisterin, wenn es um Dinge ging wie etwas zerstückeln, abschälen, abstrafen, abtrennen, abstillen, abschieben, enthäuten, enttäuschen, entwöhnen, entleiben, entmündigen, entlieben. Nach Mama Elenas Tod gab es niemanden mehr, der solche Wunder hätte vollbringen können (was die Wassermelone betraf).

Tita hatte von ihrer Hängematte aus gehört, wie sich jemand erhob, um ein Stück Melone zu essen. Sie war aufgewacht, weil sie auf die Toilette gehen mußte. Den ganzen Tag über hatte sie leichtes Bier in sich hineingeschüttet, nicht um die Hitze zu lindern, sondern um genug Milch für ihren Neffen zu produzieren.

Der hatte friedlich bei ihrer Schwester geschlafen.

Tita hatte sich erhoben und sich im Dunkeln vorwärtsgetastet, denn die Nacht war so pechschwarz gewesen, daß man die Hand nicht vor Augen sah. Auf dem Weg ins Bad hatte sie sich vorsorglich die Positionen der Hängematten eingeprägt, um später niemanden anzustoßen.

Pedro hatte derweil aufrecht in seiner Hängematte gesessen, in die Melone gebissen und an Tita gedacht. Ihre Nähe hatte ihn heftig erregt. Bei dem Gedanken, sie nur ein paar Schritte von sich... und von Mama Elena entfernt zu wissen, hatte er keinen Schlaf finden können. Als er das Geräusch sich nähernder Schritte in der Finsternis hörte, war ihm einen Moment lang der Atem gestockt. Das konnte niemand anderes als Tita sein, jenen ganz spezifischen Duft, der nun in der Luft schwebte, etwas von Jasmin und etwas von Küchendünsten, verströmte nur sie. Einen Augenblick lang hatte er gedacht, Tita habe sich erhoben, um nach ihm zu suchen. Das Geräusch der näherkommenden Schritte war mit dem rasenden Pochen seines Herzens verschmolzen. Doch nein, dann hatten sich die Schritte wieder in Richtung Bad entfernt. Da war Pedro lautlos wie eine Katze aufgesprungen und mit einem Satz bei ihr gewesen.

Tita war heftig erschrocken, als sie spürte, wie jemand sie umschlang und ihr den Mund zuhielt, doch dann hatte sie sogleich gemerkt, wem diese Hand gehörte, und widerstandslos zugelassen, daß sie zuerst an ihrem Hals bis zu den Brüsten hinabglitt und schließlich ihren ganzen Körper von oben bis unten erkundete.

Während Tita einen Kuß auf dem Mund verspürte,

hatte Pedros Hand nach der ihren gegriffen und sie ermuntert, ihm ihrerseits über den ganzen Körper zu streichen. Zögernd hatte Tita die harten Muskeln an Pedros Armen und Brust ertastet. Weiter unten hatte sie einen entflammten Holzscheit entdeckt, der durch die Kleidung hindurch pulsierte. Erschrocken hatte sie plötzlich die Hand zurückgezogen, nicht wegen dieser Entdeckung, sondern wegen eines Schreis aus Mama Elenas Kehle.

»Tita, wo bist du?«

»Hier, Mami, ich mußte mal auf die Toilette.«

Voller Furcht, Mama Elena könnte Verdacht schöpfen, war Tita schleunigst zurückgelaufen und hatte eine schreckliche Nacht damit verbracht, den heftigen Drang zu urinieren mitsamt einem anderen, ganz ähnlichen Gefühl zu unterdrücken. Doch diese Qual hatte ihr nicht im geringsten geholfen: Am darauffolgenden Tag hatte Mama Elena, die eine ganze Zeitlang ihre Meinung bezüglich Pedros und Rosauras Übersiedlung nach San Antonio, Texas, geändert zu haben schien, die Reisevorbereitungen derart vorangetrieben, daß nur drei Tage später alles zum Aufbruch bereit war.

Mama Elenas Erscheinen in der Küche verscheuchte schlagartig die Erinnerungen. Tita fiel glatt der Chorizo aus der Hand. Sie argwöhnte, ihre Mutter könne ihre Gedanken lesen. Dahinter tauchte Chencha auf, in Tränen aufgelöst.

»Hör auf zu weinen, meine Gute. Ich kann dich nicht so weinen sehen. Was ist denn los?«

»Ach, der Felipe ist wieder zurück und sagt, verreckt ist er!«

»Was sagst du da? Wer ist tot?«

»Na ja, der Kleine!«

»Welcher Kleine?«

»Na wer wird's schon sein. Eben Ihr Enkel, alles, was er zu essen bekommen hat, ist ihm schlecht bekommen, und da ist er halt verreckt!«

In Titas Kopf war es, als fiele ein Geschirrschrank um. Nach dem Donner beim Aufschlag kam das Poltern von Geschirr, das in tausend Stücke zerbarst. Wie von der Tarantel gestochen sprang sie auf.

»Bleib sitzen und arbeite gefälligst weiter! Ich will keine Tränen. Armes Wesen, Gott sei ihm gnädig, doch wir dürfen uns von der Trauer nicht überwältigen lassen, es gibt noch viel Arbeit zu erledigen. Zuerst machst du hier fertig und dann tu, was du willst, außer heulen, verstanden!«

Tita spürte, wie sie von einem heftigen Beben ergriffen wurde, und hielt dennoch dem Blick ihrer Mutter stand, während sie über den Chorizo strich. Dann freilich, statt ihrer Mutter zu gehorchen, sammelte sie alle Chorizos ein, die sie finden konnte, und haute sie in Stücke, wobei sie wie von Sinnen kreischte:

»Sehen Sie nur, was ich von Ihren Befehlen halte! Ich hab es satt! Ich hab's ein für allemal satt, Ihnen zu gehorchen!«

Mama Elena eilte zornig herbei, griff nach einem Holzlöffel und schlug Tita damit mitten ins Gesicht.

»Sie sind schuld an Robertos Tod!« schrie ihr Tita da wutentbrannt ins Gesicht und rannte hinaus, wobei sie sich das Blut von der Nase wischte; dann packte sie das Küken, den Eimer mit den Würmern und stieg kurz entschlossen zum Taubenschlag hinauf.

Mama Elena befahl daraufhin, die Leiter zu entfernen und Tita die ganze Nacht dort oben schmoren zu lassen. Dann füllte sie, ohne ein Wort zu sagen, zusammen mit Chencha die restlichen Würste. Bei der Sorgfalt, die Mama Elena darauf zu verwenden pflegte, daß keine Luftblasen entstanden, konnte sich letztendlich niemand erklären, wie es wohl dazu kam, daß man die Würste eine Woche später im Kellergewölbe, wo sie zum Trocknen lagerten, von Würmern übersät auffand.

Am folgenden Morgen verlangte Mama Elena, Chencha solle Tita herunterholen. Sie selbst war beim besten Willen nicht imstande hinaufzusteigen, denn wenn es etwas gab, wogegen sie nicht angehen konnte, so war es ihre Höhenangst.

Schon beim bloßen Gedanken, sie müßte über die sieben Meter lange Leiter nach oben steigen und dann auch noch die kleine Außentür öffnen, um hineinzugelangen, wurde ihr ganz bange. Also mußte sie stolzer tun, als sie war, und jemand anderen schicken, um Tita zu holen, wobei sie sich freilich lieber selbst nach oben begeben hätte, um Tita eigenhändig an den Haaren herunterzuzerren.

Chencha fand Tita mit dem Küken in der Hand vor. Sie schien nicht zu bemerken, daß es tot war, denn sie versuchte unermüdlich, ihm Würmer einzuverleiben. Das Arme, womöglich war es an Überfütterung gestorben, da Tita es immerzu nur vollstopfte. Titas Blick war abwesend und traf Chencha, als sähe sie diese zum ersten Mal in ihrem Leben.

Schließlich mußte Chencha unverrichteter Dinge wieder hinabsteigen mit der Nachricht, Tita habe den

Verstand verloren und wolle den Taubenschlag nicht verlassen.

»Nun gut, wenn sie durchgedreht ist, wird sie eben in der Irrenanstalt landen. In meinem Haus ist kein Platz für Verrückte!«

Und tatsächlich schickte sie sogleich Felipe zu Doktor Brown, damit er Tita fortbrächte. Als der Arzt kam, hörte er sich zunächst Mama Elenas Version der Geschichte an und machte sich dann daran, zum Taubenschlag hinaufzusteigen.

Dort fand er Tita völlig unbekleidet, mit gebrochener Nase und dem Körper von oben bis unten voller Taubendreck vor. Lauter Federn klebten ihr auf der Haut und in den Haaren. Sobald sie Doktor Brown erblickte, flüchtete Tita in die hinterste Ecke und kauerte sich dort wie ein Embryo zusammen.

Niemand erfuhr, was sie Doktor Brown in den langen Stunden, die er bei ihr verbrachte, alles erzählte, doch gegen Nachmittag kam er endlich mit der vollständig angekleideten Tita wieder herunter, bestieg seine Kutsche und nahm Tita mit.

Chencha rannte weinend hinter ihnen her und schaffte es gerade noch, Tita die riesige Decke, die sie in den unzähligen schlaflosen Nächten gehäkelt hatte, um die Schultern zu legen. Diese war so groß und wog so schwer, daß sie bei weitem nicht in die Kutsche hineinpaßte. Doch da Tita sich mit aller Kraft daran klammerte, blieb nichts anderes übrig, als die Decke hinterherschleifen zu lassen wie eine überdimensionale, kunterbunte Brautschleppe, die nicht weniger als einen Kilometer bedeckte. Da Tita ohne Rücksicht auf die Farbe jegliches Garn, das ihr unter die Finger gekommen war, für ihre Decke verwandt hatte, wies diese nun ein Sammelsurium von Strukturen, Mustern und Farben auf, die beim Vorbeiziehen wie von Zauberhand durch die hoch aufwirbelnde Staubwolke hindurchblitzten, um stets sogleich wieder zu verschwinden.

FORTSETZUNG FOLGT ...

Nächstes Rezept:
Masse zur Herstellung
von Streichhölzern

Bittersüße Schokolade

KAPITEL VI

JUNI:

Masse zur Herstellung von Streichhölzern

ZUTATEN:

1 Unze Salpeterpulver
1/2 Unze Bleimennige
1/2 Unze Gummiarabicum
(pulverisiert)
1 Drachme Phosphor
Safran
Pappe

ZUBEREITUNG:

Das Gummiarabicum muß in heißem Wasser gelöst werden, bis eine nicht zu feste zähflüssige Masse entsteht. Wenn diese soweit ist, fügt man den Phosphor und das Salpeterpulver hinzu und wartet, bis es sich auflöst. Zum Schluß wird noch eine ausreichende Menge an Mennige untergemischt, um die Masse einzufärben.

Tita sah schweigend zu, wie Doktor Brown die nötigen Handgriffe verrichtete. Sie saß am Fenster eines kleinen Labors, das der Doktor im hinteren Teil des Hofes in einem Anbau eingerichtet hatte. Der Lichtstrahl, der durch das Fenster einfiel, schien ihr direkt auf den Rücken und gab ihr ein leichtes Gefühl von Wärme, doch es war so schwach, daß sie es kaum spürte. Die Kälte hatte sich derart hartnäckig festgesetzt, daß sich keine Wärme entwickeln konnte, obwohl Tita in ihre überdimensionale Wolldecke eingewickelt war. An einem Ende häkelte sie des Nachts mit einem Garn weiter, das John ihr besorgt hatte.

Im ganzen Haus war das hier der Ort, an dem beide sich am wohlsten fühlten. Tita hatte ihn eine Woche nach ihrer Ankunft entdeckt. Entgegen Mama Elenas Anordnung hatte John sie nicht in eine Anstalt eingeliefert, sondern bei sich aufgenommen. Tita war ihm dafür unendlich dankbar. Vielleicht hätte sie in einer Anstalt am Ende tatsächlich noch den Verstand verloren. Bei John, der sie mit warmherzigen Worten und geduldiger Zuwendung umsorgte, fühlte sie sich hingegen von Tag zu Tag besser. Wie ein Traum erschien ihr nun in der Rückschau ihre Ankunft in diesem Haus. Vor allem blieb ihr die vage Erinnerung an den heftigen Schmerz, als der Doktor ihre Nase richtete.

Dazwischen tauchten Szenen auf, wie Johns große und liebevolle Hände ihr später die Kleidung abstreiften und sie badeten; dabei hatte er ihr behutsam den gesamten Taubendreck vom Körper gelöst, sie sauber geschrubbt und von oben bis unten einparfümiert. Schließlich hatte er ihr ganz sanft die Haare gebürstet und sie in ein Bett mit frisch gestärkten Laken gelegt.

Diese Hände hatten sie von ihrer grausamen Qual erlöst, und das würde sie ihm niemals vergessen. Eines Tages, wenn sie wieder Lust hätte zu reden, würde sie John das gerne sagen; doch vorerst wollte sie weiter schweigen. Sie mußte noch so viele Dinge in ihrem Kopf ordnen, ja, sie vermochte einfach nicht in Worte zu fassen, was sich in ihrem Inneren zutrug, seit sie die Farm verlassen hatte. Sie fühlte sich völlig verwirrt. Die ersten Tage wollte sie nicht einmal ihr Zimmer verlassen, dorthin brachte ihr auch Caty, eine siebzigjährige Nordamerikanerin, die nicht nur die Küche führte, sondern auch für Alex, Doktor Browns kleinen Sohn, zu sorgen hatte, ihr Essen. Alex' Mutter war bei seiner Geburt gestorben. Tita hörte Alex fröhlich lachen und über den Hof toben, ohne daß sie die geringste Lust verspürt hätte, ihn kennenzulernen.

Bisweilen kostete Tita nicht einmal von den Speisen, denn sie hatten einen faden Geschmack, der ihr zuwider war. Statt zu essen, verbrachte sie Stunden und Stunden damit, ihre Hände zu betrachten. Wie ein Neugeborenes inspizierte Tita sie, um sie schließlich als Teil ihrer selbst zu erkennen. Zwar konnte sie ihre Hände nach Gutdünken bewegen, wußte jedoch noch nicht so recht, was sie mit ihnen eigentlich anfangen sollte, außer zu häkeln. Nie zuvor hatte sie die Muße gehabt, ihre Zeit mit Gedanken über derartige Dinge zu vergeuden. An der Seite ihrer Mutter war das, was diese Hände zu tun hatten, ohne Zweifel kühl berechnet. Sie mußte aufstehen, sich ankleiden, das Feuer im Ofen entfachen, das Frühstück bereiten, die Tiere füttern, abwaschen, Betten machen, Essen kochen, abwaschen, die Wäsche bügeln, das Abendessen kochen, abwaschen, Tag für Tag, Jahr für Jahr. Ohne auch nur einen Moment lang innezuhalten, ohne darüber nachzudenken, ob das ihren Händen überhaupt gerecht wurde. Als Tita sie nun ansah, so von den mütterlichen Zwängen befreit, wußte sie auf einmal nicht mehr, für welche Arbeit ihre Hände gut sein sollten, da sie nie zuvor selbständig darüber verfügt hatte. Sie konnten alles mögliche machen, sich in alles mögliche verwandeln. Wenn sie doch zu Vögeln würden und auf und davon flögen! Sie wünschte sich sehnlichst, sie möchten sie weit forttragen, so weit wie möglich. Sie trat zum Fenster, das auf den Hof hinausging, hob ihre Hände gen Himmel und versuchte, sich selbst zu entfliehen, versuchte, nicht daran zu denken, sich bloß nicht zu entscheiden, bloß nicht wieder zu sprechen. Sie wollte nicht, daß die Worte ihren Schmerz herausschrieen.

Inständig hoffte sie, ihre Hände würden sich in die Lüfte erheben. Eine ganze Weile verharrte sie in dieser Stellung und schaute zwischen ihren reglosen Fingern hindurch auf den blauen Himmel im Hintergrund. Als

Tita so in die Betrachtung vertieft war und plötzlich sah, wie ihre Hände sich in zartem Dunst auflösten und zum Himmel emporschwebten, wollte sie fast meinen, das Wunder würde Wirklichkeit. Schon hielt sie sich bereit, von einer höheren Macht angezogen, ebenfalls aufzusteigen, doch nichts dergleichen geschah. Enttäuscht mußte sie am Ende einsehen, daß jener Rauch nicht von ihr ausging.

Er stieg aus einem kleinen Raum am Ende des Hofes auf. Eine Dunstwolke entfaltete sich in der Luft mit einem so angenehmen und zugleich vertrauten Duft, daß Tita unweigerlich das Fenster öffnete, um ihn tief einzusaugen. Dabei sah sie mit geschlossenen Augen, wie sie neben Nacha auf dem Küchenboden saß und Maistortillas bereitete: Sie sah den Topf, in dem eine köstlich duftende Suppe brodelte, daneben die Frijoles, die gerade garkochten, und wurde vom Wunsch gepackt, unverzüglich nachzusehen, wer wohl dort in der Küche hantierte. Caty konnte es nicht sein. Wer solche Wohlgerüche beim Kochen produzierte, war eine Expertin in Küchenangelegenheiten. Ohne sie noch gesehen zu haben, meinte Tita sich in jener Person wiederzuerkennen, wer immer es auch sein mochte.

Kurz entschlossen überquerte sie den Patio, öffnete die Tür und stieß, als sie den Raum betrat, auf eine sympathische Frau um die achtzig. Sie sah Nacha sehr ähnlich. Ein langer Zopf war um ihren Kopf gewunden, und mit der Schürze wischte sie sich soeben den Schweiß von der Stirn. Ihr Gesicht trug deutlich indianische Züge. Sie kochte Tee in einem irdenen Gefäß.

Da schaute sie auf, lächelte Tita freundlich zu und hieß sie, neben ihr Platz zu nehmen. Tita ließ sich nicht zweimal bitten. Sogleich reichte die Frau ihr eine Tasse von diesem köstlich duftenden Tee.

Tita trank ihn in kleinen Schlücken, um den Geschmack jener unbekannten und zugleich so vertrauten Kräuter ausgiebig zu genießen. Was für ein wohliges Gefühl erfüllte sie da auf einmal mit der Wärme und dem Geschmack dieses Kräutertees.

Eine geraume Weile verharrte sie so an der Seite der Frau. Sie sprach ebensowenig wie Tita, doch das war auch nicht nötig. Von Beginn an hatte sich eine Art Verständigung zwischen beiden entsponnen, die jenseits aller Worte lag.

Von dem Moment an besuchte Tita sie tagtäglich. Doch mit der Zeit fand sie immer häufiger Dr. Brown an der Stelle der Frau vor. Beim ersten Mal war Tita ziemlich verwundert, hatte sie doch weder erwartet, ihn dort anzutreffen, noch, daß der Doktor die Einrichtung des Ortes derart verändern würde.

Plötzlich standen dort zahlreiche Geräte für wissenschaftliche Experimente, Reagenzgläser, Lampen, Thermometer usw... Der kleine Herd nahm nicht mehr den wichtigsten Platz ein, sondern war in eine Zimmerecke verbannt worden. Ihr gefiel das ganz und gar nicht; da sie freilich nicht wollte, daß ihr auch nur ein Laut über die Lippen kam, behielt sie ihre Meinung lieber für sich, ebenso wie die Frage nach dem Verbleib und der Identität jener Frau. Im übrigen mußte sie sich eingestehen, daß ihr Johns Gegenwart durchaus behagte. Die einzige Veränderung bestand darin, daß er sehr wohl gesprächig war und daß er, statt zu kochen, damit beschäftigt war, seine Theorien wissenschaftlich zu überprüfen.

Diese Vorliebe für wissenschaftliche Experimente hatte er von seiner Großmutter geerbt, einer Kikapú-Indianerin, die sein Großvater entführt hatte, um mit ihr weit von ihrem Stamm entfernt ein gemeinsames Leben zu führen. Obwohl er sie in aller Form heiratete, akzeptierte die in ihrer Überheblichkeit typische nordamerikanische Familie des Großvaters sie nie offiziell als seine Frau. Da hatte der Großvater ihr jenen Anbau eingerichtet, wo die Großmutter sich den überwiegenden Teil des Tages derjenigen Tätigkeit widmen konnte, die sie am meisten interessierte: die Heilwirkungen der Pflanzen zu erforschen.

Gleichzeitig diente ihr jener Raum als Unterschlupf, um den Anfeindungen der Familie zu entgehen. Diese begannen schon damit, daß man ihr den Spitznamen »die Kikapú« gab, statt sie bei ihrem richtigen Namen zu nennen, in der Meinung, damit würde man sie maßlos beleidigen.

Für die Browns verkörperte die Bezeichnung »Kikapú« das Schlimmste, was sie sich auf dieser Welt vorstellen konnten, nicht so jedoch für »Morgenlicht«. Für sie bedeutete es genau das Gegenteil und erfüllte sie mit grenzenlosem Stolz.

Jahre sollten vergehen, bevor die Browns ein wenig mit der Kultur der »Kikapú« in Berührung kamen. Das geschah, als Johns Urgroßvater Peter schwer an einem Bronchialleiden erkrankte. Die Hustenanfälle ließen ihn immer wieder dunkelviolett anlaufen. Die Luft konnte nicht mehr ungehindert in seine Lungen strömen. Seine Frau Mary, die als Tochter eines Arztes ein wenig von Medizin verstand, wußte, daß in solchen Fällen der Organismus des Kranken eine vermehrte

Anzahl roter Blutkörperchen bildete. Um dem entgegenzuwirken, war es ratsam, einen Aderlaß vorzunehmen, der verhindern sollte, daß eine überhöhte Menge jener Blutkörperchen einen Schlaganfall oder eine Thrombose hervorrief, da beides für den Kranken den sicheren Tod bedeutet hätte.

Johns Urgroßmutter Mary legte sich also die Blutegel zurecht, mit denen sie den Aderlaß an ihrem Mann vornehmen wollte. Bei diesen Vorbereitungen zeigte sie sich sichtlich stolz über ihre fortschrittlichen Kenntnisse auf dem Gebiet der modernen Medizin, die es ihr erlaubten, nach den anerkannt besten und neuesten Methoden über die Gesundheit ihrer Familie zu wachen, nicht mit Heilkräutern wie »die Kikapú«.

Die Blutegel werden eine Stunde lang in ein Glas mit einer halben Fingerbreite Wasser gelegt. Der Körperteil, an dem sie angesetzt werden sollen, muß mit lauwarmem Zuckerwasser gereinigt werden. Inzwischen werden die Egel auf einem sauberen Leintuch bereitgelegt und gut abgedeckt. Dann plaziert man sie an der Stelle, an der sie sich festsaugen sollen, wobei sie mit dem Tuch sorgfältig gehalten und so stark wie möglich auf die Haut gepreßt werden, damit sie sich nicht an einem anderen Punkt ansaugen. Sollte es nach dem Abnehmen nötig sein, die Hautstelle von Blut zu reinigen, so geschieht das durch leichtes Abreiben mit warmem Wasser. Um das Blut zu stillen und die Wunde zu schließen, wird diese mit Zunderschwamm von Pappeln oder einem Tuch abgedeckt und ein Umschlag aus in Milch eingeweichten Brotkrumen darauf gegeben, der nicht eher entfernt wird, bis die Wunden völlig verheilt sind.

Mary befolgte diese Regeln peinlich genau, und dennoch, als sie die Blutegel von Peters Arm löste, begann das Blut zu strömen, ohne daß sie es zu stillen vermochte. Als »die Kikapú« die verzweifelten Schreie aus dem Haus vernahm, kam sie herbeigelaufen, um zu sehen, was geschehen war. Sie ging geradewegs auf den Kranken zu, legte ihm eine Hand auf die Wunden und bewirkte so den sofortigen Stillstand der Blutung. Allen Anwesenden verschlug es die Sprache. Da bat sie, man möge sie eine Weile mit dem Kranken allein lassen. Niemand wagte es, ihr nach dem, was man gerade mitangesehen hatte, noch zu widersprechen. Den ganzen Nachmittag verbrachte sie an der Seite ihres Schwiegervaters, sang ihm fremdartige Melodien vor und legte ihm im Dunst von Räucherwerk und Kopalharz, das sie angezündet hatte, Kräuterumschläge auf. Erst spät am Abend öffnete sie die Tür des Schlafgemachs und trat, in dicke Räucherschwaden gehüllt, aus der Tür, dicht gefolgt von Peter, der wieder vollkommen wohlauf war.

Von jenem Tag an avancierte »die Kikapú« zur Hausärztin und wurde von der gesamten Kolonie der Nordamerikaner als wundertätige Heilkundige anerkannt. Der Großvater wollte ihr ein geräumigeres Labor einrichten, damit sie ihren Forschungen weiterhin nachgehen konnte, doch sie lehnte ab. Einen besseren Ort als ihr kleines Labor konnte es im ganzen Haus nicht geben. Dort hatte auch John einen Großteil seiner Kindheit und Jugend verbracht. Als er die Universität besuchte, blieb er dem Labor schließlich fern, denn die modernen Lehren der Medizin, die er danach studierte, widersprachen grundlegend dem, was er von seiner

Großmutter gelernt hatte. Je mehr sich jedoch die Medizin weiterentwickelte, desto stärker wandte John sich wieder den Kenntnissen zu, die ihm seine Großmutter zunächst vermittelt hatte, und nun, nach so vielen Jahren, die er dem Studium und der Praxis gewidmet hatte, kehrte er in das Labor zurück, überzeugt davon, nur hier würde sich ihm die letzte Weisheit der Medizin erschließen. Womöglich könnte er ihr sogar zu allgemeiner Anerkennung verhelfen, sollte es ihm gelingen, all die wundersamen Heilpraktiken, die »Morgenlicht« beherrscht hatte, mit wissenschaftlichen Methoden zu belegen.

Tita genoß es, Doktor Brown bei der Arbeit zuzuschauen. Mit ihm gab es immer neue Dinge zu lernen und zu entdecken, wie gerade jetzt, da er ihr während der Fabrikation der Streichhölzer eine umfassende Lektion über Phosphor und seine Eigenschaften erteilte.

»1669 entdeckte der Hamburger Alchimist Brand bei der Suche nach dem Stein der Weisen den Phosphor. Er hatte geglaubt, durch die Verbindung von Urin mit Metall würde Gold entstehen. Was er jedoch erhielt, war eine leuchtende Substanz, die in einer bislang beispiellosen Intensität strahlte. Lange Zeit erzeugte man Phosphor durch die vollständige Verbrennung der Rückstände von verdunstetem Urin in einer tönernen Retorte, die mit dem Hals in Wasser getaucht wurde. Heute wird er aus Tierknochen gewonnen, die Phosphorsäure und Kalk enthalten.«

Der Doktor schenkte der Herstellung des Phosphor nicht seine ungeteilte Aufmerksamkeit. Nicht weil er durch die Unterhaltung abgelenkt worden wäre, sondern weil die Koordinierung geistiger und physischer

Aktivitäten ihm keinerlei Probleme bereitete. Er konnte sogar über sehr tiefgründige Lebensfragen philosophieren, ohne daß seinen Händen Fehler unterliefen oder sie auch nur für einen Moment innehielten. Also setzte er die Herstellung der Zündhölzer fort, während er sich mit Tita unterhielt.

»Ist die Zündmasse fertiggestellt, geht man dazu über, die Pappe für die Stifte zu bearbeiten. In einem Liter Wasser löst man ein Pfund Salpeter auf, fügt zur Einfärbung etwas Safran hinzu und weicht die Pappe in dieser Lösung ein. Vor dem Trocknen schneidet man sie in schmale Streifen und taucht die Spitzen in die Masse. Zum Trocknen werden die Streichhölzer in Sand vergraben.«

Während die Streifen trockneten, führte der Doktor Tita einen Laborversuch vor.

»Obwohl Phosphor in Sauerstoff bei normaler Temperatur nicht brennt, ist er bei erhöhter Temperatur leicht entzündlich, schauen Sie...«

Der Doktor gab ein Stück Phosphor unten in ein an einem Ende verschlossenes, geknicktes Reagenzglas, das am anderen Ende in Quecksilber getaucht war. Dann schmolz er den Phosphor über einer Kerze. Schließlich leitete er mit Hilfe eines kleinen Überlaufbehälters voller Sauerstoff das Gas über den Behälter mit Quecksilber nach und nach in das Reagenzglas. Sobald es nach oben gelangt war, wo sich der geschmolzene Phosphor befand, zündete ein jäher, heftiger Funke, der blitzartig aufflammte.

»Wie Sie sehen, bergen wir alle die nötigen Elemente zur Erzeugung von Phosphor in unserem Inneren. Und damit nicht genug, ich will Ihnen etwas gestehen, was ich noch niemandem offenbart habe. Meine Großmutter vertrat eine äußerst interessante Theorie, die besagt, wenn wir auch alle mit einer Schachtel Zündhölzer in uns auf die Welt kommen, sind wir dennoch nicht in der Lage, sie allein zu entfachen, sondern benötigen, wie im vorgeführten Experiment, die Hilfe von Sauerstoff und einer Kerze. Nur daß in diesem Fall der Sauerstoff zum Beispiel dem Atem einer geliebten Person entstammt; die Kerze kann durch jede Form von Nahrung, Musik, Zärtlichkeit, Worten oder Klängen ersetzt werden, alles, was den Zündkopf bersten lassen und eines der Streichhölzer in Brand stecken kann. Für eine Weile fühlen wir eine starke Erregung in uns auflodern. Im Inneren unseres Körpers breitet sich eine behagliche Wärme aus, die jedoch allmählich wieder verschwindet, bis eine neue Explosion das Feuer nochmals entfacht. Jeder einzelne muß herausfinden, welche seine Lunten sind, um leben zu können, denn die Verbrennung, die bei jeder Zündung entsteht, spendet der Seele Energie. Mit anderen Worten liefert diese Verbrennung Nahrung für die Seele. Entdeckt man nicht beizeiten die eigenen Auslöser einer solchen Zündung, werden die Streichhölzer feucht, und wir können sie nie mehr entzünden. Sollte es soweit kommen, flieht die Seele aus unserem Körper, irrt durch tiefste Finsternis auf der vergeblichen Suche nach Nahrung, ohne zu ahnen, daß allein der Körper, den sie wehrlos und ausgekühlt zurückgelassen hat, diese Nahrung bereithält.«

Wie wahr sprachen doch diese Worte! Wenn einer das wußte, so war es Tita.

Leider mußte sie sich eingestehen, daß ihre Streichhölzer völlig durchweicht und verschimmelt waren. Niemandem würde es je wieder gelingen, auch nur ein einziges neu zu entzünden.

Das Schlimmste war ja, daß sie sehr wohl ihre Lunten kannte, doch jedes Mal, wenn es ihr gelungen war, ein Streichholz in Brand zu setzen, hatte man es ihr unerbittlich wieder ausgeblasen.

Als könne er ihre Gedanken lesen, bemerkte John:

»Deshalb sollte man Personen fliehen, die einen frostigen Atem haben. Allein ihre Gegenwart würde genügen, um das heftigste Feuer zu löschen, mit den besagten Folgen. Je mehr wir uns von solchen Personen fernhalten, desto leichter können wir uns vor ihrem Atemhauch schützen.« Während er eine Hand Titas ergriff, fuhr er wie beiläufig fort: »Es gibt viele Möglichkeiten, eine Schachtel feuchter Streichhölzer trokken zu bekommen, auf jeden Fall können Sie sicher sein, daß es ein Heilmittel gibt.«

Tita konnte nicht verhindern, daß ihr ein paar Tränen über das Gesicht rollten. Voller Zärtlichkeit wischte John sie ihr mit seinem Taschentuch fort.

»Natürlich muß man auch sehr gut achtgeben, daß man die Streichhölzer eines nach dem anderen anzündet. Denn wenn aus einer übermächtigen Gemütsbewegung heraus plötzlich alle auf einmal in Flammen stehen, verbreiten sie einen so hellen Glanz, daß er weit über das hinaus leuchtet, was wir normalerweise zu sehen vermögen, und dann tut sich vor unseren Augen ein strahlender Tunnel auf, der uns den Weg weist, den wir im Augenblick der Geburt vergaßen, und uns dazu aufruft, unseren verlorenen göttlichen Ursprung wiederzufinden. Die Seele drängt es danach, mit dem Ort ihrer Herkunft erneut zu verschmelzen und den Körper reglos zurückzulassen... Seit meine Großmutter starb, habe ich versucht, diese Theorie wissenschaftlich zu belegen. Vielleicht gelingt es mir eines Tages. Was meinen Sie?«

Doktor Brown schwieg nun, um Tita Gelegenheit zu geben, ihre Meinung beizusteuern, sollte sie es wünschen. Doch sie schwieg wie ein Grab.

»Nun gut, ich will Sie nicht länger mit meinem Gerede langweilen. Gehen wir uns ausruhen, doch als letztes möchte ich Ihnen noch ein Spiel vorführen, das meine Großmutter häufig mit mir praktizierte. Hier verbrachten wir die meiste Zeit des Tages, und beim Spiel vermittelte sie mir alle ihre Kenntnisse. Sie war eine sehr schweigsame Frau, genau wie Sie. Sie pflegte an diesem Ofen zu sitzen mit ihrem langen, um den Kopf gewundenen Zopf und meine Gedanken zu erraten. Ich wollte lernen, es ihr gleichzutun, also erteilte sie mir nach einigem Drängen die erste Lektion. Mit einem unsichtbaren Material schrieb sie, ohne daß ich zusehen konnte, einen Satz an die Wand. Wenn ich dann bei Nacht auf die Wand schaute, erriet ich, was sie geschrieben hatte. Sollen wir es mal versuchen?«

Auf diese Weise erfuhr Tita, daß die Frau, mit der sie so lange Zeit verbracht hatte, Johns verstorbene Großmutter gewesen war. Danach brauchte sie also nicht mehr zu fragen.

Der Doktor nahm mit einem Tuch ein Stück Phosphor auf und reichte es Tita.

»Ich will nicht das Schweigen brechen, das Sie sich auferlegt haben, doch würde ich Sie bitten, mir als Geheimnis zwischen uns beiden, sobald ich fortgegangen bin, auf diese Wand die Gründe aufzuschreiben, warum Sie nicht sprechen wollen, einverstanden? Morgen werde ich sie in Ihrem Beisein erraten.«

Doktor Brown unterließ es wohlweislich, Tita zu sagen, daß eine der Eigenschaften des Phosphors eben darin besteht, die damit auf die Wand geschriebenen Buchstaben in der Nacht leuchten zu lassen. Offensichtlich bedurfte er dieser List gar nicht erst, um zu wissen, was in Tita vorging, doch vertraute er darauf, daß schon mal ein guter Anfang gemacht wäre, wenn Tita aus freien Stücken die Verständigung mit der Welt, und sei es auch nur schriftlich, wieder aufnähme. John hatte den Eindruck, sie sei nun soweit. Kaum hatte der Doktor den Raum verlassen, da griff sie auch schon nach dem Phosphor und trat zur Wand.

Als John des Nachts in das Labor ging, schmunzelte er zufrieden, denn an der Wand las er den in energischer Leuchtschrift geschriebenen Satz: »Weil ich nicht will.« Mit diesen vier Worten hatte Tita den ersten Schritt in die Freiheit getan.

Unterdessen starrte Tita unverwandt an die Decke, wobei ihr Johns Worte nicht mehr aus dem Sinn gehen wollten: Sollte es vielleicht doch möglich sein, ihre Seele aufs neue erzittern zu lassen? Sie wünschte aus vollem Herzen, es sei wahr.

Sie mußte jemanden finden, dem es gelänge, diese Sehnsucht in ihr zu entfachen.

Und wenn diese Person John war? Sie rief sich jenes wohltuende Gefühl ins Gedächtnis, das sie erfüllt hatte, als John im Labor ihre Hand ergriff... Nein. Sie war sich nicht sicher. Das einzige, woran sie nicht zweifelte, war, daß sie um keinen Preis auf die Farm zurückkehren würde. Niemals mehr wollte sie in der Nähe von Mama Elena leben.

FORTSETZUNG FOLGT ...

Nächstes Rezept:
Ochsenschwanzsuppe

Bittersüße Schokolade

KAPITEL VII

JULI:

Ochsenschwanz-suppe

ZUTATEN:

2 Ochsenschwänze
1 Zwiebel
2 Knoblauchzehen
4 extra rote Tomaten
1/4 kg zarte grüne Bohnen
2 Kartoffeln
4 Morita-Pfefferschoten

ZUBEREITUNG:

Die kleingeschnittenen Ochsenschwänze werden mit einem Stück Zwiebel, einer Knoblauchzehe, Salz und Pfeffer nach Geschmack zum Kochen gebracht. Vorzugsweise stellt man etwas mehr Wasser auf, als für einen Eintopf üblich ist, da hier eine Suppe entstehen soll. Eine richtige Suppe muß flüssig sein, aber nicht verwässert.

Suppen sind geeignet, jegliche Art von körperlicher und geistiger Krankheit zu heilen, darauf schwor zumindest Chencha und nun auch Tita, die es lange Zeit bezweifelt hatte. Alles in allem konnte sie nicht mehr umhin, dieser Maxime Glauben zu schenken.

Vor drei Monaten, als sie einen Löffel von der Suppe zu sich genommen hatte, die Chencha ihr gekocht und zu Doktor Brown gebracht hatte, war Titas gesunder Menschenverstand zurückgekehrt.

Sie hatte an der Scheibe gelehnt und durch das Fenster zugesehen, wie Alex, Johns Sohn, auf dem Hof einer Taube nachlief.

Dann hatte sie Johns Schritte auf der Treppe vernommen und wie üblich freudig seinen Besuch erwartet. Johns Stimme bedeutete ihre einzige Verbindung zur Welt. Könnte sie doch bloß sprechen und ihm sagen, wie wichtig ihr seine Gegenwart und die Unterhaltung mit ihm waren. Könnte sie doch hinuntergehen und Alex einen Kuß geben, als wäre er der Sohn, den sie nicht hatte, und mit ihm bis zur Erschöpfung spielen, hätte sie doch nicht vergessen, wie man wenigstens ein paar Eier zubereitete, könnte sie nur an irgendeinem Gericht Geschmack finden, könnte sie doch ... ins Leben zurückkehren. Ein Duft, der ihr in die Nase stieg, ließ sie erschaudern. Es war ein ungewöhnlicher Geruch in diesem Haus. Da öffnete John auch schon die Tür und brachte ein Tablett mit einem Teller voller Ochsenschwanzsuppe herein!

Eine Ochsenschwanzsuppe! Sie konnte es nicht glauben. Hinter John trat Chencha ein, in Tränen aufgelöst. Sie umarmten sich nur kurz, um zu vermeiden, daß die Suppe abkühlte. Als Tita den ersten Löffel schlürfte, erschien Nacha an ihrer Seite und strich ihr beim Essen über den Kopf, so wie sie es so oft in der Kindheit getan hatte, wenn Tita krank war, und dann gab sie ihr immer wieder liebevolle Küsse auf die Stirn. Da tauchte, gemeinsam mit Nacha, alles erneut auf, die Spiele ihrer Kindheit in der Küche, die Einkäufe auf dem Markt, die frisch gebackenen Tortillas, die bunt bemalten Aprikosenkerne, die Weihnachtstortas, ihr Heim, der Geruch nach kochender Milch, Cremetörtchen, Champurrado, Kümmel, Knoblauch und Zwiebeln. Wie seit jeher schossen ihr, als sie die Zwiebeln roch, unvermittelt die Tränen in die Augen. Sie weinte, wie nie mehr seit dem Tag ihrer Geburt. Es tat ihr so gut, eine geraume Weile mit Nacha zu schwatzen. Sie fühlte sich in die alten Zeiten zurückversetzt, als Nacha noch lebte und sie unzählige Male gemeinsam Ochsenschwanzsuppe kochten. Bei der Erinnerung an solche Momente lachten und weinten sie, während sie sich gegenseitig die Einzelheiten dieses Rezepts ins Gedächtnis riefen. Endlich war Tita wieder ein Gericht eingefallen, als sie an das einleitende Zwiebelschneiden dachte.

Zwiebel und Knoblauch werden feingehackt und in etwas Öl angebraten; sobald sie goldbraun sind, werden die Kartoffeln, die Bohnen und die kleingeschnittenen Tomaten hinzugefügt und so lange geschmort, bis alles weich ist.

John unterbrach jäh diesen Moment der Rückbesinnung, als er von der Überschwemmung auf der Treppe alarmiert, aufgeregt ins Zimmer stürzte.

Sobald er freilich feststellte, daß es sich um Titas Tränen handelte, pries er überschwenglich Chencha und ihre Ochsenschwanzsuppe, denn sie hatte etwas erreicht, das ihm mit all seiner Medizin beim besten Willen nicht gelungen war: daß Tita endlich einmal alles herausweinte. Dann aber schämte er sich, daß er so hereingeplatzt war, und machte Anstalten, sich wieder zurückzuziehen. Doch Titas Stimme hinderte ihn daran. Diese melodische Stimme, die seit sechs Monaten kein einziges Wort mehr hervorgebracht hatte.

»John, bitte gehen Sie noch nicht!«

Da blieb John bei ihr und wurde Zeuge, wie Tita abwechselnd in Tränen und in Lachen ausbrach, während sie aus Chenchas Mund allen möglichen Klatsch und Tratsch hörte. Auf diese Weise erfuhr der Doktor, daß Mama Elena alle Besuche bei Tita untersagt hatte. In der Familie De la Garza war man durchaus bereit, einiges nachzusehen, nicht aber Ungehorsam oder Auflehnung gegen elterliche Weisungen. Mama Elena würde Tita niemals verzeihen, daß diese, verrückt oder nicht verrückt, ihr die Schuld am Tod ihres Neffen gab. Und genau wie im Fall von Gertrudis hatte sie sich verbeten, daß irgend jemand auch nur Titas Namen im Munde führte.

Nun gut, Nicolás war vor kurzem mit einer Nachricht von Gertrudis zurückgekehrt.

Tatsächlich hatte er sie bei der Arbeit in einem Bordell angetroffen. Er hatte ihr die Kleider und sie ihm einen Brief für Tita überreicht. Chencha gab ihn jetzt Tita, und diese las ihn schweigend durch:

»Liebe Tita:
Du weißt gar nicht, wie dankbar ich Dir bin, daß Du mir meine Kleider geschickt hast. Zum Glück war ich noch hier und konnte sie in Empfang nehmen. Morgen werde ich diesen Ort nämlich verlassen, denn ich passe hier nicht her. Noch weiß ich nicht, wo ich hingehöre, doch bin ich sicher, daß ich den mir bestimmten Ort irgendwo finden werde. Wenn ich hierhin geraten bin, so weil ich ein ungeheures Feuer verspürte, das mich innerlich verzehrte; dem Mann, der mich auf dem Feld aufgelesen hat, verdanke ich praktisch das Leben. Hoffentlich werde ich ihn eines Tages wiederfinden. Er hat mich hier zurückgelassen, denn an meiner Seite schwanden ihm allmählich die Kräfte, ohne daß es ihm gelungen wäre, mein inneres Feuer zu löschen. Nun endlich, nachdem eine Unzahl von Männern bei mir ein- und ausgegangen ist, spüre ich eine riesige Erleichterung. Vielleicht kehre ich eines Tages heim und kann Dir dann alles erklären.
In Liebe, Deine Schwester Gertrudis.«

Tita steckte den Brief in die Tasche ihres Kleides und sagte kein Wort. Die Tatsache freilich, daß Chencha nicht eine einzige Frage nach dem Briefinhalt stellte, verriet unzweifelhaft, daß sie ihn längst von A bis Z gelesen hatte.

Später wischten Tita, Chencha und John gemeinsam

das Schlafzimmer, die Treppe und das Erdgeschoß auf.

Beim Abschied teilte Tita Chencha ihren Entschluß mit, niemals mehr auf die Farm zurückzukehren, und bat sie, dies ihre Mutter wissen zu lassen. Während Chencha einige Zeit später zum soundsovielten Mal geistesabwesend die Brücke von Eagle Pass nach Piedras Negras überquerte, zerbrach sie sich den Kopf, wie sie diese Nachricht Mama Elena wohl am besten beibringen konnte. Die Grenzposten beider Länder ließen sie gewähren, denn sie kannten sie von klein auf. Außerdem belustigte es sie zuzusehen, wie Chencha in Selbstgespräche vertieft von einer Seite zur anderen irrte und dabei unentwegt an ihrem tief ins Gesicht gezogenen Kopftuch nagte. In ihrer panischen Angst war ihr sonst so reger Erfindungsgeist wie gelähmt.

Wie sie es auch immer darstellte, zweifellos würde sie Mama Elenas Zorn auf sich ziehen. Sie mußte sich eine Geschichte ausdenken, in der wenigstens sie unbeschadet davonkäme. So blieb ihr wohl nichts anderes übrig, als eine Ausrede für ihren Besuch bei Tita zu finden. Doch Mama Elena würde keine einzige schlukken. Dafür kannte Chencha sie nur allzu gut! Sie beneidete Tita um ihren Mut, der Farm den Rücken zu kehren. Wäre sie doch wie Tita, doch sie würde sich nie trauen, es ihr gleichzutun. Von Kind auf hatte sie zu hören bekommen, wie schlecht es den Frauen erginge, die sich ihren Eltern oder ihrem Dienstherren widersetzten und ihr Zuhause verließen. Sie landeten schließlich gestrauchelt in der schmutzigen Gosse des leichten Lebens. Nervös drehte und zwirbelte sie an ihrem Tuch in dem verzweifelten Versuch, die beste Lüge für eine derartige Situation aus ihm herauszupressen. Niemals zuvor hatte diese Methode versagt. Spätestens bei der hundertsten Windung kam ihr dann auch der rettende Gedanke, wie sie sich mit einer Notlüge aus der Affäre ziehen konnte. Für sie bedeutete die Lüge eine Überlebenstaktik, die sie sich von Beginn an auf der Farm zu eigen gemacht hatte. Viel einfacher war es etwa zu sagen, Pater Ignacio habe sie damit beauftragt, die Kollekte einzusammeln und deshalb komme sie so spät zurück, als zuzugeben, daß sie aus Versehen die Milch verschüttet hatte, während sie auf dem Markt ein Schwätzchen hielt. Die Strafe, die man sich im einen oder anderen Fall einhandelte, war bei weitem nicht die gleiche.

Kurzum, alles konnte Wahrheit oder Lüge sein, je nachdem, ob man selbst ehrlich daran glaubte oder nicht. Zum Beispiel war nichts von dem wirklich eingetreten, was sie über Titas weiteres Schicksal spekuliert hatte.

Dabei hatte sie die ganzen Monate mit der bedrükkenden Vorstellung zugebracht, welche Höllenqualen Tita fern von Heim und Herd wohl durchmachen würde. Umringt von Geisteskranken, die ihr Unzüchtigkeiten zuriefen, in eine Zwangsjacke gesteckt und in der Fremde mit wer weiß was für einem schrecklichen Fraß mißhandelt. Die Mahlzeiten in einer Irrenanstalt stellte sie sich als das Schlimmste von der Welt vor, und zu allem Überfluß auch noch bei den Gringos. Und in Wirklichkeit hatte sie Tita völlig wohlauf angetroffen, niemals hatte sie auch nur einen Fuß in ein Irrenhaus gesetzt, und offensichtlich behandelte man sie bei Doktor Brown vorbildlich; auch dürfte sie gar nicht mal so schlecht gegessen haben, denn sie schien sogar ein paar Pfunde angesetzt zu haben. Doch eines war sicher, so gut sie auch gespeist haben mochte, ihre Ochsenschwanzsuppe übertraf fraglos alles, was man Tita bisher vorgesetzt hatte. Daran bestand kein Zweifel, denn warum hätte sie sonst so heftig geweint, als sie die Suppe aß?

Arme Tita, ganz bestimmt würden ihr jetzt, da Chencha fort war, erneut die Tränen kommen, aufgewühlt von den Erinnerungen und dem Gedanken, niemals mehr an Chenchas Seite zu kochen. Ja, ganz bestimmt würde ihr das sehr nahegehen. Chencha wäre im Traum nicht auf die Idee gekommen, daß Tita sich gerade in diesem Augenblick sehr wohl fühlte beim Abendessen im Mondschein und bezaubernd aussah, so hübsch zurechtgemacht in ihrem bunt schillernden Satinkleid mit Spitzenbesatz, ja, sie erhielt auch noch eine Liebeserklärung. Für Chenchas labiles, leicht erregbares Gemüt wäre das zuviel gewesen. Tita saß ganz nahe am Feuer und verbrannte Eibisch. An ihrer Seite John, der um ihre Hand anhielt. Sie hatte eingewilligt, John zu einem Abendfest auf eine Nachbarfarm zu begleiten und so ihre von John bestätigte Genesung zu feiern. John hatte ihr das wunderhübsche Kleid geschenkt, das er schon vor langer Zeit in San Antonio, Texas, für diese Gelegenheit gekauft hatte. Die changierenden Farbtöne des Kleides erinnerten sie an die Halsfedern der Tauben, doch ganz ohne den schmerzlichen Beigeschmack jenes weit zurückliegenden Tages, als sie sich im Taubenschlag eingesperrt hatte. Ganz offensichlich war sie wieder vollkommen gesund

und bereit, an Johns Seite ein neues Leben zu beginnen. Mit einem zärtlichen Kuß auf den Mund besiegelten sie ihre Verlobung. Tita empfand zwar bei weitem nicht dasselbe wie damals, als Pedro sie geküßt hatte, doch sie hoffte, ihre so lange Zeit vermoderte Seele würde sich allmählich durch die Nähe dieses wunderbaren Mannes erwärmen und schließlich Feuer fangen.

Endlich, nach drei Stunden rastlosen Hinundherlaufens hatte Chencha die Lösung gefunden! Wie stets war ihr die ideale Ausrede eingefallen. Sie würde Mama Elena einfach sagen, daß sie auf dem Weg durch Eagle Pass an einer Ecke auf eine Bettlerin mit völlig verschmutzter und zerfetzter Kleidung gestoßen sei. Aus Mitleid sei sie näher herangegangen, um ihr 10 Centavos zu geben, und habe dann völlig entsetzt festgestellt, daß es keine andere war als Tita. Sie sei aus dem Irrenhaus geflohen und ziehe nun rastlos durch die Gegend, um ihre Schuld zu büßen, weil sie ihre Mutter beleidigt habe. Sie, Chencha, habe sie inständig angefleht, mit ihr heimzukommen, doch Tita habe sich geweigert. Sie fühle sich noch nicht würdig, um wieder bei ihrer selbstlosen Mutter zu leben, und habe Chencha deshalb um den Gefallen gebeten, Mama Elena auszurichten, sie habe sie sehr lieb und werde niemals vergessen, was sie alles für ihre Tochter getan habe, und wolle versprechen, sobald sie sich gebessert habe, zu Mama Elena zurückzukehren, und dann würde sie ihr alle Liebe und allen Respekt schenken, wie sie es ihrer Mutter schuldig sei.

Chencha hoffte, sich durch diese Notlüge mit Ruhm zu bedecken, doch unglücklicherweise kam es dann ganz anders. Als sie nämlich in jener Nacht heimkehrte, fiel eine Räuberbande über die Farm her. Chencha taten sie Gewalt an, und Mama Elena erhielt, als sie ihre Ehre verteidigen wollte, einen heftigen Schlag auf den Rücken, der sie von der Hüfte abwärts lähmte. Unter diesen Umständen war weder sie in der Verfassung eine derartige Nachricht entgegenzunehmen, noch Chencha, sie ihr beizubringen.

Andererseits war es auch gut, daß sie ihr nichts gesagt hatte, denn spätestens als Tita auf die Farm zurückgekehrt war, nachdem sie von dem schlimmen Vorfall erfahren hatte, wäre ihre fromme Lüge durch Titas blendendes Aussehen und die Energie, die sie ausstrahlte, aufgedeckt worden. Ihre Mutter empfing sie schweigend, und zum ersten Mal erreichte Tita, als sie dem Blick ihrer Mutter unbeirrt standhielt, daß Mama Elena ihn schließlich abwandte. In Titas Augen zeigte sich ein seltsames Flackern.

Mama Elena erkannte ihre Tochter kaum wieder. Wortlos machten sie sich gegenseitige Vorwürfe und zerrissen damit unwiderruflich die Bande des Bluts und des Gehorsams, die sie bisher fest zusammengehalten hatten. Tita wußte sehr wohl, daß ihre Mutter sich gedemütigt fühlte, weil sie ihre Tochter erneut in ihrem Haus dulden mußte; und damit nicht genug: Zu allem Überfluß war sie auch noch auf ihre Pflege angewiesen, wenn sie genesen wollte. Daher bemühte sich Tita von ganzem Herzen, ihre Mutter so gut wie möglich zu umsorgen. Eifrig bereitete sie ihr die Mahlzeiten und gab sich besondere Mühe bei der Ochsenschwanzsuppe, mit dem ehrlichen Wunsch, sie möge so erfolgreich zur Genesung ihrer Mutter beitragen wie zu der ihren.

Tita goß die bereits gewürzte Suppe mit den Kartoffeln und den Bohnen in den Topf, in dem sie die Ochsenschwänze gekocht hatte.

Nun müssen alle Zutaten zusammen noch eine halbe Stunde lang ziehen. Dann wird die Suppe sofort vom Feuer genommen und heiß serviert.

Tita tat die Suppe auf und brachte sie ihrer Mutter auf einem feinen Silbertablett, das mit einer säuberlich gebleichten und gestärkten Spitzenserviette besonders hübsch gedeckt war.

Sie konnte kaum die anerkennende Reaktion ihrer Mutter erwarten, als diese den ersten Löffel probierte. Mama Elena jedoch spuckte angewidert alles wieder auf die Bettdecke und verlangte zeternd, Tita möge dieses Tablett unverzüglich aus ihrer Reichweite entfernen.

»Aber warum denn?«

»Weil es ekelhaft bitter schmeckt, ich kann es nicht ertragen. Nimm es fort! Na wird's bald!«

Statt jedoch zu gehorchen, drehte sich Tita halb zur Seite, um ihre Enttäuschung vor den Augen der Mutter zu verbergen. Sie konnte Mama Elenas Reaktion einfach nicht verstehen. Noch nie hatte sie ihre Art verstanden. Es ging wahrlich über ihr Fassungsvermögen, daß jemand, und noch dazu ein Familienmitglied, auf eine nett gemeinte Aufmerksamkeit ohne Grund so grausam, ja fast handgreiflich reagieren konnte. Denn sie war sicher, daß die Suppe vorzüglich gelungen war. Sie selbst hatte sie probiert, bevor sie nach oben gekommen war. Anders konnte es auch gar nicht sein bei der Mühe, die sie sich während der Zubereitung gegeben hatte.

Warum war sie nur so töricht gewesen, auf die Farm zurückzukehren, um ihre Mutter zu pflegen. Wäre sie doch besser bei John geblieben, ohne sich den Kopf darüber zu zerbrechen, was aus Mama Elena würde. Doch ihre Gewissensbisse hätten ihr niemals Ruhe gelassen. Die einzige Möglichkeit, von Mama Elena endgültig loszukommen, wäre ihr Tod, doch der war noch nicht abzusehen.

Sie verspürte den unwiderstehlichen Drang, weit fortzulaufen, ganz weit fort, um das schwache Feuer, das John mit Mühe und Not in ihr entfacht hatte, nicht durch die frostige Gegenwart ihrer Mutter zu gefährden. Es war, als hätte Mama Elena beim Ausspucken mitten auf ihr kleines Feuer getroffen und es wieder ausgelöscht. Ihr kam es vor, als steige ihr der Rauch des so plötzlich gelöschten Feuers in der Kehle hoch, um sich zu einem dichten Knoten zu winden, bis ihr die Tränen in den Augen standen und die Sicht trübten.

Gerade in dem Augenblick, als John zu seinem Arztbesuch kam, riß Tita die Tür auf, um fortzulaufen. Mit Wucht prallten sie zusammen. John konnte sie eben noch in seinen Armen auffangen und so verhindern, daß sie stürzte. Seine schützende Umarmung rettete Tita knapp vor dem Erfrieren. Nur einige Sekunden berührten sich ihre Körper, doch diese genügten, um ihre Seele wieder aufzurichten. Tita begann sich zu fragen, ob dieses Gefühl von Frieden und Geborgenheit, das John ihr vermittelte, nicht die wahre Liebe sei, weit eher als das ängstliche Sehnen und das Leid, welches sie an Pedros Seite erfahren hatte. Sie riß sich heftig von John los und lief aus dem Schlafgemach hinaus.

»Tita, komm sofort zurück! Habe ich dir nicht gesagt, du sollst das hier mitnehmen!«

»Doña Elena, bitte regen Sie sich nicht auf, das kann Ihnen nur schaden. Ich befreie Sie schon von diesem Tablett, aber sagen Sie, haben Sie denn überhaupt keinen Appetit?«

Mama Elena bat den Doktor, die Türe zu verriegeln und eröffnete ihm ihre Bedenken wegen des bitteren Beigeschmacks in der Suppe. John erwiderte ihr, es sei vielleicht eine Folge der Medikamente, die sie einnahm.

»Nein, das ist ausgeschlossen, Doktor, denn wären es die Medikamente, hätte ich diesen Geschmack ununterbrochen im Mund, und das ist nicht so. Irgendetwas tun sie mir ins Essen. Seltsamerweise, seit Tita wieder da ist. Sie müssen dem unbedingt nachgehen!«

John lächelte nur milde angesichs dieser bösartigen Unterstellungen und kam näher, um von der noch unberührt auf dem Tablett stehenden Ochsenschwanzsuppe, die man seiner Patientin gebracht hatte, zu kosten.

»Mal sehen, wir werden schon herausfinden, was man Ihnen ins Essen tut. Mmmmm! Was für eine Delikatesse! Da sind grüne Bohnen drin, Kartoffeln und Pfefferschoten und... ich kann nicht ganz sicher herausschmecken, um welche Sorte Fleisch es sich handelt.«

»Ich bin nicht zu Späßen aufgelegt. Merken Sie denn nicht den bitteren Beigeschmack?«

»Nein, Doña Elena, nicht im geringsten. Doch wenn Sie wollen, lasse ich es überprüfen. Ich möchte bloß nicht, daß Sie sich aufregen. Doch bis ich die Ergebnisse erhalte, müssen Sie essen.«

»Dann schicken Sie mir bitte eine ordentliche Köchin!«

»Aber was soll denn das heißen? Wo Sie doch die beste hier im Haus haben. Ich hatte gemeint, Ihre Tochter Tita sei eine außergewöhnliche Köchin. In den nächsten Tagen wollte ich Sie übrigens um ihre Hand bitten.«

»Sie wissen ganz genau, daß sie nicht heiraten kann!« rief sie zornentbrannt aus.

John bewahrte die Ruhe. Es war nicht ratsam, Mama Elena noch mehr zu reizen. Außerdem hatte er das überhaupt nicht nötig, da er so oder so fest entschlossen war, Tita zu heiraten, mit oder ohne Erlaubnis ihrer Mutter. Er wußte auch, daß Tita diese absurde Bestimmung inzwischen reichlich wenig interessierte und sie heiraten konnten, sobald Tita achtzehn würde. So erklärte er die Visite einfach für beendet, freilich nicht ohne Mama Elena zu bitten, sie möge sich doch beruhigen, und ihr zu versprechen, so bald wie möglich werde er ihr eine neue Köchin schicken. Und so geschah es einige Zeit später auch, doch Mama Elena sollte sich nicht einmal die Mühe machen, diese willkommenzuheißen. Sie war mit den Gedanken ganz woanders; die Bemerkung des Doktors bezüglich seiner Absicht, um Titas Hand anzuhalten, hatte ihr endlich die Augen geöffnet.

Ohne Zweifel bestand zwischen beiden ein Liebesverhältnis.

Schon seit langem hegte sie den Verdacht, Tita wünsche sie aus der Welt zu schaffen, um so nach Lust und Laune zu heiraten, nicht nur einmal, sondern hundertmal, wenn ihr danach wäre. Dieser Wunsch stand ihrer

Meinung nach schon seit jeher zwischen ihr und ihrer Tochter, bei jeder Berührung, jedem Wort, jedem Blick. Mittlerweile hatte sie nicht mehr den geringsten Zweifel, daß Tita danach trachtete, sie allmählich zu vergiften, um Doktor Brown heiraten zu können. Folglich weigerte Mama Elena sich von Stund an hartnäckig, auch nur einen Bissen von dem zu sich zu nehmen, was Tita gekocht hatte. Sie beauftragte lieber Chencha damit, für ihre Mahlzeiten zu sorgen. Nur Chencha und niemand sonst durfte sie Mama Elena dann servieren, und Chencha mußte außerdem in ihrer Gegenwart alles vorkosten, bevor sie selbst sich überwand, davon zu essen.

Der neue Stand der Dinge war Tita nicht einmal unangenehm, im Gegenteil, Chencha nahm ihr mit der leidigen Aufgabe, ihre Mutter zu pflegen, eine schwere Bürde ab und verschaffte ihr die nötige Muße, um die Stickereien an den Bettüchern für ihre Aussteuer in Angriff zu nehmen. Sie hatte beschlossen, John zu heiraten, sobald es ihrer Mutter besser ginge.

Chencha hingegen traf diese Regelung schwer. Noch hatte sie sich weder körperlich noch seelisch von dem brutalen Überfall, dessen Opfer sie geworden war, erholt. Und obgleich sie dem ersten Anschein nach von Glück sagen konnte, daß sie keine weitere Verantwortung übernehmen sollte als die, Mama Elena ihre Mahlzeiten zu kochen und sie ihr vorzusetzen, war es doch nicht ganz so einfach. Zunächst hatte Chencha die Nachricht ja noch halbwegs freudig aufgenommen, sobald freilich das Gezeter und die Rügen losgingen, wurde ihr klar, wie sauer sie sich ihr Brot verdienen mußte.

An einem Tag, als Chencha Doktor Brown aufsuchte, um sich von ihm die Fäden an den durch die Vergewaltigung verursachten Rißwunden ziehen zu lassen, die er hatte vernähen müssen, übernahm Tita ausnahmsweise für sie das Kochen.

Sie meinten, Mama Elena ohne weiteres täuschen zu können. Nach ihrer Rückkehr brachte Chencha ihr die Mahlzeit und kostete wie gewohnt als erste davon, doch sobald Mama Elena den ersten Bissen im Mund hatte, schmeckte sie sogleich den bitteren Geschmack heraus. Aufgebracht warf sie das Tablett zu Boden und jagte Chencha aus dem Haus, weil sie sich über sie lustig gemacht habe.

Chencha wollte die Gelegenheit wahrnehmen, für einige Tage in ihr Dorf zurückzukehren und dort auszuruhen. Sie mußte erst einmal die Vergewaltigung und am besten auch Mama Elenas Existenz für eine Weile vergessen. Tita versuchte, sie zu überreden, sie solle Mama Elena nicht ernst nehmen. Doch da war nichts zu machen.

»Nee, nee, mein Kindchen, was soll ich mir jetzt noch mehr einheizen lassen als ohnehin schon beim Kochen der Pfeffersaucen. Ich will mir nicht weiter die Finger verbrennen. Bitte laß mich gehen, sei nicht undankbar!«

Tita schloß sie daraufhin in die Arme, um sie zu trösten, wie sie es Abend für Abend seit ihrer Heimkehr getan hatte. Doch sie sah weder eine Möglichkeit, Chencha von ihrer Schwermut zu befreien, noch ihr die fixe Idee auszureden, nach dem brutalen Anschlag der Räuber auf ihre Ehre würde sie niemals mehr einen Mann finden.

»Du kennst doch die Männer. Allesamt sind sie sich einig: eine Mahlzeit, von der schon einer probiert hat, wo kämen wir denn da hin, nicht ums Verrecken!«

Als sie Chenchas Verzweiflung erkannte, beschloß Tita, sie ziehen zu lassen. Aus eigener Erfahrung wußte sie, daß es auf der Farm in Mama Elenas Nähe keine Schonung gab. Allein die Entfernung konnte Chencha Linderung verschaffen. Am darauffolgenden Tag schickte sie Chencha in Begleitung von Nicolás in ihr Heimatdorf.

Tita sah sich nun gezwungen, eine fremde Köchin einzustellen. Doch kaum hatte man eine gefunden, verließ sie das Haus nur drei Tage nach ihrer Ankunft wieder. Sie hatte Mama Elenas Ansprüche und ihre schlechten Manieren nicht ertragen können. Daraufhin suchten sie eine neue, die es sogar nur zwei Tage aushielt, und noch eine und danach eine weitere, bis im gesamten Dorf keine mehr aufzutreiben war, die im Haus hätte arbeiten wollen. Am längsten hielt sich noch ein taubstummes Mädchen, doch nach vierzehn Tagen nahm auch diese Haushilfe ihren Abschied, als Mama Elena ihr in Zeichensprache unmißverständlich zu verstehen gab, sie sei eine einfältige Gans.

Schließlich blieb Mama Elena nichts weiter übrig, als zu essen, was Tita ihr kochte, freilich tat sie es mit den gebührenden Vorbehalten. Außer daß sie darauf bestand, Tita müsse jedes Mal die Mahlzeit vorkosten, verlangte sie ein Glas warmer Milch, das sie vor dem Essen trank, um die Wirkung des bitteren Gifts zu neutralisieren, denn sie beharrte stur auf ihrem Verdacht, die Gerichte seien vergiftet. Nur bisweilen reichten diese Vorkehrungen aus, nicht selten aber klagte sie trotz allem über heftige Leibschmerzen, dann trank sie vorsichshalber noch einen Schluck Ipecacuanha-Wein und dazu etwas Meerzwiebelwein als Brechmittel. Alles in allem dauerte es nicht lange: Nach einem Monat starb Mama Elena unter qualvollen Schmerzen, die mit fürchterlichen Konvulsionen einhergingen. Zu Anfang konnten sich Tita und John diesen eigenartigen Tod überhaupt nicht erklären, denn außer der Lähmung litt Mama Elena klinisch gesehen an keiner weiteren Krankheit. Doch als sie ihren Nachttisch durchsahen, fanden sie ein ganzes Fläschchen mit Ipecacuanha-Wein und kamen zu dem Schluß, Mama Elena habe höchstwahrscheinlich heimlich davon getrunken. John machte Tita klar, dieses Brechmittel wirke derart durchschlagend, daß es den Tod herbeiführen könne.

Tita vermochte während der gesamten Totenwache kaum einen Moment lang den Blick von Mama Elenas Antlitz abzuwenden. Erst jetzt, nach ihrem Ableben, gelang es Tita zum ersten Mal, ihre Mutter offen anzusehen, und sie begann allmählich, diese zu verstehen. Wer Tita gesehen hätte, würde diesen forschenden Blick leicht mit einem schmerzerfüllten verwechselt haben; gleichwohl empfand sie keine Spur von Trauer. Endlich verstand sie den Ausdruck »In einer rauhen Schale steckt oft ein weicher Kern«: Aber man sah eben nur die stachlige, abweisende Schale. Genauso distanziert und unbeteiligt mußte sich etwa eine Kakteenfrucht bei einer plötzlichen Trennung von der anderen fühlen, mit der zusammen sie gereift ist. Es wäre von ihr zuviel verlangt, Schmerz über die Trennung zu empfinden, wenn sie sich doch nie unterhalten oder eine irgendwie geartete Verständigung hatten erreichen können und eben nur die äußere Schale des anderen kannten, ohne zu ahnen, daß es im Innern noch einen Kern gab.

Tita konnte sich einfach nicht vorstellen, wie dieser vor Bitterkeit verkniffene Mund leidenschaftlich geküßt hatte, diese inzwischen gelblich angelaufenen Wangen sich, von einer Liebesnacht erhitzt, gerötet hatten. Und dennoch mußte es einst so gewesen sein. Tita hatte das freilich erst jetzt entdeckt, zu spät und rein zufällig. Während sie ihre Mutter für die Totenwache ankleidete, hatte sie ihr den riesigen Schlüsselbund abgenommen, den diese an einer Kette um die Taille getragen hatte, solange Tita denken konnte. Im Haus befand sich alles unter Verschluß und wurde streng kontrolliert. Niemand hatte ohne Mama Elenas Erlaubnis auch nur eine Zuckerdose aus der Speisekammer holen können. Tita kannte die Schlüssel für jede Tür und für jedes Versteck. Doch außer dem riesigen Schlüsselbund trug Mama Elena um den Hals noch ein herzförmiges Medaillon, das einen winzigen Schlüssel barg und nun Titas Aufmerksamkeit erregte.

Ohne Zögern brachte sie den Schlüssel mit dem entsprechenden Schloß in Verbindung. Als Kind hatte sie sich nämlich beim Versteckspiel einmal in Mama Elenas Schrank verborgen. Unter all den Bettüchern hatte sie ein kleines Kästchen entdeckt. Während Tita darauf wartete, daß man sie fände, hatte sie sich bemüht, es aufzumachen, vergeblich, denn es war abgeschlossen. Mama Elena war dann schließlich diejenige gewesen, die sie, obwohl sie nicht mitspielte, beim Öffnen des Kleiderschranks entdeckt hatte. Sie war gekommen, um ein Bettuch oder dergleichen herauszunehmen, und hatte sie dabei auf frischer Tat ertappt. Sie hatte sie zur Strafe in den Heuschuppen verbannt, wo Tita hundert junge Maiskolben auskörnen mußte. Tita hatte den Eindruck gehabt, daß ihr Vergehen eine derartige Strafe nicht verdiente; sich mit Schuhen in der sauberen Wäsche zu verstecken war doch halb so schlimm. Erst jetzt, nach dem Tod ihrer Mutter, wurde ihr beim Lesen der Briefe, die sie in dem Kästchen fand, klar, daß sie nicht deshalb bestraft worden war, sondern weil sie das Kästchen öffnen wollte, und das war allerdings äußerst schwerwiegend.

Tita schloß das Kästchen mit unverhohlener Neugier auf. Es enthielt ein Bündel Briefe von einem gewissen José Treviño und ein Tagebuch. Die Briefe waren an Mama Elena gerichtet. Tita ordnete sie nach Daten und erfuhr von der wahren Liebesgeschichte ihrer Mutter. José war die große Liebe ihres Lebens gewesen. Man hatte ihr nicht erlaubt, ihn zu heiraten, da schwarzes Blut in seinen Adern floß. Schwarze von einer Plantage hatten sich auf der Flucht vor dem Bürgerkrieg in den Staaten und der Gefahr, gelyncht zu werden, in der Nähe des Dorfes niedergelassen. José war das Ergebnis der illegalen Liebesbeziehung zwischen José Treviño senior und einer schwarzen Schönheit gewesen. Als Mama Elenas Eltern hinter die Liebesbeziehung kamen, die zwischen ihrer Tochter und diesem Mulattenjungen bestand, hatten sie sich furchtbar aufgeregt und sie zu einer überstürzten Ehe mit Juan De la Garza, Titas Vater, gezwungen.

Diese Tatsache hatte jedoch nicht verhindern können, daß Mama Elena selbst noch als Verheiratete weiterhin heimlich mit José korrespondierte, und es schien sogar, daß sie sich mit dieser Art der Verbindung nicht begnügt hatten, da Gertrudis, wie nun die Briefe enthüllten, Josés Tochter war und nicht die von Titas Vater.

Mama Elena hatte versucht, mit José gemeinsam zu fliehen, nachdem sie ihre Schwangerschaft bemerkt hatte, doch in der Nacht, als sie ihn auf dem dunklen Balkon erwartete, war sie Zeugin geworden, wie ein unbekannter Mann ohne erkennbaren Grund im Schutz der finsteren Nacht José angriff und tötete. Nachdem sie lange Zeit sehr darunter gelitten hatte, fügte sie sich schließlich in ihr Leben an der Seite des rechtmäßig angetrauten Ehemanns. Juan De la Garza hatte viele Jahre lang nichts von dieser Geschichte geahnt, sie jedoch just in dem Moment erfahren, als Tita geboren wurde. Er war in eine Schenke gegangen, um gemeinsam mit einigen Freunden die Geburt seiner jüngsten Tochter zu feiern, und dort hatte eine giftige Zunge ihm diese Information zugetragen. Diese furchtbare Neuigkeit hatte seinen Herzschlag bewirkt. Das war alles.

Tita fühlte sich schuldig, dieses Geheimnis gelüftet zu haben. Sie wußte nicht, was sie nun mit diesen Briefen anfangen sollte. Am liebsten hätte sie die Zeugnisse verbrannt, aber dazu fühlte sie sich nicht berechtigt; wenn ihre Mutter es nicht gewagt hatte, so sie erst recht nicht. Wie sie das Ganze vorgefunden hatte, verstaute sie es fein säuberlich wieder.

Während der Beerdigung weinte Tita aufrichtig um ihre Mutter. Doch nicht um die kaltherzige Frau, die sie ihr Leben lang unterdrückt hatte, sondern um jene Person, die einer vergeblichen Liebe gelebt hatte. Und an ihrem Grab schwor sie, daß sie niemals auf die Liebe verzichten würde, geschehe, was wolle. In jenem Moment war sie überzeugt, John sei ihre wahre Liebe. Der Mann, der ihr zur Seite stand, um ihr bedingungslosen Halt zu bieten. Doch sobald sie von der Gruft aus eine Menschengruppe in der Ferne wahrnahm, unter ihnen Pedro in Begleitung von Rosaura, war sie sich ihrer Gefühle schon nicht mehr ganz so sicher.

Rosaura, die einen ominösen Schwangerschaftsbauch vor sich hertrug, schritt nur mühselig voran. Als sie Tita sah, kam Rosaura herbei, um ihre Schwester unter bitterlichem Schluchzen zu umarmen. Nach ihr war Pedro an der Reihe. Kaum hatte er Tita in die Arme geschlossen, da begann ihr Körper auch schon zu beben wie ein Wackelpudding. Tita segnete ihre Mutter insgeheim dafür, daß sie ihr einen Vorwand bot, Pedro wiederzusehen und ihn zu umarmen. Doch dann entwand sie sich ihm hastig. Pedro hatte überhaupt nicht verdient, daß sie ihn so sehr liebte. Er hatte gezeigt, was für ein Feigling er war, als er sich so weit von ihr entfernte, und das würde sie ihm nie verzeihen.

Beim Rückweg zur Farm ergriff John Titas Hand, und Tita hakte sich ostentativ bei ihm unter, um zu zeigen, daß zwischen ihnen mehr bestand als nur eine Freundschaft. Sie wollte Pedro das gleiche Leid zufügen, das sie stets ertragen mußte, wenn sie ihn an der Seite ihrer Schwester sah.

Pedro beobachtete sie mit halb zusammengekniffenen Augen. Ihm wollte die Vertrautheit, mit der John sich Tita näherte und sie ihm etwas ins Ohr flüsterte, ganz und gar nicht behagen. Was ging da nur vor sich?

Tita gehörte ihm, und er würde nicht gestatten, daß jemand sie ihm wegnähme. Am wenigsten jetzt, da das größte Hindernis, das zwischen ihnen gestanden hatte, nicht mehr da war: Mama Elena.

FORTSETZUNG FOLGT . . .

Nächstes Rezept:
Champandongo-Auflauf

Bittersüße Schokolade

KAPITEL VIII

AUGUST:

Champandongo-Auflauf

ZUTATEN:

1/4 kg gehacktes Rindfleisch
1/4 kg gehacktes Schweinefleisch
200 g Pekan-Nüsse
200 g Mandeln
1 Zwiebel
1 Tasse Zitronat
2 Fleischtomaten
1/4 l saure Sahne
1/4 kg Manchego-Käse
1/4 l Mole
Kümmel
Hühnerbrühe
Maistortillas
Öl

ZUBEREITUNG:

Die Zwiebel muß fein gehackt und zusammen mit dem Fleisch in etwas Öl angebraten werden. Dabei würzt man alles mit dem gemahlenen Kümmel und einem Löffel Zucker.

Wie üblich weinte Tita beim Zwiebelschneiden. Ja, ihr Blick war derart getrübt, daß sie sich aus Versehen mit dem Messer in den Finger schnitt. Vor Wut entfuhr ihr ein Schrei, doch dann setzte sie unverzüglich die Vorbereitungen des Champandongo fort, als sei nichts geschehen. Gerade jetzt durfte sie sich nicht einmal eine Minute Zeit gönnen, um die Wunde zu versorgen. Heute abend wollte John kommen und um ihre Hand anhalten, da mußte sie ihm ein besonderes Abendessen vorsetzen, und dazu blieb ihr nur noch eine halbe Stunde Zeit. Tita haßte es, unter solchem Druck zu kochen.

Immer ließ sie den Speisen genau die Zeit, die sie zum Garen benötigten, und gab acht darauf, sich ihre Arbeit so einzuteilen, daß sie sich in der Küche nicht hetzen mußte und bei der Zubereitung der Speisen den richtigen Moment abpaßte, damit sie ihr volles Aroma entfalten konnten. Doch augenblicklich war sie bereits so spät dran, daß ihre Bewegungen ganz ruckartig und hektisch wurden. So war ein solches Mißgeschick nicht verwunderlich.

Der Hauptgrund für diese Verspätung war ihre allerliebste kleine Nichte, die vor drei Monaten, genau wie Tita zu früh, zur Welt gekommen war. Rosaura hatte der Tod ihrer Mutter derart mitgenommen, daß sie vorzeitig niedergekommen und nicht in der Lage war, ihr Töchterchen zu stillen. Diesmal konnte und wollte Tita die Rolle der Amme nicht mehr übernehmen wie bei dem kleinen Roberto, ja sie versuchte es gar nicht erst, wohl wegen der niederschmetternden Erfahrung, die sie bei der abrupten Trennung von ihrem Neffen gemacht hatte. Daraus hatte sie ein für allemal gelernt, daß man grundsätzlich keine so innige Beziehung zu Kindern aufkommen lassen durfte, die nicht die eigenen waren.

Sie zog es vor, ihre Nichte Esperanza mit der gleichen Nahrung aufzupäppelen, die Nacha ihr verabreicht hatte, als sie selbst klein und hilflos war: mit Maisbrei und Tee.

Auf den Namen Esperanza wurde sie getauft, weil Tita es so gewünscht hatte. Pedro hatte darauf bestanden, das Kind solle den gleichen Namen wie Tita tragen, Josefita. Doch sie hatte sich strikt dagegen ausgesprochen. Sie wollte nicht, daß ihr Name das Schicksal der Kleinen bestimmte. Vorerst machten ihnen ohnehin eine Reihe von Komplikationen, die sich bei der Mutter nach der Geburt eingestellt hatten, Sorge genug; ja sie hatten gar dazu geführt, daß John sich genötigt sah, zu Rosauras Rettung eine Notoperation vorzunehmen, infolge derer sie nie mehr Kinder haben würde.

John hatte Tita erklärt, daß sich bisweilen die Plazenta auf Grund von Anomalien in der Gebärmutter nicht einfach festsetzt, sondern dort auch Wurzeln schlägt und sich folglich im Augenblick der Niederkunft nicht mehr lösen kann. Sie ist dann derart tief verwachsen, daß eine unerfahrene Person, wenn sie der Gebärenden helfen will und mit der Nabelschnur versucht, die Plazenta zu lockern, gleich die ganze Gebärmutter mit herauszieht. Dann muß umgehend notoperiert und die Gebärmutter vollständig entfernt werden, wobei die Mutter für den Rest ihres Lebens unfruchtbar bleibt.

Nicht auf Grund Johns mangelnder Erfahrung mußte der Eingriff an Rosaura vorgenommen werden, sondern weil keine andere Möglichkeit zur Entfernung der Nachgeburt bestand. Demzufolge würde Esperanza ihre einzige Tochter bleiben, die jüngste und zu allem Unglück auch noch eine Frau! Was nach der Familientradition bedeutete, daß sie dazu bestimmt war, ihre Mutter bis an das Ende ihrer Tage zu pflegen. Womöglich hatte Esperanza im Leib ihrer Mutter Wurzeln geschlagen, weil sie von vorneherein wußte, was sie auf dieser Welt erwartete. Tita betete zu Gott, Rosaura möge sich bloß nicht mit dem Gedanken tragen, diese grausame Tradition fortzuführen.

Um in diesem Sinne zu wirken, wollte sie solche Ideen nicht noch mit dem Namen fördern und drängte daher unermüdlich, bis sie endlich erreichte, daß sich der Name Esperanza durchsetzte.

Gleichwohl sprach eine Reihe von Umständen dafür, daß der Kleinen so oder so ein ähnliches Schicksal beschieden sein sollte wie Tita; zum Beispiel verbrachte sie notgedrungen einen Großteil des Tages in der Küche, denn ihre Mutter war außerstande, sie zu versorgen, und ihre Tante konnte sich nur dort um sie kümmern, so daß sie mit Tee und Maisbrei zu aller Freude inmitten der herrlichen Düfte und Köstlichkeiten dieses behaglichen Paradieses aufs prächtigste gedieh.

Rosaura wollte diese Lösung freilich ganz und gar nicht gefallen, bekam sie doch den Eindruck, Tita halte ihr das Kind zu lange fern. Daher verlangte sie, sobald sie sich von der Operation ganz erholt hatte, Esperanza möge umgehend nach den Mahlzeiten auf ihr Zimmer gebracht werden, damit sie ganz in der Nähe ihres Betts einschlafe, wie es sich gehörte. Diese Regelung wurde freilich zu spät getroffen, denn inzwischen war der Kleinen bereits die Umgebung in der Küche zu vertraut, als daß sie sich einfach umquartieren ließe. Tatsächlich fing sie auf der Stelle fürchterlich an zu weinen, als sie merkte, daß sie vom Herd entfernt wurde, so daß Tita schließlich nichts anderes übrig blieb, als den Topf, in dem sie gerade das Essen kochte, bis in das Schlafgemach hinaufzutragen und so das Kind zu täuschen, das erst beim Geruch und in unmittelbarer Nähe des warmen Kochtopfs friedlich in Schlaf fiel. Dann endlich konnte Tita den riesigen Topf wieder in die Küche hinunterschleppen, um das Essen fertigzumachen.

Gerade heute war ihre kleine Nichte vielleicht auch deshalb außer Rand und Band geraten, weil sie spürte, daß ihre Tante heiraten und die Farm verlassen wollte, sehr zu ihrem Nachteil. Daher hatte sie den ganzen Tag über nicht aufgehört zu weinen. Tita schleppte also ununterbrochen heiße Kochtöpfe treppauf, treppab. Bis schließlich kam, was kommen mußte: Der Krug geht solange zum Brunnen, bis er bricht. Als sie zum achten Mal wieder hinabstieg, stolperte sie, und der Topf mit der ganzen Sauce für den Champandongo polterte die

Stufen hinunter. Damit waren vier Stunden erschöpfender Arbeit mit Hacken und Zermahlen der Zutaten zum Teufel.

Verzweifelt sank Tita auf die Stufen nieder und stützte den Kopf in die Hände, um erst einmal tief durchzuatmen. Sie war schon um fünf Uhr in der Frühe aufgestanden, um sich nicht so abhetzen zu müssen, doch alles war umsonst gewesen. Nun mußte sie von neuem mit der Sauce beginnen.

Pedro hätte wirklich keinen ungünstigeren Moment wählen können, um mit Tita zu reden. Auf jeden Fall nutzte er die Gelegenheit, als er sie auf den Stufen antraf, wo sie scheinbar einen Moment verschnaufte, und trat näher, um ihr klarzumachen, daß sie John nicht heiraten dürfe.

»Tita, ich wollte Ihnen nur sagen, daß ich Ihre Absicht, John zu heiraten, für einen bedauernswerten Irrtum halte. Noch ist es Zeit, ihn zu revidieren, ich bitte Sie, gehen Sie diese Ehe nicht ein!«

»Pedro, Sie sind wohl der letzte, der mir zu sagen hätte, was ich tun oder lassen sollte, oder? Als Sie heirateten, habe ich Sie nicht gebeten, es nicht zu tun, obwohl diese Heirat mein Leben zerstört hat. Sie haben Ihr Leben eingerichtet, und jetzt lassen Sie mich meines in Frieden regeln!«

»Aber eben wegen dieser Entscheidung, die ich getroffen habe und die ich inzwischen zutiefst bereue, bitte ich Sie, alles noch einmal zu überdenken. Sie wissen sehr gut, aus welchem Grund ich mich auf die Verbindung mit Ihrer Schwester eingelassen habe, doch es war ein unsinniger Schritt, der auf der ganzen Linie gescheitert ist, und inzwischen bin ich überzeugt, das Vernünftigste wäre gewesen, gemeinsam mit Ihnen zu fliehen.«

»Nun, das fällt Ihnen wohl ein wenig spät ein. Jetzt gibt es kein Zurück mehr. Im übrigen möche ich Sie bitten, mich nie mehr in meinem Leben zu belästigen, und wagen Sie es ja nicht, jemals zu wiederholen, was Sie soeben gesagt haben, es könnte noch meiner Schwester zu Ohren kommen, und es soll doch wohl nicht noch jemand in diesem Haus unglücklich werden. Sie gestatten! ... Ah, ehe ich es vergesse, ich kann Ihnen nur den guten Rat geben, das nächste Mal, wenn Sie sich verlieben, nicht mehr solch ein elender Feigling zu sein!«

Tita packte wütend den Kochtopf und stapfte in Richtung Küche davon. Während sie die Sauce beendete, stieß sie üble Verwünschungen aus und begab sich schließlich, als die Sauce kochte, an die Vorbereitung des Champandongo.

Wenn das Fleisch gar ist, fügt man die kleingehackten Tomaten und das Zitronat, die Nüsse und die zerkleinerten Mandeln hinzu.

Der heiße Kochdunst vermischte sich mit der Hitze ihres Körpers. Der Zorn, den Tita in sich aufsteigen spürte, zeigte die gleiche Wirkung wie die Hefe im Brotteig. Sie merkte, wie er in ihr aufwallte und bis in die letzten Winkel ihres kaum noch Widerstand leistenden Körpers vordrang und nicht anders als Hefe in einem zu kleinen Gefäß anschwoll, bis er aus Ohren, Nase und jeder einzelnen Pore des Körpers entwich.

Dieses innere Kochen war nur in geringerem Maße auf die Auseinandersetzung mit Pedro zurückzuführen und zu einem noch kleineren Teil auf den Ärger und die zusätzliche Mühe in der Küche; in Wirklichkeit beruhte es vor allem auf den Worten, die Rosaura einige Tage zuvor ausgesprochen hatte. Sie hatten sich allesamt im Schlafgemach ihrer Schwester versammelt, Tita, John und Alex. John hatte seinen Sohn zur Krankenvisite mitgebracht, da der Junge Titas Gegenwart im Haus schmerzlich vermißte und sie gerne wiedersehen wollte. Das Kind hatte sich über die Wiege gebeugt, um Esperanza kennenzulernen, und ihr niedliches Gesichtchen hatte ihm schier den Atem verschlagen. Wie jedes Kind in seinem Alter plapperte er unbekümmert drauflos und ließ lauthals vernehmen:

»Hör mal, Papi, ich will auch heiraten, genau wie du. Aber ich nehme diese Kleine da.«

Alle mußten schallend über diese Bemerkung lachen, doch als Rosaura Alex erklärte, das sei unmöglich, denn diese kleine Kreatur sei dazu auserwählt, für sie bis an das Ende ihrer Tage zu sorgen, spürte Tita, wie sie eine Gänsehaut bekam. Nur Rosaura konnte sich eine derartige Gemeinheit ausdenken und diese unmenschliche Tradition fortführen wollen.

Die Zunge sollte ihr verdorren! Wären ihr doch niemals diese abscheulichen, widerwärtigen, zum Himmel stinkenden hundsgemeinen Worte entschlüpft! Sie hätte sie lieber hinunterschlucken und ganz tief in ihren Eingeweiden begraben sollen, damit sie vermoderten und von Würmern zerfressen würden. Hoffentlich lebte sie, Tita, noch lange genug, um zu verhindern, daß ihre Schwester diesen perfiden Plan in die Tat umsetzte.

Genug damit, sie wußte gar nicht, warum sie sich einen solchen Augenblick, der für sie der glücklichste ihres Lebens sein sollte, mit derart finsteren Gedanken verderben mußte; dann aber fragte sie sich, warum sie eigentlich so aufgebracht war. Hatte Pedro sie etwa mit seiner schlechten Laune angesteckt? Seit sie auf die Farm heimgekehrt waren und er erfahren hatte, daß Tita John zu heiraten gedachte, trug er eine Laune zur Schau, als wäre ihm eine Laus über die Leber gelaufen. Man durfte ihn nur ja nicht ansprechen. Morgens früh sah er zu, daß er so bald wie möglich das Weite suchte, und galoppierte wie der Teufel auf und davon. Erst spät, knapp vor dem Mahl, kehrte er heim, um sich gleich darauf für den Rest des Abends auf seinem Zimmer einzuschließen.

Niemand konnte sich dieses Verhalten erklären, wenngleich einige vermuteten, die Nachricht, auf weiteren Kindersegen verzichten zu müssen, habe ihn zutiefst getroffen. Doch aus welchem Grund auch immer, der Zorn schien das Verhalten aller im Hause zu bestimmen. Tita schäumte im wahrsten Sinne des Wortes wie heiße Schokolade. Sie benahm sich völlig gereizt. Selbst das so heißgeliebte Gurren der Tauben, die wieder unter dem Dach einquartiert worden waren und ihr am Tag ihrer Heimkehr soviel Freude bereitet hatten, störte sie nun. Sie fühlte sich, als ob der Kopf ihr zerbersten wollte wie ein Maiskorn beim Rösten. Zur Linderung preßte sie heftig ihre Hände gegen die Schläfen. Da ließ ein schüchternes Klopfen auf ihre Schulter sie unvermittelt hochschrecken, und am liebsten hätte sie um sich geschlagen, wer es auch sein mochte, denn sicherlich kam er, um ihr ihre kostbare Zeit zu stehlen. Doch wie überrascht war sie da, als plötzlich Chencha vor ihr stand. Die gleiche Chencha wie früher, mit einem freudestrahlenden Lächeln. Noch nie war Tita so glücklich gewesen, sie zu sehen, nicht einmal damals, als sie bei John aufgetaucht war, um sie zu besuchen. Wieder einmal erschien Chencha wie vom Himmel gefallen, gerade in dem Moment, als Tita sie am meisten brauchte.

Es war erstaunlich, sie derart gut erholt zu sehen seit dem Tag, als Tita sie hatte ziehen lassen, so vergrämt und am Boden zerstört, wie sie damals war.

Nicht die geringste Spur des Schocks, den sie erlitten hatte, war noch zu sehen. Der Mann, dem es gelungen war, sie zu heilen, begleitete sie und zeigte ein freimütiges, breites Lächeln. Aus meilenweiter Entfernung war ihm anzusehen, daß es sich um einen aufrichtigen und schweigsamen Mann handelte. Doch wer weiß, ob letzteres nicht daran lag, daß Chencha ihn überhaupt nicht zu Wort kommen ließ, außer um Tita mitzuteilen: »Jesús Martínez, stets zu Ihren Diensten.« Daraufhin riß Chencha wie immer die Unterhaltung völlig an sich, um Tita in der Rekordzeit von nur zwei Minuten über die neuesten Ereignisse zu unterrichten:

Jesús war ihr erster Bräutigam gewesen und hatte sie nie vergessen können. Chenchas Eltern hatten sich damals dieser Liebe strikt widersetzt, und wäre sie nicht in ihr Dorf zurückgekehrt, wo sie ihn wiedertraf, hätte er niemals erfahren, wo er Chencha hätte suchen sollen. Natürlich störte er sich nicht daran, daß Chencha keine Jungfrau mehr war, und nahm sie ohne Zögern zur Frau. Sie waren gemeinsam auf die Farm gekommen, um nun, da Mama Elena nicht mehr lebte, ein neues Leben zu beginnen, viele Kinder in die Welt zu setzen und für alle Zeiten glücklich zu sein...

Chencha hielt inne, um Luft zu schnappen, denn sie war mittlerweile dunkelviolett angelaufen. Tita nutzte diese Pause, um ihr in einem nicht minder atemberaubenden Tempo mitzuteilen, sie sei unheimlich glücklich über ihre Rückkehr auf die Farm und morgen wolle man über die Anstellung von Jesús reden, doch heute werde jemand um ihre Hand anhalten, denn sie werde bald heiraten, habe jedoch das Abendessen noch nicht fertig und bitte darum, ob man ihr nicht ermöglichen könne, zur Entspannung ein Bad mit Eiswasser zu nehmen, damit sie vorzeigbar wäre, wenn John einträfe, was jeden Augenblick geschehen könne.

Chencha warf sie buchstäblich aus der Küche hinaus und übernahm sogleich die Regie. Den Champandongo konnte sie, wie sie meinte, mit verbundenen Augen und gefesselten Händen zubereiten. Wenn das Fleisch gut durch ist und kein Saft mehr heraustritt, geht man dazu über, die Maistortillas in Öl zu backen, nicht zu lange, damit sie nicht hart werden. Danach füllt man in eine feuerfeste Form zunächst eine Schicht Sahne, um zu verhindern, daß das Gericht anbrennt, dann eine Schicht mit Tortillas, darüber eine Schicht Gehacktes und zu allerletzt die Pfefferschotensauce, die man mit dem in Scheiben geschnittenen Käse und schließlich mit Sahne bedeckt. Auf diese Weise wird die Form randvoll gefüllt. Das Ganze bleibt so lange im Backofen, bis der Käse vollständig zerlaufen ist und die Tortillas weich sind. Das Gericht wird zusammen mit Reis und Frijoles serviert.

Wie ruhig fühlte sich Tita nun, seit sie wußte, daß Chencha in der Küche war. Endlich brauchte sie sich nur noch selbst zurechtzumachen. Wie ein Wirbelwind schoß sie über den Hof und bereitete sich das Bad. Ganze zehn Minuten blieben ihr noch zum Baden, Ankleiden, Parfumauflegen und zum Frisieren. So eilig hatte sie es, daß sie Pedro, der am anderen Ende des hinteren Hofes mit den Füßen Steine kickte, nicht einmal bemerkte.

Tita entledigte sich flugs ihrer Kleidung, stieg unter die Brause und ließ sich das Wasser über den Kopf laufen. Welche Wonne! Mit geschlossenen Augen genoß sie jeden einzelnen Tropfen, der ihr eiskalt über den Körper glitt, und bekam allmählich wieder einen klaren Kopf. Bald bemerkte sie, wie sich bei der Berührung mit dem Wasser ihre Brustwarzen wie pralle Knospen aufrichteten. Ein weiterer Strahl floß ihr den Rücken hinab, um sich alsdann wie ein Wasserfall über die Kurven ihrer ausladenden Gesäßbacken zu ergießen und an ihren straffen Beinen bis zu den Fesseln hinunterzugleiten. Nach und nach verflogen mit ihrer schlechten Laune auch die Kopfschmerzen. Auf einmal hatte sie das Gefühl, das Wasser würde allmählich wärmer, ja heiß, bis es begann, ihr die Haut zu verbrühen. Das konnte bisweilen in der heißen Jahreszeit geschehen, wenn das Wasser den ganzen Tag über im Tank durch die starke Einwirkung der Sonnenstrahlen aufgeheizt worden war, doch nicht zum augenblicklichen Zeitpunkt, da es erstens nicht Sommer war und zweitens bereits dunkel wurde. Besorgt öffnete sie die Augen, denn sie fürchtete, der Verschlag könnte aufs neue Feuer fangen, doch da entdeckte sie hinter den Brettern die Gestalt Pedros, der sie wie gebannt beobachtete.

Pedros Augen funkelten derart, daß sie in der Dämmerung gleich winzigen, im Dickicht verborgenen Tautropfen unter Einwirkung der ersten Sonnenstrahlen nicht mehr zu übersehen waren. Verflucht sei Pedros Blick! Und verflucht sei der Zimmermann, der diesen Baderaum in der alten Form wieder aufgebaut hatte, also mit einem Spalt zwischen den einzelnen Brettern! Als sie sah, wie Pedro sich ihr mit lüsternem Ausdruck näherte, verließ sie fluchtartig den Baderaum und zog sich hastig an. So schnell sie ihre Beine trugen, rannte sie auf ihr Zimmer und schloß sich dort ein. Kaum hatte sie sich notdürftig zurechtgemacht, als Chencha auch schon meldete, John sei eingetroffen und erwarte Tita im Salon.

Tita konnte John leider nicht sogleich begrüßen, da nicht einmal der Tisch gedeckt war. Bevor die Decke aufgelegt wird, muß man den Tisch mit einer Unterlage abdecken, um das Klirren der Teller und Gläser beim Abstellen zu dämpfen. Sie sollte möglichst aus weißem Flanell sein, damit so das Weiß der Tischdecke verstärkt wird. Tita breitete sie behutsam über den riesigen Tisch mit Platz für zwanzig Personen, den sie nur zu besonderen Gelegenheiten benutzten. Sie war dabei bemüht, jeglichen Lärm zu vermeiden, selbst beim Atmen, um das Gespräch zu belauschen, das Rosaura, Pedro und John im Salon führten. Salon und Eßzimmer waren durch einen langen Korridor getrennt, so daß nur das Gemurmel von Pedros und Johns Männerstimmen an Titas Ohr gelangte, aus dem sie jedoch einen leicht gereizten Unterton heraushören konnte. Um zu verhindern, daß die Spannung sich verschärfte, deckte sie rasch die Teller in der vorgeschriebenen Reihenfolge auf, das Silbergeschirr, die Gläser, Salzstreuer und Messerbänkchen. Geschwind setzte sie noch die Kerzen unter die Wärmeplatten für die Hauptgerichte, die erste und zweite Vorspeise, und stellte alles auf dem Buffet bereit. Dann eilte sie in die Küche, um den Bordeaux zu holen, den sie in ein lauwarmes Wasserbad gestellt hatte. Der Wein wird mehrere Stunden zuvor aus dem Keller geholt und an einem wärmeren Ort gelagert, damit er in der Zimmertemperatur sein Aroma entfaltet. Doch Tita hatte vergessen, ihn zeitig hochzuholen, und half diesem Vorgang künstlich nach. Als einziges fehlte noch das vergoldete Bronzekörbchen mit dem Blumengesteck in der Mitte des Tisches; doch die Blumen kommen erst kurz vor der Ankunft der Gäste auf den Tisch, damit sie ihre natürliche Frische bewahren; daher überließ sie diese Aufgabe Chencha und machte sich so rasch, wie ihr gestärktes Kleid es gestattete, auf den Weg zum Salon.

Die erste Szene, die sich ihr beim Öffnen der Tür darbot, war ein hitziger Disput zwischen Pedro und John über die politische Lage im Land. Beide schienen die elementarsten Regeln guten Benehmens zu vergessen, daß nämlich Diskussionen über Persönlichkeiten, traurige Themen oder Unglücksfälle, Religion oder Politik strengstens tabu sind. Mit ihrem Eintreten unterbrach Tita sie und zwang sie, sich freundlich zu unterhalten.

In dieser angespannten Atmosphäre schickte sich John nun an, um Titas Hand anzuhalten. Als Herr des Hauses gab Pedro in barschem Ton seine Einwilligung. Dann begann man, die Einzelheiten auszuhandeln. Als es darum ging, das Datum festzulegen, erfuhr Tita von Johns Bestreben, die Hochzeit noch etwas aufzuschieben, um Zeit für eine Reise in den Norden der USA zu gewinnen, wo er seine einzige noch lebende Tante abholen wollte, damit sie an dem Familienfest teilhaben konnte. Diese Tatsache stellte Tita vor ein großes Problem: Sie wünschte nämlich, so schnell wie möglich die Farm zu verlassen, um Pedros Nähe zu fliehen.

Die Verlobung war geschlossen, als John Tita einen wundervollen Brillantring ansteckte. Tita betrachtete lange den glitzernden Edelstein an ihrer Hand. Dieses Funkeln erinnerte sie unwillkürlich an das Blitzen in Pedros Augen noch vor wenigen Minuten, als er sie ohne Kleider angestarrt hatte, und dabei kam ihr ein Otomí-Gedicht in den Sinn, das Nacha ihr als Kind beigebracht hatte:

»Im Tautropfen leuchtet die Sonne,
dann wird der Tautropfen trocken
in meinen Augen, und dort leuchtest du,
ich, ich lebe...«

Rosaura war gerührt, als sie in den Augen ihrer Schwester Tränen sah, die sie dem Glück zuschrieb, und ein wenig fühlte sie sich von den Schuldgefühlen befreit, die sie zeitweilig gequält hatten, weil sie Titas Bräutigam zum Ehemann genommen hatte. Freudig erregt verteilte sie sogleich Sektgläser unter den Anwesenden und schlug vor, auf das Glück der Frischverlobten anzustoßen. Als alle vier sich in der Mitte des Salons versammelt hatten, stieß Pedro mit seinem Glas so heftig an, daß es in tausend Stücke zersprang und der Sekt aus den anderen Gläsern allen über Gesicht und Kleidung spritzte.

Es war nur ein Segen, daß Chencha just im Moment der größten Verwirrung eintrat, um Worte von wahrhaft magischer Wirkung auszusprechen: »Das Essen ist serviert.« Diese Verlautbarung kühlte die Gemüter der Anwesenden und gab ihnen die Fassung wieder, die einer Verlobung gebührte und die sie um ein Haar verloren hätten. Wenn vom Essen die Rede ist, einer durchaus ernstzunehmenden Angelegenheit, schenken ihm nur Dummköpfe und Kranke nicht die verdiente Aufmerksamkeit. Und da sich kein solcher unter ihnen befand, begaben sich alle bestens gelaunt zum Eßzimmer.

Während der Mahlzeit verlief alles komplikationslos dank Chenchas witziger Einlagen beim Servieren. Das Gericht war nicht so vorzüglich geraten wie andere Male, vielleicht auch aufgrund der schlechten Laune, die Tita während der gesamten Zubereitungszeit begleitet hatte, doch man konnte auch nicht gerade sagen, es sei ungenießbar. Champandongo ist ein äußerst wohlschmeckendes Gericht, so daß nicht einmal die schlechteste Laune dieser Delikatesse wesentlich schaden könnte. Als die Tafel schließlich aufgehoben war, begleitete Tita John noch bis zur Hoftür, wo sie sich einen ausgiebigen Abschiedskuß gaben. Gleich am darauffolgenden Tag gedachte John abzureisen, um so bald wie möglich wieder daheim zu sein.

Zurück in der Küche, trug Tita Chencha auf, das Zimmer und die Matratzen zu reinigen, wo sie von nun an mit ihrem Mann Jesús leben sollte, nicht ohne ihr zuvor noch aufrichtig für ihre außerordentliche Hilfe zu danken. Bevor sie zu Bett gingen, mußten sie sichergehen, daß sie nicht unerwartet von Wanzen in ihrem Zimmer belästigt wurden. Die letzte Hausangestellte, die dort schlief, hatte es mit diesen unangenehmen Hausgenossen verseucht, und Tita war vor lauter Arbeit seit der überstürzten Niederkunft Rosauras keine Zeit geblieben, um den Raum zu desinfizieren.

Das beste Mittel zur Ausmerzung der Wanzen ist eine Mischung aus einem Glas Weingeist, einer halben Unze Terpentinessenz und einer halben Unze Kampferpulver. Damit schmiert man die befallenen Stellen ein und bringt das Ungeziefer so vollkommen zum Verschwinden.

Nach dem Abwasch begann Tita damit, Geschirr und Töpfe an ihrem Platz zu verstauen. Noch war sie nicht müde, und lieber vertrieb sie sich die Zeit mit dieser Tätigkeit, als sich schlaflos im Bett zu wälzen. Die unterschiedlichsten Eindrücke gingen ihr nach, und die beste Art, sie in ihrem Kopf zu ordnen, bestand darin, zunächst die Küche aufzuräumen. Also griff sie nach einer großen Tonpfanne, um sie in die einstige dunkle Kammer, wo inzwischen das Gerümpel aufbewahrt wurde, zu räumen. Nach Mama Elenas Tod hatte man gesehen, daß niemand sie zum Baden benutzte, da alle die Dusche auf dem Hof bevorzugten, und sie daraufhin zum Abstellraum deklariert.

In einer Hand trug sie die Pfanne und in der anderen eine Petroleumlampe. Vorsichtig betrat sie die Kammer, um nicht gegen einen der zahlreichen Gegenstände zu stoßen, die ihr bis zu der selten benutzten Stelle, wo die Küchengeräte aufbewahrt wurden, im Weg standen. Das Licht der Petroleumlampe leuchtete ihr voraus, doch bis hinter ihren Rücken, wo sich lautlos ein Schatten löste, um die Tür zu schließen, reichte es nicht.

Als sie die Anwesenheit einer fremden Person spürte, schnellte Tita auf dem Absatz herum, und da fiel das Licht auf Pedro, der soeben dabei war, die Tür zu verriegeln.

»Pedro, was machen Sie denn hier?«

Wortlos kam Pedro näher, löschte das Licht, zerrte sie in die Richtung, wo das alte Eisenbett ihrer Schwester Gertrudis stand, und warf sie darauf, beraubte sie dann ihrer Jungfernschaft und ließ sie die wahre Liebe kennenlernen.

In ihrem Schlafzimmer war Rosaura gerade dabei, ihr lauthals schreiendes Töchterchen in den Schlaf zu wiegen. Sie trug sie durch das ganze Zimmer, ohne großen Erfolg. Als sie am Fenster vorbeikam, sah sie einen seltsamen Lichtschein aus der dunklen Kammer treten. Ein phosphoreszierender Glanz stieg wie bengalisches Feuer zum Himmel empor. So laut sie jedoch nach Tita und Pedro schrie und Alarm schlug, damit man dort nachschaute, sie erhielt nur Antwort von Chencha, die soeben hereinkam, um eine Garnitur Bettücher zu holen. Als sie das einmalige Phänomen gewahrte, verstummte Chencha zum ersten Mal in ihrem Leben vor Staunen, ja nicht ein einziger Laut kam über ihre Lippen. Sogar Esperanza, die sich auch nicht das geringste Detail entgehen ließ, hörte schlagartig auf zu weinen. Chencha kniete gar nieder, bekreuzigte sich und fing an zu beten.

»Heilgemuttergottes, die du bist im Himmel, empfange gnädig die Seele meiner Herrin Elena, damit daß sie aufhört, in der finsteren Hölle umherzuirren.«

»Was murmelst du denn da vor dich hin, Chencha?«

»Na ja, das muß ..., sehen Sie denn nicht, das ist doch das Gespenst der Verstorbenen. Die Ärmste, irgendwas wird sie wohl sühnen müssen! Auf alle Fälle werd ich mich da um keinen Preis mehr herumtreiben!«

»Na, und ich erst recht nicht!«

Hätte die arme Mama Elena gewußt, daß ihre Gegenwart noch nach ihrem Tod Angst und Schrecken verbreitete und daß die Furcht, ihr zu begegnen, ausgerechnet für Tita und Pedro die idealen Voraussetzungen schuf, um ungehörigerweise ihren Lieblingsort zu entweihen, indem sie sich nämlich wollüstig auf Gertrudis' Bett wälzten, wäre sie schnurstracks wieder aus ihrem Grab gestiegen!

FORTSETZUNG FOLGT ...

Nächstes Rezept:
Heiße Schokolade
und Dreikönigskranz

Bittersüße Schokolade

KAPITEL IX

SEPTEMBER:

Heiße Schokolade und Dreikönigskranz

ZUTATEN:

2 Pfund Soconusco-Kakao
2 Pfund Maracaibo-Kakao
2 Pfund Caracas-Kakao
4 bis 6 Pfund Zucker nach Geschmack

ZUBEREITUNG:

Als erstes wird der Kakao geröstet. Dazu nimmt man statt des Comal ein Blech, denn das aus den Kakaobohnen tretende Fett würde in die Poren des Comal eindringen. Diese Grundregel muß unbedingt eingehalten werden, da die Qualität der Schokolade wesentlich davon abhängt. Drei Voraussetzungen müssen dabei erfüllt sein: daß nur gesunde und unverdorbene Kakaobohnen verwendet werden, daß eine Mischung verschiedener Kakaosorten als Grundlage benutzt und daß der Kakao vorschriftsmäßig geröstet wird.

Der exakte Grad beim Rösten ist dann erreicht, wenn das Fett aus den Kakaobohnen austritt. Werden sie zu früh vom Feuer genommen, sehen sie nicht nur farblos und unansehnlich aus, sondern sind auch schlecht verträglich. Läßt man sie hingegen zu lange auf dem Feuer, brennen die Bohnen an, und das verdirbt die Schokolade durch einen scharfbitteren Beigeschmack.

Tita entnahm gerade einen halben Löffel der Kakaobutter und vermischte sie mit süßem Mandelöl, um daraus eine hervorragend wirkende Lippenpomade herzustellen. Im Winter wurden ihre Lippen stets spröde und rissen unweigerlich ein, was immer sie auch dagegen unternahm. Als Kind war ihr das äußerst lästig gewesen, denn sobald sie lachte, platzten ihre hübschen vollen Lippen schmerzhaft auf und begannen zu bluten. Mit der Zeit nahm sie diesen Umstand dann resigniert hin. Und da sie momentan bekanntermaßen nicht allzu viele Gründe zum Lachen hatte, beunruhigte sie dieses Problem nicht sonderlich. Sie konnte getrost warten, bis die Stellen zum Frühlingsanfang wieder heilen würden. Der einzige Grund, sich für die Herstellung einer solchen Pomade zu interessieren, war der, daß sich zum Abend einige Gäste angesagt hatten, um den Dreikönigskranz mit ihnen zu brechen.

Aus purer Eitelkeit und nicht etwa, weil sie vorgehabt hätte, viel zu lachen, wollte sie für diese Gelegenheit weiche, glänzende Lipen haben. Die Vermutung einer Schwangerschaft gab ihr nämlich nicht gerade Veranlassung, ein Lächeln zu zeigen. Nicht einen Augenblick wären ihr, als sie in Pedros Armen gelegen hatte, diese möglichen Folgen in den Sinn gekommen. Vorläufig hatte sie ihm noch nichts gesagt. Erst heute abend wollte sie es tun, doch sie wußte nicht, auf welche Weise sie es ihm beibringen sollte. Wie würde Pedro wohl reagieren? Welche Lösung würde ihm für dieses schwerwiegende Problem einfallen? Sie wagte einfach nicht, daran zu denken.

Vorerst beschloß sie jedenfalls, sich nicht weiter zu beunruhigen, sondern ihre Gedanken anderen, alltäglicheren Dingen zuzuwenden, wie zum Beispiel der Herstellung einer wirksamen Lippenpomade. Dafür gibt es nichts Besseres als Kakaobutter. Doch bevor sich Tita dieser Aufgabe widmete, mußte sie die Schokolade fertigmachen.

Ist der Kakao vorschriftsmäßig geröstet, werden die Bohnen mit einem Kornsieb von den Hülsen getrennt. Unter den Metate stellt man ein Becken mit heißer Glut und zermahlt den Kakao, sobald der Metate richtig aufgeheizt ist. Bevor man das Ganze mit einem

Stößel zerstampft, wird noch der Zucker untergemengt. Beim Mahlen zerfällt die Kakaomasse von selbst in Stücke, die man dann mit der Hand je nach Wunsch zu länglich ovalen oder runden Talern formt und zum Schluß abkühlen läßt. Mit der Messerspitze können die Stücke schon für die spätere Aufteilung markiert werden. Während Tita dabei war, die Schokolade zu formen, sehnte sie sich voller Wehmut zu den Dreikönigsfesten ihrer Kindheit zurück. Damals hatte ihre größte Sorge allein darin bestanden, daß die Heiligen Drei Könige ihr niemals das brachten, was sie sich gewünscht, sondern was Mama Elena für sie bestimmt hatte. Erst vor wenigen Jahren hatte sie erfahren, daß es Nachas Verdienst war, als ihr ein einziges Mal ausnahmsweise ein Wunsch erfüllt wurde. Nacha hatte sich nämlich eine Zeitlang etwas von ihrem Lohn abgespart, um ihr ein »Miniaturkino« zu kaufen, das sie zuvor in einem Schaufenster entdeckt hatte. »Miniaturkino« nannten sie diesen Apparat, weil er mit Hilfe einer Petroleumlampe, die als Lichtquelle fungierte, Bilder auf die Wand warf mit einer ähnlichen Wirkung wie im Kino, doch die eigentliche Bezeichnung war »Zootrop«. Sie hatte vor Freude gestrahlt, als sie die Überraschung morgens beim Aufwachen neben ihren Schuhen entdeckte. Wie viele glückliche Nachmittage hatten sie und ihre Schwestern damit verbracht, die Bilderfolgen zu bestaunen, die auf einzelnen Glasstreifen verschiedene lustige Szenen darstellten. Wie weit entfernt erschienen ihr nun jene Tage der Glückseligkeit, als Nacha noch bei ihr war. Nacha! Sie vermißte ihren Duft nach Nudelsuppe, nach Chilaquiles und Champurrado, nach kalten Saucen und Cremeschnitten, eben nach vergangenen Zeiten. Ihr ruhiges Wesen, ihren Maisbrei, ihre Tees, ihr Lachen, die Art wie sie ihr den Zopf flocht, ihre tröstende Fürsorge, wie sie ihr über die Stirn strich, sie abends in die Bettdecke wickelte, sie pflegte, wenn sie krank war, oder extra für sie etwas kochte, und nicht zuletzt ihre aufgeschlagene heiße Schokolade, all dies war unwiederbringlich. Könnte sie doch nur für einen Moment in jene Zeit zurückschlüpfen, um etwas von der Fröhlichkeit solcher gemeinsamer Augenblicke in der Gegenwart wieder aufleben zu lassen oder wenigstens den Dreikönigskranz jetzt mit dem gleichen Enthusiasmus zu backen wie damals. Sie würde ihn dann mit ihren Schwestern unter lauter Neckereien und Knuffen verzehren, genau wie in alten Zeiten, als sie noch nicht mit Rosaura um die Liebe eines Mannes buhlen mußte, als sie noch nicht wußte, daß die Ehe ihr in diesem Leben verwehrt bleiben sollte, und Gertrudis noch nicht ahnte, daß sie von zu Hause fortlaufen und in einem Bordell arbeiten würde, kurzum, als man mit der Entdeckung des Glücksbringers im Kuchen noch die Hoffnung verband, es würde sich wortwörtlich alles erfüllen, was man sich insgeheim wünschte. Doch das Leben hatte sie gründlich gelehrt, daß die Dinge nicht so einfach lagen und nur sehr wenige schlau genug waren, ihre Wünsche auf Biegen und Brechen wahrzumachen, daß allein schon das Recht, sein Leben selbst zu bestimmen, schwerer zu verteidigen war, als sie es sich je hätte träumen lassen. Diesen Kampf würde sie ohne Hilfe durchstehen müssen, und das bedrückte sie sehr. Stünde ihr doch wenigstens ihre Schwester Gertrudis zur Seite! Doch eher würde ein

Toter wieder auferstehen als Gertrudis nach Hause zurückkehren.

Seitdem Nicolás ihr die Kleidung in jenes Etablissement gebracht hatte, in dem sie gelandet war, hatte man nichts mehr von Gertrudis gehört. Seufzend machte sich Tita, während sie die Schokolade abkühlen ließ, nun daran, den Kranz zu bereiten:

ZUTATEN:

30 g frische Hefe
1¼ kg Mehl
8 Eier
1 Löffel Salz
2 Löffel Pomeranzenessenz
1½ Tassen Milch
300 g Zucker
300 g Butter
250 g kandierte Früchte
1 Porzellanglücksbringer

ZUBEREITUNG:

Mit den Händen oder einer Gabel zerkrümelt man die Hefe in ¼ kg Mehl, fügt nach und nach ½ Tasse lauwarme Milch hinzu und mischt alles gut durch. Dann wird die Masse zu einer Kugel geformt und an einen warmen Ort gestellt, bis sie zur doppelten Größe aufgegangen ist.

Just in dem Augenblick, als Tita die Teigkugel ruhen lassen wollte, erschien Rosaura in der Küche. Sie kam, um Tita zu bitten, ihr bei der Befolgung der Diät behilflich zu sein, die John ihr verordnet hatte. Seit einigen Wochen, so erzählte sie, hatte sie Probleme mit ihren Verdauungsorganen, denn sie litt schrecklich unter Blähungen und üblem Mundgeruch. Sie war derart beschämt wegen dieser Unannehmlichkeiten, daß sie sich zu dem Entschluß gezwungen sah, Pedro und sie sollten in getrennten Zimmern schlafen. Auf diese Art würde sie ein wenig ihr Leiden lindern, denn dann konnte sie die Gase ungehindert entweichen lassen. John hatte ihr geraten, Nahrungsmittel wie Wurzelknollen und Gemüse aller Art zu vermeiden und sich körperlich zu betätigen. Letzteres wurde jedoch durch ihre übermäßige Leibesfülle erheblich erschwert. Sie konnte sich nicht im mindesten erklären, warum sie seit ihrer Rückkehr auf die Farm so maßlos zugenommen hatte, immerhin aß sie nicht anders als früher. Doch es kostete sie nun einmal enorme Anstrengungen, ihren voluminösen, schwabbeligen Körper in Bewegung zu setzen. Alle jene Widrigkeiten trugen ihr eine Vielzahl von Beschwerden ein, doch das Schlimmste war, daß Pedro sich immer mehr von ihr distanzierte. Sie versicherte, sie nehme es ihm nicht einmal übel, wo sie doch selbst schon kaum noch den pestilenzartigen Gestank ertragen könne, den sie verbreite. Sie sei einfach am Ende ihrer Weisheit.

Zum erstenmal zog Rosaura ihre Schwester so ins Vertrauen, daß sie mit ihr über derartige Themen sprach. Sie gestand Tita sogar, aus reiner Eifersucht sei sie nicht schon früher gekommen. Sie habe gemeint, Pedro unterhalte insgeheim eine Liebesbeziehung zu Tita. Doch nun, wo sie sehe, wie sehr Tita in John verliebt sei, und die Eheschließung kurz bevorstehe, habe sie eingesehen, daß es wirklich absurd sei, weiterhin an diesem Glauben festzuhalten. Ganz im Vertrauen ließ sie durchblicken, noch sei es Zeit für beide, in gutem Einvernehmen zu leben. Sie müsse offen zugeben, daß ihrer beider Beziehung bisher verlaufen sei, als gösse man Wasser in siedendes Öl! Während sie Tita daraufhin flehentlich bat, sie möge ihr bitte nicht mehr verübeln, daß sie Pedro geheiratet hatte, standen ihr wahrhaftig Tränen in den Augen. Ja, sie wollte gar wissen, wie sie bloß alles wiedergutmachen könne. Als wäre ausgerechnet Tita die Richtige, um ihr in dieser Angelegenheit zu raten! Ganz zerknirscht gestand sie schließlich, seit Monaten habe Pedro schon keine Anstalten mehr gemacht, sich ihr im Bett zu nähern. Praktisch gehe er ihr nur noch aus dem Weg. Das bereite ihr freilich keinen allzu großen Kummer, sei Pedro doch niemals ein Freund sexueller Exzesse gewesen. In letzter Zeit sei es allerdings noch anders, denn er lasse sie inzwischen unverhohlen seine Abneigung spüren.

Im übrigen konnte sie auch sagen seit wann, ja sie erinnerte sich ausgezeichnet. Es hatte nämlich genau in jener Nacht begonnen, als Mama Elenas Geist zum erstenmal erschienen war. Sie war noch aufgewesen und hatte darauf gewartet, daß Pedro von einem Spaziergang, den er unternommen hatte, zurückkäme. Bei seiner Heimkehr hatte er ihre Geschichte mit dem Gespenst kaum beachtet, so abwesend war er gewesen. Während der Nacht hatte sie einen Versuch unternommen, ihn zu umarmen, doch hatte er entweder tatsächlich tief geschlafen oder zumindest so getan, auf jeden

Fall hatte er überhaupt nicht auf ihre Annäherungsversuche reagiert. Später war ihr dann sein unterdrücktes Schluchzen aufgefallen, doch nun hatte sie ihrerseits so getan, als hörte sie nichts.

Sie spürte, daß ihre Leibesfülle, ihre Blähungen und ihr unangenehmer Mundgeruch Pedro jeden Tag weiter von ihr entfernten, und wußte sich keinen Rat mehr. Daher wollte sie Tita nun ins Vertrauen ziehen. Sie brauchte sie wie nie zuvor und hatte doch niemanden, an den sie sich wenden konnte. Ja, ihre Situation wurde, wie sie meinte, jeden Tag bedenklicher. Vor allem machte sie sich Sorgen, wie sie auf das Gerede der Leute reagieren sollte, wenn Pedro sie verließe, das würde sie nicht überleben. Schließlich sagte sie noch, als einziger Trost bleibe ihr, daß sie noch ihre Tochter Esperanza habe, deren Pflicht es nun einmal sei, ihr bis an ihr Lebensende zu dienen.

Bis dahin war alles überraschend reibungslos verlaufen, zu Anfang hatten Rosauras Worte Tita sogar Gewissensbisse bereitet; sobald sie freilich, und das schon zum zweiten Mal, aus ihrem Munde vernahm, welches Schicksal Esperanza erwartete, hatte sie sich gewaltig beherrschen müssen, um ihrer Schwester nur ja nicht ins Gesicht zu schreien, diese Idee sei das Gemeinste, was sie in ihrem Leben je gehört habe. Momentan konnte sie sich einen derartigen Streit, der gegen ihren guten Vorsatz verstoßen würde, das Leid, das sie Rosaura zufügte, wiedergutzumachen, einfach nicht leisten. Anstatt ihrer Wut Luft zu machen, versprach sie ihrer Schwester also, ihr eine spezielle Diät zu kochen und bei der Schlankheitskur zu helfen. Betont freundlich vertraute sie ihr schließlich sogar ein altes Familienrezept gegen üblen Mundgeruch an. Es lautet folgendermaßen: »Der üble Mundgeruch nimmt seinen Ursprung im Magen, und zwar gibt es verschiedene Ursachen, die ihn bewirken. Abhilfe schafft man, indem man zunächst mit einer Mischung aus Salzwasser, einigen Tropfen Essig und Kampferpulver gurgelt und gleichzeitig die Nase ausspült. Zusätzlich sollte man ständig Pfefferminzblätter kauen. Bei konsequenter Anwendung kann man selbst dem unangenehmsten Atem zu Leibe rücken.«

Rosaura dankte Tita überschwenglich für ihre Ratschläge und lief sogleich in den Garten hinaus, um Pfefferminzblätter zu pflücken, nicht jedoch, ohne Tita vorher inständig um absolute Verschwiegenheit in dieser heiklen Angelegenheit zu bitten. Rosauras Gesicht spiegelte unendliche Erleichterung wider. Tita hingegen war völlig am Boden zerstört. Was hatte sie nur angerichtet! Wie sollte sie den Schaden wiedergutmachen, den sie bei Rosaura, bei Pedro, sich selbst und vor allem John angerichtet hatte? Wie würde sie bloß John gegenübertreten, wenn er von seiner Reise heimkehrte? John, die einzige Person, der sie nur Gutes nachsagen konnte, John, der sie wieder zur Vernunft gebracht, ihr den Weg in die Freiheit gezeigt hatte.

John, der Frieden, die Ruhe, die Vernunft. Er hatte das wirklich nicht verdient! Wie sollte sie ihm alles erklären, was konnte sie bloß tun? Vorläufig wäre es wohl das beste, erst einmal den Dreikönigszopf fertigzustellen, denn der Hefeteig, den sie hatte ruhen lassen, während sie mit Rosaura schwatzte, war inzwischen für den nächsten Schritt bereit.

Das Kilo Mehl wird auf den Tisch geschüttet, aufgehäuft und in der Mitte wird eine Vertiefung gebildet. Dort gibt man die restlichen Zutaten hinein, knetet sie langsam von der Mitte aus unter und arbeitet sich so allmählich nach außen vor, bis das ganze Mehl verbraucht ist. Sobald die Masse mit der Hefe auf das Doppelte angewachsen ist, wird sie mit dem restlichen Teig so lange verknetet, bis er nicht mehr klebt und sich leicht von den Händen löst. Mit einem Spachtel entfernt man die Reste, die noch auf dem Tisch haften, und gibt sie zu dem Kuchenteig. Nun wird er in eine tiefe, gefettete Backform gefüllt, mit einem Küchenhandtuch zugedeckt und so lange stehengelassen, bis er nochmals auf das Doppelte aufgegangen ist. Dabei ist zu beachten, daß der Teig ungefähr zwei Stunden braucht, um seine Menge zu verdoppeln, und dieser Vorgang dreimal wiederholt werden muß, bevor der Kuchen in den Backofen geschoben werden kann.

Als Tita gerade dabei war, das Gefäß, in dem der Teig ruhte, mit einem Tuch abzudecken, stieß plötzlich ein heftiger Windstoß die Küchentür sperrangelweit auf und durchzog den Raum mit einer eisigen Kälte. Das Küchentuch flog durch die Luft, und ein frostiges Schaudern fuhr Tita über den Rücken. Da schnellte sie herum und stand geradewegs Mama Elena gegenüber, die sie strafend anblickte.

»Habe ich dir nicht tausendmal gesagt, du sollst dich von Pedro fernhalten. Warum hast du das nicht befolgt?«

»Ich habe es doch versucht, Mami, ... aber ... «

»Nichts aber! Was du getan hast, ist unbeschreiblich! Du hast wohl völlig vergessen, daß es eine Moral gibt,

Respekt, Anständigkeit! Du bist eine liederliche Person ohne Stolz. Den Namen meiner gesamten Familie hast du in den Schmutz gezogen, angefangen bei meinen Vorfahren bis hin zu der verfluchten Kreatur, die du in deinem Leib trägst.«

»Nein! Mein Sohn ist nicht verflucht!«

»Doch, das ist er! Ich verfluche ihn! Du und er, ihr sollt auf immer verflucht sein.«

»Nein, bitte nicht!«

Zum Glück brachte Chenchas plötzliches Erscheinen in der Küche Mama Elena dazu, unvermittelt kehrtzumachen und auf demselben Wege zu verschwinden, auf dem sie gekommen war.

»Mach bloß die Tür zu, mein Kindchen, merkst du denn nicht die Eiseskälte, die hier herrscht? In letzter Zeit kommst du mir völlig durcheinander vor. Nun mal raus mit der Sprache, was ist eigentlich mit dir los, na?«

Nichts. Rein gar nichts war mit ihr los, außer daß ihre Regel seit einem Monat überfällig war und sie damit rechnen mußte, schwanger zu sein. Folglich würde sie es John gestehen müssen, sobald er zurückkäme, um sie zu heiraten, würde die Hochzeit absagen, die Farm verlassen müssen, wenn sie ihren Sohn ohne Schwierigkeiten bekommen wollte, und zu guter Letzt ein für allemal auf Pedro verzichten, da sie Rosaura nicht weiter weh tun durfte.

Nur das war mit ihr los! Doch das konnte sie Chencha ja nicht sagen. Denn täte sie es, wäre es bei Chenchas Geschwätzigkeit am nächsten Tag im ganzen Dorf herum. So zog Tita es vor, ihr überhaupt nichts zu erwidern und einfach das Thema zu wechseln, genau wie

Chencha es zu tun pflegte, wenn Tita sie bei irgendeinem Fehler ertappte.

»Um Himmels willen! Der Teig ist drauf und dran überzuquellen! Laß mich nur mal eben den Dreikönigskranz fertigmachen, sonst bricht womöglich die Nacht an, ohne daß wir damit fertig sind.«

Noch quoll der Teig gar nicht über den Rand der Schüssel, in der er ruhte, doch es gab keinen besseren Vorwand, um Chenchas Aufmerksamkeit auf andere Dinge zu lenken.

Wenn der Teig sich zum zweiten Mal verdoppelt hat, wird er auf den Tisch gekippt und zu einem langen Streifen ausgerollt. In der Mitte belegt man ihn dann nach Wunsch entweder mit einigen zerkleinerten kandierten Früchten oder drückt nur irgendwo die Porzellanfigur hinein. Schließlich klappt man die Enden übereinander und rollt den Teigstreifen ein; dann wird er mit der Nahtstelle nach unten auf ein gefettetes und mit Mehl bestäubtes Blech gegeben. Man formt ihn zum Kranz und läßt dabei reichlich Abstand zum Rand des Blechs, damit der Teig sich ein weiteres Mal verdoppeln kann. Inzwischen zündet man den Ofen an, um eine angenehme Wärme in der Küche zu erhalten, bis der Teig ausreichend aufgegangen ist.

Bevor sie die Porzellanfigur in den Teig drückte, betrachtete Tita sie aufmerksam. Nach der Tradition wird am Abend des Dreikönigstages der Kranz aufgeteilt und wer die Figur findet, dem fällt es zu, am 2. Februar, dem Tag der Lichtmeß, wenn das Jesuskind aus der Krippe genommen wird, ein Fest zu geben. Seit ihrer frühesten Kindheit hatte sich dieser Brauch zu einer Art Wettstreit zwischen ihr und ihren Schwestern entwickelt. Wer das Glück hatte, die Figur zu finden, wurde stets beneidet. Abends konnte sich der jeweilige Gewinner insgeheim etwas wünschen, wobei er den Glücksbringer mit beiden Händen kräftig drücken mußte.

Eingehend erforschte sie die zarten Formen des Figürchens; dabei fiel ihr ein, wie einfach es als Kind gewesen war, sich etwas zu wünschen. Damals gab es nichts Unmögliches. Sobald man freilich heranwächst, wird einem klar, was man sich alles nicht wünschen darf, da es als Sünde gilt, als unanständig.

Doch was hieß eigentlich anständig? Auf alles zu verzichten, was man zutiefst ersehnt? Wäre sie doch niemals erwachsen geworden, hätte Pedro nie kennengelernt und müßte nun nicht bangen, ein Kind von ihm zu bekommen. Wenn wenigstens ihre Mutter aufhörte, sie heimzusuchen, ihr auf Schritt und Tritt über den Weg zu laufen und ihr die Unwürdigkeit ihres Tuns offen ins Gesicht zu schreien. Könnte Esperanza bloß heiraten, ohne daß Rosaura sie daran hinderte, und blieben ihr derartige Ängste und schmerzliche Erfahrungen wenigstens erspart. Hoffentlich würde dieses Kind die Kraft aufbringen, die Gertrudis mit ihrer Flucht von zu Hause bewiesen hatte. Ach, käme Gertrudis doch zurück, um Tita den Beistand zu leisten, den sie im Augenblick so bitter nötig hatte! Mit diesen Wünschen steckte sie den Glücksbringer in den Kranz und ließ den Teig auf dem Tisch weiter aufgehen.

Sobald die Teigmasse sich zum dritten Mal verdoppelt hat, wird sie mit den kandierten Früchten verziert, mit einem geschlagenen Ei bestrichen und zum Schluß mit Zucker bestreut. Schließlich läßt man den Kranz 20 Minuten lang im Ofen backen und dann abkühlen.

Als der Kuchen fertig war, bat Tita, Pedro möge ihr behilflich sein, ihn auf den Tisch zu tragen. Sie hätte auch jeden anderen fragen können, doch sie wollte mit ihm allein reden.

»Pedro, ich muß unter vier Augen mit Ihnen sprechen.«

»Einverstanden, warum gehen Sie dann nicht einfach in die dunkle Kammer? Dort sind wir völlig ungestört. Schon seit Tagen warte ich darauf, daß Sie kommen.«

»Was ich Ihnen zu sagen habe, betrifft ja gerade eben diese Zusammenkünfte.«

Chencha, die hereinkam, um zu verkünden, die Lobos seien soeben auf dem Fest eingetroffen und alles warte nur noch auf sie, um den Kuchen aufzuteilen, setzte der Unterhaltung ein abruptes Ende. So blieb Tita und Pedro erst einmal nichts anderes übrig, als ihr Gespräch auf später zu vertagen und den Kuchen ins Eßzimmer zu bringen, wo die Gäste ihn bereits sehnlichst erwarteten. Als Tita und Pedro den Korridor entlanggingen, entdeckte Tita erneut ihre Mutter, die neben der Eßzimmertür stand und ihr wütende Blicke zuwarf. Tita blieb wie angewurzelt stehen. Genau in dem Augenblick kam Pulque aus dem Eßzimmer herausgelaufen und begann, als er Mama Elena drohend auf Tita zugehen sah, sie wie wild anzubellen. Vor Panik stand dem armen Kerl das Fell zu Berge, und er begann mit eingekniffenem Schwanz zurückzuweichen. Ja er war so verschreckt, daß er plötzlich mit einem Hinterbein in dem Blechspucknapf steckenblieb, der am Ende des Korridors neben dem Farn stand, und beim Versuch hinauszurennen, stieß er ihn mit solcher Wucht um, daß der gesamte Inhalt in weitem Bogen herausspritzte.

Das Gepolter alarmierte die zwölf Gäste, die schon alle im Eßzimmer beisammen waren. Erschrocken blickten sie auf den Korridor hinaus, wo Pedro erklären mußte, daß Pulque, möglicherweise wegen seines fortgeschrittenen Alters, in der letzten Zeit derlei unbegreifliche Dinge anstelle, doch nun sei alles wieder in Ordnung. Dennoch entging Paquita Lobo nicht, daß Tita sich am Rande einer Ohnmacht befand. Deshalb schlug sie vor, jemand anderes möge mit Pedro den Kranz ins Eßzimmer bringen. Tita mache ihr nämlich einen ausgesprochen angegriffenen Eindruck. Paquita nahm sie alsdann beim Arm und führte sie in den Salon. Dort reichte man Tita Riechsalz, und so dauerte es nur wenige Minuten, bis sie wieder vollkommen wohlauf war. Daher schickten sie sich an, ins Eßzimmer hinüberzugehen. Doch bevor sie den Salon verließen, hielt Paquita Tita noch eine Sekunde zurück und wollte besorgt wissen:

»Geht es dir wieder besser? Du siehst ja immer noch so aus, als sei dir ganz schwindelig, einen Blick hast du! Wenn ich nicht wüßte, daß du ein anständiges Mädchen bist, würde ich glatt schwören, du seist schwanger.«

Mit einem Lächeln versetzte Tita, um die Angelegenheit herunterzuspielen:

»Schwanger? Auf die Idee können auch nur Sie kommen. Und was hat der Blick damit zu tun?«

»An den Augen einer Frau kann ich es sofort ablesen, wenn sie schwanger ist.«

Tita war Pulque unendlich dankbar, daß er sie just in diesem Augenblick von neuem aus einer vertrackten Situation rettete, denn der Höllenlärm, den er auf einmal im Patio veranstaltete, ersparte ihr die weitere Unterhaltung mit Paquita. Neben Pulques Gebell war aber noch ein anderes Geräusch zu vernehmen, das vom Galopp mehrerer Pferde herzurühren schien. Alle Gäste waren doch bereits eingetroffen. Wer mochte bloß zu dieser Stunde noch kommen? Tita begab sich hastig zur Tür, öffnete sie und sah, wie Pulque einige Gestalten freudig begrüßte, die an der Spitze einer Kompanie von Revolutionären herangeritten kamen. Erst als sie nahe genug waren, nahm Tita wahr, daß die Person, welche die Truppe befehligte, niemand anderes als ihre Schwester Gertrudis war. An ihrer Seite galoppierte der inzwischen zum General avancierte Juan Alejandrez, eben jener Juan, der sie vor geraumer Zeit entführt hatte. Gertrudis stieg ab und verkündete freudestrahlend, als wären nicht all die Jahre verstrichen, bei dem Gedanken an das Dreikönigsfest, den Tag, an dem der Kranz aufgeteilt wird, habe sie auf eine schöne Tasse frisch aufgeschlagener heißer Schokolade vorbeikommen wollen. Da schloß Tita sie ganz gerührt in die Arme und führte sie sogleich an den Tisch, um ihr diesen Wunsch umgehend zu erfüllen. Zu Hause wurde eine Schokolade gekocht wie nirgendwo sonst, denn hier wurde jeder einzelne Handgriff mit äußerster Hingabe vollzogen, angefangen bei der Schokoladenherstellung bis hin zum Aufschlagen der Schokolade, wobei eine weitere elementare Grundregel zu beachten ist. Unerfahrenheit beim Aufschlagen kann zur Folge haben, daß eine Schokolade von hervorragender Qualität ungenießbar wird, ebenso zu starkes Kochen oder das Verpassen des richtigen Moments, Dickflüssigkeit oder Anbrennen der Schokolade.

Das Mittel, um all diese Mißgeschicke zu vermeiden, ist denkbar einfach: Man setzt einen Schokoladentaler mit etwas Wasser aufs Feuer. Es muß ein wenig mehr Wasser sein, als die Schale fassen kann, in der die Schokolade später serviert wird. Sobald das Wasser zu kochen beginnt, nimmt man es vom Feuer, läßt die Schokolade darin schmelzen und rührt dann so lange mit einem Holzquirl, bis sie sich ganz im Wasser aufgelöst hat. Sodann setzt man die Schokolade abermals aufs Feuer. Wenn sie von neuem kocht und aufzusteigen beginnt, nimmt man sie wieder von der Kochstelle, setzt sie dann ein drittes Mal auf und läßt sie nochmals aufkochen. Danach wird sie endgültig heruntergenommen und schließlich aufgeschlagen. Eine Hälfte wird in die Schale gegossen, die andere muß abermals aufgeschlagen werden. Dann reicht man die ganze Schokolade mit einer Schaumkrone. Statt Wasser kann auch Milch verwendet werden; in diesem Fall darf das Getränk jedoch nur einmal aufkochen, beim zweiten Mal schlägt man die Schokolade auf der Kochstelle schaumig, damit sie nicht zu dickflüssig wird. Mit Wasser ist Schokolade bekömmlicher als mit Milch.

Bei jedem Schluck, den Gertrudis aus der Schokoladentasse tat, die vor ihr stand, schloß sie verzückt die Augen. Das Leben wäre um so vieles angenehmer, könnte man sich die einmaligen Geschmacksnuancen und Düfte aus dem Elternhaus überallhin mitnehmen. Das hier war ja eigentlich gar nicht mehr ihr Elternhaus, zumal inzwischen auch die Mutter nicht mehr lebte, wie sie jetzt erst erfahren mußte.

Von dieser traurigen Nachricht, die Tita ihr mitgeteilt hatte, war Gertrudis zutiefst erschüttert. Nur deshalb war sie doch zurückgekehrt: um Mama Elena nämlich zu zeigen, daß sie im Leben triumphiert hatte. Bis zur Generalin des Revolutionsheeres hatte sie es gebracht, was sie sich immerhin hart verdienen mußte, und zwar durch beispiellose Tapferkeit auf dem Schlachtfeld. Die Gabe zu befehlen hatte sie im Blut, weshalb ihr rasanter Aufstieg im Heer bereits kurz nach ihrem Eintritt begonnen hatte, bis sie schließlich den höchsten Grad erreicht und, um ihr Glück voll zu machen, Juan geheiratet hatte und nun nach Hause zurückkehrte. Juan hatte sie nach mehr als einem Jahr, in dem sie sich aus den Augen verloren hatten, durch eine glückliche Fügung wiedergetroffen, und sogleich war die alte Leidenschaft wie am ersten Tag wieder aufgeflammt. Was konnte ein Mensch mehr verlangen! Wie froh wäre sie, wenn ihre Mutter sie so sehen könnte, wie gerne hätte Gertrudis Mama Elena hier angetroffen, sei es auch nur, um noch einmal ihren strafenden Blick zu ertragen, mit dem sie einem etwa bedeutete, man solle die Serviette benutzen, um die Schokoladenreste vom Mund abzuwischen.

Diese Schokolade war zubereitet wie in alten Zeiten. Mit gesenktem Blick schickte Gertrudis insgeheim ein Stoßgebet zum Himmel, Tita möge um Gottes willen noch viele Jahre leben und nach den alten Familienrezepten kochen. Denn weder sie noch Rosaura hatten die nötigen Kenntnisse, um diese Aufgabe zu übernehmen, so daß an dem Tag, da Tita sterben sollte, sie die gesamte Familiengeschichte mit ins Grab nehmen würde. Als alle das Abendessen beendet hatten, gingen sie in den Salon, wo der Tanz eröffnet wurde. Der Salon erstrahlte im Licht unzähliger Kerzen. Juan beeindruckte die Gäste mit seinem herrlichen Spiel auf der Gitarre, auf der Mundharmonika und dem Akkordeon. Gertrudis schlug zu den Stücken, die Juan spielte, mit der Stiefelspitze den Rhythmus.

Stolz blickte sie vom anderen Ende des Salons, wo eine stattliche Gefolgschaft von Verehrern sie umringte und mit Fragen nach ihren Erlebnissen während der Revolution überschüttete, zu Juan hinüber. Lässig eine Zigarette rauchend, erzählte sie haarsträubende Geschichten von Schlachten, an denen sie teilgenommen hatte. Eben war sie dabei, ihre Anbeter mit der detaillierten Schilderung der ersten Erschießung, die sie angeordnet hatte, in Staunen zu versetzen, als sie es plötzlich nicht mehr aushielt, ihre Erzählung abrupt unterbrach und auf die freie Fläche in der Mitte des Salons stürmte, um dort äußerst graziös und geschmeidig zur Polka »Jesusita in Chihuahua« zu tanzen, die Juan meisterhaft auf dem Akkordeon anstimmte. Beim Schwung ihrer Drehungen lüftete sich der Rock ungeniert bis übers Knie.

Diese Keckheit veranlaßte die dort versammelten Frauen augenblicklich zu entrüsteten Kommentaren.

Rosaura flüsterte Tita ins Ohr:

»Ich weiß gar nicht, wo Gertrudis dieses Gefühl für Rhythmus herhat. Mama schwang nicht eben gerne das Tanzbein, und von Papa heißt es gar, er habe ausgesprochen miserabel getanzt.«

Tita zuckte nur mit den Achseln, obwohl sie sehr gut

wußte, von wem Gertrudis den Sinn für Rhythmus und andere Dinge mehr geerbt hatte. Dieses Geheimnis wollte sie eigentlich mit ins Grab nehmen, doch dann sollte es doch anders kommen. Ein Jahr später gebar Gertrudis nämlich ein Mulattenbaby. Juan gebärdete sich wie wild und drohte gar, sie zu verlassen. Daß Gertrudis wieder in ihre alten Gewohnheiten zurückgefallen sei, könne er ihr nie verzeihen. Unter diesen Umständen sah Tita keinen anderen Ausweg mehr, wollte sie diese Ehe retten, als alles zu offenbaren. Zum Glück hatte sie es nicht gewagt, die Briefe mit der nun im wahrsten Sinne des Wortes »schwarzen« Vergangenheit ihrer Mutter zu verbrennen, denn jetzt dienten sie ihr als stichhaltiger Beweis für Gertrudis' Unschuld.

So oder so war es für beide ein schwerer Schlag, mit dem sie fertig werden mußten, doch zumindest zerbrach ihre Ehe nicht, und sie lebten bis ans Ende ihrer Tage zusammen, wobei die Anzahl der glücklichen jene überwog, die mit Zank und Streit vergingen.

Tita kannte freilich nicht nur den Grund für Gertrudis' Rhythmusgefühl, sondern sie wußte auch, warum die Ehe ihrer Schwester Rosaura gescheitert und sie selbst schwanger war.

Jetzt mußte sie die Suppe, die sie sich eingebrockt hatte, eben irgendwie wieder auslöffeln. Das Gute war nur, daß sie jemanden hatte, dem sie ihr Leid klagen konnte. Sie hoffte, Gertrudis würde noch lange genug auf der Farm bleiben, damit sie ihr alles beichten und sie um Rat fragen könnte. Chencha wiederum wünschte sich genau das Gegenteil. Sie war ganz schön wütend auf Gertrudis, oder besser gesagt nicht direkt auf sie, sondern vielmehr auf die Truppe, die ihr soviel Arbeit bereitete. Statt das Fest zu genießen, mußte sie zu so später Stunde noch einen großen Tisch im Patio aufstellen und Schokolade für sage und schreibe fünfzig Mann bereiten.

FORTSETZUNG FOLGT ...

Nächstes Rezept:
Torreja-Cremekonfekt

Bittersüße Schokolade

KAPITEL X

OKTOBER:

Torreja-Cremekonfekt

ZUTATEN:

1 Tasse Sahne
6 Eier
Zimt
Sirup

ZUBEREITUNG:

Die Eier werden aufgeschlagen und das Eigelb vom Eiweiß getrennt. Dann gibt man die sechs Eigelb in die Sahne und rührt beides ganz glatt. Die Creme wird in einen zuvor mit Backfett ausgestrichenen Topf umgefüllt, in dem sie nicht höher als einen Fingerbreit stehen darf. Anschließend kommt das Gefäß aufs Feuer, wo man die Creme bei niedriger Temperatur stocken läßt.

Tita machte die Torrejas auf Gertrudis' ausdrücklichen Wunsch hin, denn sie waren ihr Lieblingsnachtisch. Seit urewigen Zeiten hatte sie keine Torrejas mehr gegessen und wollte das nun nachholen, bevor sie die Farm am nächsten Tag wieder verlassen würde. Nur eine Woche hatte sie zu Hause verbracht, doch das war schon länger, als sie geplant hatte. Während Gertrudis den Topf einfettete, damit Tita die aufgeschlagene Sahne hineinfüllen konnte, redete sie unaufhörlich wie ein Wasserfall. So viele Dinge hatte sie ihrer Schwester zu erzählen, daß nicht einmal ein Monat mit vollen 24 Stunden pro Tag ausgereicht hätte, um alles zu sagen. Tita hörte ihr aufmerksam zu. Ja sie fürchtete sogar, Gertrudis könnte irgendwann zu Ende kommen, denn dann wäre sie an der Reihe zu erzählen. Sie wußte, daß ihr nur noch dieser letzte Tag blieb, um Gertrudis ihren Kummer zu beichten. Wenn sie auch vor Verlangen nach einer Aussprache mit der Schwester fast gestorben wäre, hegte sie doch ihre Zweifel, wie diese darauf reagieren würde.

Statt sie zu ermüden, hatte der Besuch ihrer Schwester, selbst mit der ganzen Truppe und trotz der damit verbundenen Arbeit, Tita eine willkommene Atempause verschafft.

All diese Leute, die Haus und Hof bevölkerten, machten es nämlich schier unmöglich, mit Pedro zu sprechen, geschweige denn, sich mit ihm in der dunklen Kammer zu treffen. Das beruhigte Tita ein wenig, war sie doch auf ein Gespräch mit ihm noch nicht vorbereitet. Zuallererst wollte sie sorgfältig alle möglichen Konsequenzen ihrer Schwangerschaft durchdenken und dann einen Entschluß fassen. Auf der einen Seite standen Pedro und sie, und auf der anderen war, hoffnungslos benachteiligt, Rosaura. Titas Schwester mangelte es völlig an Rückgrat; ihr einziges Interesse galt der Sorge, was wohl die Leute sagen würden, das heißt, am meisten fürchtete sie das Gerede. Sie war unverändert dick und verbreitete einen unangenehmen Geruch, ein gravierendes Problem, dem nicht einmal Titas Hausmittelchen Abhilfe zu schaffen vermochten. Was würde geschehen, wenn Pedro seine Frau ihretwegen verließe? Wie schwer würde das Rosaura treffen? Was würde dann vor allem aus Esperanza?

»Ich langweile dich wohl sehr mit meinem Geschwätz, nicht wahr?«

»Nicht im geringsten, Gertrudis, warum sagst du das?«

»Na weil ich eben schon seit einer Weile an deinem Blick merke, daß du mit den Gedanken ganz woanders bist. Sag schon, was ist los mit dir? Es geht um Pedro, hab ich recht?«

»Ja.«

»Aber wenn du ihn noch immer liebst, warum heiratest du dann John?«

»John werde ich doch gar nicht mehr heiraten, das ist jetzt unmöglich.«

Da schlang Tita plötzlich die Arme um Gertrudis und weinte sich still an ihrer Schulter aus.

Gertrudis strich ihr zärtlich übers Haar, doch ohne dabei auch nur für einen Moment die Creme aus den Augen zu lassen, die auf dem Feuer stand. Es wäre doch zu schade, wenn sie ungenießbar würde. Als die Masse drauf und dran war anzubrennen, schob Gertrudis Tita behutsam beiseite und sagte sanft:

»Laß mich das nur eben mal vom Feuer nehmen, dann kannst du gleich weiter weinen, einverstanden?«

Tita mußte unwillkürlich lächeln, als sie sah, daß Gertrudis sich selbst in einem solchen Moment mehr Sorgen um die Rettung der Süßspeise machte als um die ihrer Schwester. Natürlich war diese Reaktion verständlich, denn einerseits wußte Gertrudis nicht, wie groß ihr Kummer war, und andererseits konnte sie nun einmal nicht widerstehen, wenn es Torrejas gab...

Tita trocknete sich also die Tränen und nahm den Topf vom Feuer, denn Gertrudis hatte sich bei dem Versuch, es selbst zu tun, gehörig die Finger verbrannt.

Sobald die Creme erkaltet ist, schneidet man sie in kleine Stücke, gerade so groß, daß sie nicht auseinanderfallen. Dann schlägt man das Eiweiß zu Schnee, wälzt die Cremeportionen darin und backt sie schließlich in Öl aus. Zum Schluß tunkt man sie in Sirup und bestreut sie mit gemahlenem Zimt.

Während sie die Creme abkühlen ließen, damit sie überzogen werden konnte, vertraute Tita ihrer Schwester alle ihre Sorgen an. Zuerst zeigte sie ihr den geschwollenen Leib und erklärte, wie schlecht sie inzwischen schon ihre Kleider und Röcke darüber schließen konnte. Dann erzählte sie ihr, daß sie morgens beim Aufstehen Schwindel und Übelkeit verspürte und ihre Brust so stark schmerzte, daß man sie nicht einmal berühren durfte. Zu guter Letzt sagte sie ihr noch mit einem Ton verhaltenen Widerwillens gegen ihren Zustand, daß vielleicht, nun ja, daß es möglich sei, wer weiß, also aller Wahrscheinlichkeit nach ... sie ein ganz klein wenig schwanger sein könnte. Gertrudis hörte ihr die ganze Zeit über aufmerksam zu, ohne ein Wort zu sagen oder gar einen Anflug von Verwunderung zu zeigen. Während der Revolution hatte sie sehr viel schlimmere Dinge als das hier gesehen und gehört.

»Und sag mal, weiß Rosaura es schon?«

»Nein, ich frage mich auch, was sie machen würde, wenn sie die Wahrheit erführe.«

»Die Wahrheit! Die Wahrheit! Sieh mal, Tita, die einzige Wahrheit ist die, daß es die Wahrheit nicht gibt, das hängt doch vom Standpunkt eines jedes einzelnen ab. In deinem Fall zum Beispiel könnte die Wahrheit doch auch sein, daß Rosaura auf hinterlistigste Art Pedro geheiratet hat und daß es sie nicht auch nur soviel interessierte, wie sehr ihr euch liebtet, oder nicht?«

»Na ja, Tatsache ist aber, daß sie jetzt die Ehefrau ist und nicht ich.«

»Was heißt das schon! Hat diese Hochzeit denn irgend etwas an dem geändert, was ihr, Pedro und du, aus tiefsten Herzen füreinander empfindet?«

»Nein.«

»Na also. Da gibt es gar keinen Zweifel! Weil nämlich diese Liebe eine der wahrhaft aufrichtigsten ist, die ich in meinem ganzen Leben gesehen habe. Und ihr, sowohl Pedro als auch du, habt den Fehler begangen, euch über diese Wahrheit auszuschweigen, doch noch ist es Zeit. Sieh mal, Mama ist inzwischen tot, und weiß Gott, sie war wirklich nicht mit Vernunftsgründen zu überzeugen, doch bei Rosaura ist das anders, sie kennt die Wahrheit sehr wohl und muß sie auch einsehen, hat sie im Grunde genommen schon immer eingesehen. Also bleibt euch nichts anderes übrig, als eure Wahrheit zur Geltung zu bringen und Punkt.«

»Du rätst mir also, mit ihr zu sprechen?«

»Sieh mal, was ich dir sagen kann, was ich an deiner Stelle tun würde... Warum machst du übrigens inzwischen nicht eben den Sirup für meine Torrejas fertig, ich meine nur so, allmählich wird es nämlich etwas spät.« Tita stimmte diesem Vorschlag zu und begab sich sogleich an die Arbeit, ohne sich freilich dabei auch nur ein Wort ihrer Schwester entgehen zu lassen. Gertrudis saß mit dem Gesicht zur Hintertür, die von der Küche aus auf den Hof führte. Tita hantierte gerade auf der anderen Seite des Tisches mit dem Rücken zur Tür, weshalb sie unmöglich sehen konnte, daß Pedro gerade mit einem Sack voll Bohnen für die Verköstigung der Truppe beladen auf die Küche zukam. Da berechnete Gertrudis mit ihrer großen Erfahrung auf dem Schlachtfeld strategisch genau die Zeit, die Pedro brauchen würde, bis er über die Türschwelle träte, um ihm in eben diesem Augenblick entgegenzuschleudern:

»... Und ich meine, unter diesen Umständen wäre es angebracht, Pedro erführe, daß du ein Kind von ihm erwartest.«

Sie hatte genau ins Schwarze getroffen! Wie vom Blitz getroffen ließ Pedro augenblicklich den Bohnensack auf den Boden fallen. Er verzehrte sich sichtlich vor Liebe zu Tita. Vor Schreck drehte diese sich nun auf den Absatz um und entdeckte Pedro, der sie voll Rührung und mit Tränen in den Augen anblickte.

»Pedro, welch ein Zufall, daß Sie gerade jetzt hereinkommen! Meine Schwester hat Ihnen etwas mitzuteilen. Warum geht ihr nicht einfach raus in den Küchengarten, um euch einmal richtig auszusprechen; ich werde inzwischen den Sirup fertigmachen.«

Tita wußte nicht, ob sie Gertrudis für ihr Eingreifen gram oder dankbar sein sollte. Später würde sie noch ein Wörtchen mit ihr zu reden haben, im Augenblick blieb ihr freilich nichts weiter übrig, als sich um Pedro zu kümmern. Schweigend reichte sie Gertrudis also das Gefäß, das sie in der Hand hielt, um den Sirup anzurühren, kramte aus dem Tischschubfach ein zerknittertes Stück Papier mit dem Rezept hervor und übergab es Gertrudis für den Fall, daß sie es benötigen sollte. Von Pedro gefolgt verließ sie sodann die Küche.

Natürlich brauchte Gertrudis das Rezept, ohne es wäre sie unfähig, auch nur einen Handgriff zu tun. Aufmerksam begann sie, die Anweisungen durchzulesen, um sie sogleich in die Tat umzusetzen: Man verquirlt ein Eiweiß mit einem halben Cuartillo Wasser auf 2 Pfund Zucker oder braunen Rohrzucker oder zwei Eiweiß mit einem Cuartillo Wasser auf 5 Pfund Zucker und im gleichen Verhältnis für größere bzw. geringere

Mengen. Dann läßt man den Sirup dreimal aufkochen, wobei die kochende Flüssigkeit jeweils mit etwas kaltem Wasser wieder abgekühlt werden muß, sobald sie aufsteigt. Danach nimmt man sie vom Feuer, läßt sie stehen und schäumt sie schließlich ab; man fügt abermals ein wenig Wasser und ein Stück Apfelsinenschale, Anis und Nelken nach Geschmack hinzu und bringt den Sirup erneut zum Kochen. Nun schäumt man zum zweiten Mal ab und läßt ihn weiterhin auf dem Feuer, bis er den Grad des weichen Ballen erreicht hat. Dann passiert man das Ganze durch ein Haarsieb oder ein feines, über einen Rahmen gespanntes Tuch. Gertrudis las das Rezept, als handelte es sich um Hieroglyphen. Weder verstand sie, wieviel 5 Pfund Zucker bedeuteten, noch die Mengenangabe von einem Cuartillo Wasser und am allerwenigsten, was mit dem Grad des Ballen gemeint war. Sie wußte nur, daß sie selbst allmählich auf dem Siedepunkt angelangt war. Verzweifelt lief sie auf den Hof hinaus, wo sie sich hilfesuchend an Chencha wandte.

Chencha war gerade damit beschäftigt, unter die Kampfgefährten am fünften Frühstückstisch die restlichen Bohnen zu verteilen. Es war der letzte Tisch, den sie versorgen mußte, doch sobald sie alle bedient hätte, würde es schon an der Zeit sein, den Revolutionären am ersten Tisch nach Beendigung ihrer geheiligten Frühstückszeremonie das Mittagessen aufzutragen, und so würde es bis zehn Uhr abends ohne Unterbrechung weitergehen, bis sie nämlich am letzten Tisch das Abendessen serviert hätte. Daher war es nur allzu verständlich, daß sie ausgesprochen ungehalten und barsch reagierte, sobald sich jemand ihr auch nur näherte, um sie zu bitten, eine zusätzliche Arbeit zu erledigen. Gertrudis bildete da keine Ausnahme, auch wenn sie noch so viel Autorität als Generalin besaß. Chencha weigerte sich rundweg, ihr behilflich zu sein. Sie gehörte ja wohl nicht zur Truppe und mußte daher keine Befehle von ihr entgegennehmen wie all die Männer, die ihr unterstanden.

Schließlich geriet Gertrudis gar in Versuchung, ihre Schwester zu bemühen, doch zu guter Letzt hielt die Vernunft sie zurück. Unter gar keinen Umständen durfte sie Tita und Pedro jetzt unterbrechen, im vielleicht entscheidenden Moment ihres Lebens.

Tita schlenderte im Garten den Weg unter den Obstbäumen entlang, wobei der Apfelsinenduft sich mit dem für ihren Körper charakteristischen Jasmingeruch vermengte. An ihrer Seite schritt Pedro, der mit unendlicher Zärtlichkeit den Arm um sie gelegt hatte.

»Warum haben Sie mir bloß nichts gesagt?«

»Weil ich erst einen Entschluß fassen wollte.«

»Und steht der inzwischen fest?«

»Nein.«

»Was mich angeht, so möchte ich Ihnen, bevor Sie sich entscheiden, nur noch einmal sagen, daß es für mich die äußerste Erfüllung meiner Wünsche bedeutete, würden Sie mir ein Kind schenken, und am liebsten wäre mir, ich könnte mit Ihnen ganz weit fortgehen und ungestört mein Glück genießen.«

»Wir dürfen aber nicht nur an uns denken, Rosaura und Esperanza sind auch noch da, und was würde dann aus ihnen?«

Pedro wußte auch keine Antwort. An sie hatte er bisher am allerwenigsten gedacht, und natürlich wollte er ihnen auf keinen Fall Leid zufügen oder gar darauf verzichten, sein geliebtes Töchterchen zu sehen. Es mußte also eine für alle annehmbare Lösung gefunden werden. Seine Aufgabe war es nun, sich die Angelegenheit erst einmal durch den Kopf gehen zu lassen. Einer Sache war er sich freilich gewiß: Tita würde die Farm nun nicht mehr mit John Brown verlassen.

Ein Geräusch hinter ihnen schreckte sie plötzlich auf. Jemand folgte ihnen. Blitzschnell ließ Pedro Titas Arm los und riß den Kopf herum, um zu sehen, wer dort sein mochte. Doch er entdeckte nur Pulque, der von Gertrudis' Geschrei in der Küche genug gehabt und sich auf die Suche nach einem ruhigeren Schlafplatz begeben hatte. Um jedoch kein weiteres Risiko einzugehen, beschlossen sie, die Unterhaltung auf einen späteren Zeitpunkt zu verschieben. Im ganzen Haus wimmelte es ja nur so von Leuten, und die Gefahr, belauscht zu werden, war im Augenblick zu groß, um über diese persönlichen Dinge zu reden.

In der Küche gelang es zur gleichen Zeit Gertrudis nicht, den Sergeanten Treviño so anzuleiten, daß ihm der Sirup geriete, wie sie es wünschte, so energisch sie auch ihre Befehle erteilte. Nun bedauerte sie, Treviño diese wichtige Mission anvertraut zu haben, da sie zuvor jedoch bei einer Gruppe von Revolutionären nachgefragt hatte, wer von ihnen wisse, wieviel ein Pfund sei, und er wie aus der Pistole geschossen geantwortet hatte, ein Pfund betrage 460 g und ein Cuartillo einen viertel Liter, war sie davon ausgegangen, er verstünde einiges vom Kochen, doch weit gefehlt.

Tatsächlich war dies das erste Mal, daß Treviño bei einem ihrer Befehle versagte. Sie erinnerte sich noch gut an eine Begebenheit, als sie einen Spitzel enttarnen mußte, der sich in die Truppe eingeschlichen hatte.

Eine Soldatin, die eine seiner Geliebten war, hatte von seinen Machenschaften Wind bekommen, woraufhin er sie gnadenlos niedergeschossen hatte, bevor sie ihn hätte verraten können. Auf dem Rückweg von einem Bad im Fluß hatte Gertrudis die sterbende Soldatin gefunden. Doch bevor diese ihren Verletzungen erlag, war es ihr noch gelungen, Gertrudis in Zeichensprache einen Hinweis auf die Identität des Spitzels zu geben. Der Verräter trug zwischen den Beinen ein rotes, spinnenförmiges Muttermal.

Selbstverständlich konnte Gertrudis sich nun nicht daran begeben, alle Männer zu untersuchen, denn abgesehen von der möglichen Fehldeutung hätte der Übeltäter rechtzeitig Wind davon bekommen und wäre geflohen. Daher beauftragte sie Treviño mit dieser Mission.

Leicht war diese Aufgabe auch für ihn nicht. Ihm könnte man noch Schlimmeres unterstellen als die möglichen Verdächtigungen gegen Gertrudis, wenn er begänne, zwischen den Beinen der Männer in der Truppe nachzuforschen. Geduldig wartete Treviño daher ab, bis sie nach Saltillo kamen.

Sobald sie die Stadt betreten hatten, machte er sich auf, alle vorhandenen Bordelle abzuklappern und jede einzelne Dirne dort, mit welcher Methode auch immer, zu erobern. Sein Trumpf war, daß er alle wie Damen behandelte und sie sich wie Königinnen fühlen ließ. So vorbildlich und galant benahm er sich ihnen gegenüber, daß er während des Liebesspiels sogar Verse und Gedichte deklamierte. Ausnahmslos gingen sie ihm ins Netz und erklärten sich am Ende bereit, für die gute Sache der Revolution zu arbeiten.

So dauerte es nicht einmal drei Tage, bis er mit Hilfe seiner Freundinnen, der Dirnen, den Verräter stellte. Dieser zog sich in Begleitung einer falschen Blondine, die den Namen »die Heisere« trug, in ein Zimmer des Hauses zurück, hinter dessen Tür ihn Treviño bereits erwartete.

Mit einem Schlag warf Treviño die Tür zu und erledigte den Verräter auf besonders brutale Weise mit bloßen Fäusten. Als der Missetäter bereits tot war, schnitt Treviño ihm mit einem Messer noch die Hoden ab.

Als Gertrudis wissen wollte, warum er ihn auf derart grausame Art und nicht einfach mit einer Kugel getötet hatte, versetzte er, es habe sich um einen Racheakt gehandelt. Schon vor geraumer Zeit hatte ein Mann mit einem spinnenförmigen Muttermal zwischen den Beinen seiner Mutter und seiner Schwester Gewalt angetan. Letztere hatte es ihm kurz vor ihrem Tod noch gestanden. Auf diese Weise war nun die Ehre seiner Familie wiederhergestellt worden. Es handelte sich um die einzige grausame Tat in Treviños Leben, im übrigen war er der feinste und eleganteste Mensch, selbst beim Töten. Stets erledigte er solche Dinge als ausgesprochener Gentleman. Seit der Überführung des Spitzels lebte Treviño mit dem Ruhm eines notorischen Frauenhelden. Dies war zwar nicht so ganz falsch, doch die Liebe seines Lebens hatte stets Gertrudis gegolten. Viele Jahre lang hatte er sich vergeblich bemüht, sie zu erobern, freilich die Hoffnung nie ganz aufgegeben, bis Gertrudis erneut auf Juan gestoßen war. Da war ihm klar geworden, daß er sie für immer verloren hatte. Fortan diente er ihr ausschließlich zu ihrem persönlichen Schutz, gab ihr Rückendeckung, ohne sich auch nur für eine Sekunde von ihr zu entfernen.

Wenn er sich auch als einer ihrer besten Soldaten auf dem Schlachtfeld hervorgetan hatte, in der Küche war er absolut nicht zu gebrauchen. Trotz allem brachte Gertrudis es nicht übers Herz, ihn hinauszuschicken, denn Treviño war ausgesprochen sensibel: Sie brauchte ihn nur wegen einer Kleinigkeit zu tadeln, und schon verfiel er für eine ganze Weile dem Alkohol. Folglich blieb ihr nichts anderes übrig, als zu ihrer irrtümlichen Wahl zu stehen und das Bestmögliche daraus zu machen. Gemeinsam lasen sie nun aufmerksam Schritt für Schritt das vorliegende Rezept durch und bemühten sich redlich, es zu interpretieren.

»Wünscht man einen reineren Sirup, wie man ihn etwa zum Süßen von Likören benötigt, stellt man nach den besagten Arbeitsgängen den Topf oder das Gefäß schräg, läßt den Sirup ruhen und stellt den Topf dann wieder gerade oder löst wahlweise den Sirup durch behutsames Schütteln vom Boden ab.

Im Rezept wurde nicht erklärt, was der Grad des weichen Ballen war; also forderte Gertrudis den Sergeanten auf, die Antwort in einem großen Kochbuch aufzuspüren, das auf dem Regal stand.

Treviño bereitete es arge Mühe, die gewünschte Information herauszufinden, denn da er kaum lesen gelernt hatte, verfolgte er schwerfällig mit dem Finger Wort für Wort, womit er Gertrudis' Geduld auf eine harte Probe stellte. Da stand:

»Man unterscheidet zahlreiche Kochstufen beim Sirup: zur Lippenwärme, zum schwachen Flug, zum starken Flug, zum schwachen Faden, zum starken Faden, zum weichen Ballen, zum festen Ballen...«

»Na endlich! Hier haben wir's: zum weichen oder zum festen Ballen kochen, meine Generalin!«

»Laß mal sehen! Du kannst einen aber auch zur Verzweiflung treiben.«

Gertrudis las dem Sergeanten die Instruktionen laut und deutlich vor:

»Um die Probe zu machen, ob der Sirup soweit ist, befeuchtet man die Finger in einem Gefäß mit kaltem Wasser, taucht ihn dann in den Sirup und sogleich wieder in das Wasser. Wenn der Sirup beim Erkalten einen Ballen bildet, die Konsistenz einer weichen oder festen Creme erhält... Hast du verstanden?«

»Ja, also ich glaube schon, meine Generalin.«

»Ist auch dein Glück, denn wenn nicht, schwöre ich dir, daß ich dich erschießen lasse!«

Endlich hatte Gertrudis es geschafft, alle nötigen Informationen zusammenzutragen; nun fehlte nur noch, daß der Sergeant den Sirup fachmännisch herstellte, damit sie schließlich doch noch in den Genuß ihrer heißgeliebten Torrejas käme.

Die Todesdrohung im Nacken, falls er seine Vorgesetzte mit seinen Kochkünsten enttäuschen sollte, erfüllte Treviño trotz seiner Unerfahrenheit die Mission zu allseitiger Zufriedenheit.

Alle lobten ihn überschwenglich. Treviño war außer sich vor Stolz. Höchstpersönlich brachte er auf Gertrudis' Geheiß Tita eine Torreja auf ihr Zimmer, damit sie ihm ihre Anerkennung ausspräche. Tita war nicht zum

Essen heruntergekommen und hatte den Nachmittag im Bett verbracht. Treviño betrat ihr Schlafgemach und stellte sein Werk auf ein Tischchen, das Tita benutzte, wenn sie allein und nicht mit den anderen essen wollte. Sie dankte ihm freundlich für seine Aufmerksamkeit, probierte und lobte ihn gebührend, denn das Konfekt war wirklich vorzüglich. Treviño brachte galant sein Bedauern zum Ausdruck, daß Tita sich nicht wohl fühle, denn es wäre ihm eine Freude gewesen, wenn sie ihm einen Tanz bei dem Abschiedsfest für die Generalin Gertrudis im Patio gewährt hätte. Tita versprach ihm, sie würde liebend gerne mit ihm tanzen, falls sie sich aufraffen könnte herunterzukommen. Daraufhin zog Treviño sich rasch zurück, um sogleich der ganzen Truppe stolz zu berichten, was Tita ihm gesagt hatte.

Sobald der Sergeant fort war, lehnte sich Tita wieder im Bett zurück, verspürte sie doch mit dem geschwollenen Leib, der ihr kaum lange zu sitzen erlaubte, nicht die geringste Lust, sich von dort zu erheben.

Tita dachte an die vielen Male zurück, da sie Getreide, Bohnen, Kresse oder andere Samen und Körner zum Keimen gebracht hatte, ohne die leiseste Ahnung zu haben, was diese beim Sprießen und bei der radikalen Veränderung ihrer Form eigentlich empfanden. Nun bewunderte sie deren Fähigkeit, ihre Schale zu öffnen und widerstandslos das Wasser eindringen zu lassen, bis sie aufsprangen, um dem Leben Platz zu machen. Wie stolz ließen sie aus ihrem Inneren die erste Wurzelspitze austreten, mit welcher Bescheidenheit gaben sie ihre frühere Gestalt auf, mit welcher Anmut zeigten sie der Welt ihre Blättchen. Tita hätte sich so sehr gewünscht, sie wäre nur ein einfacher Samen, müßte niemandem über das, was in ihrem Inneren vorging, Rechenschaft ablegen und könnte der Welt offen ihren sprießenden Leib zeigen, ohne die Feindseligkeit der Gesellschaft auf sich zu ziehen. Die Samen waren frei von derartigen Problemen und mußten vor allem keine Mutter fürchten noch Angst haben, man könnte sie verurteilen. Nun gut, physisch gesehen hatte Tita auch keine Mutter mehr, doch noch konnte sie sich nicht des Gefühls erwehren, daß jeden Moment eine schwere, von Mama Elena verhängte Strafe aus dem Jenseits über sie hereinbrechen könnte. Diese Empfindung war ihr nur allzu vertraut: Sie rief erneut die Panik in ihr wach, die sie stets übermannt hatte, wenn sie in der Küche die Rezepte nicht wortwörtlich befolgte. Immer geschah dies in der Gewißheit, daß Mama Elena dahinterkommen würde und sie, statt sie für ihre Phantasie zu beglückwünschen, gnadenlos ausschelten würde, weil sie die Regeln nicht einhielt. Gleichwohl konnte sie grundsätzlich der Versuchung nicht widerstehen, die strengen Vorschriften, die ihre Mutter ihr in der Küche . . . und im Leben auferlegt hatte, zu durchbrechen.

Eine ganze Weile lag sie so auf ihrem Bett ausgestreckt, bis sie auf einmal unter ihrem Fenster Pedro aus vollem Halse ein Liebeslied schmettern hörte. Mit einem Satz sprang sie aus dem Bett und war auch schon am Fenster, um es aufzureißen. Wie konnte es nur geschehen, daß Pedro ein derartiges Risiko einging! Kaum hatte sie ihn erblickt, da wußte sie sogleich warum. Auf eine Meile Entfernung sah man ihm an, daß er völlig betrunken war. An seiner Seite befand sich Juan, der ihn mit der Gitarre begleitete.

Tita erschrak fürchterlich und hoffte aus tiefstem Herzen, Rosaura möge bereits schlafen, denn wenn nicht, wer weiß was dann geschehen konnte!

Wutentbrannt erschien plötzlich Mama Elena mitten im Zimmer und rief aus:

»Na siehst du, was für eine Bescherung du angerichtet hast? Pedro und du, ihr kennt wohl keine Scham. Wenn du vermeiden willst, daß in diesem Haus noch Blut fließt, scher dich endlich dahin, wo du niemandem schaden kannst, bevor es zu spät ist.«

»Wer hier gehen sollte, sind Sie. Ich habe es satt, daß Sie mich unentwegt heimsuchen. Lassen Sie mich endlich ein für allemal in Frieden!«

»Das werde ich nicht tun, zumindest nicht, bevor du dich nicht benimmst wie eine wohlerzogene Frau, das heißt anständig!«

»Und wie benimmt man sich anständig? Etwa wie Sie es getan haben?«

»Ja.«

»Aber genau das mache ich ja! Oder hatten Sie etwa keine uneheliche Tochter?«

»Du bringst dich in Verdammnis, wenn du so mit mir redest!«

»Nicht mehr als Sie!«

»Schweig! Was glaubst du eigentlich, wer du bist?«

»Eben was ich bin! Eine Person mit all ihrem Recht, das Leben zu leben, wie es ihr paßt. Lassen Sie mich endlich in Ruhe, ich kann Sie nicht mehr ertragen! Mehr noch, ich verabscheue Sie, ich habe Sie immer verabscheut!«

Damit sprach Tita die magischen Worte aus, die Mama Elena endgültig vertreiben sollten. Die imposante Erscheinung begann zu schrumpfen, bis nur noch ein winziges Licht übrigblieb. Je mehr sie schwand, desto stärker spürte Tita, wie sich ihr Körper, der geschwollene Leib entspannte und die Schmerzen in der Brust nachließen. Die vorher so verkrampften Muskeln in der Körpermitte gaben endlich dem ungestümen Drang ihrer Menstruation nach.

Diese seit so vielen Tagen zurückgehaltene Erleichterung linderte auf einen Schlag ihr Unwohlsein. Beruhigt atmete sie auf. Sie war nicht schwanger.

Das kleine Licht, zu dem Mama Elena zusammengeschrumpft war, begann nun in rasender Geschwindigkeit herumzuwirbeln. Es durchschlug das Fenster und schleuderte wie ein wild herumschießender Feuerwerksfrosch auf den Patio hinaus. In seiner Trunkenheit bemerkte Pedro die Gefahr nicht rechtzeitig. Völlig zufrieden trällerte er »Estrellita« von Manuel M. Ponce unter Titas Fenster, umgeben von Revolutionären, die ebenso benebelt waren wie er. Gertrudis und Juan sahen genausowenig das Unglück voraus. Wie frisch verliebte Jugenliche tanzten sie im Licht einer der zahlreichen Petroleumlampen, die über den ganzen Patio verteilt waren, um das Fest zu erleuchten. Da näherte sich der in atemberaubender Geschwindigkeit kreiselnde Feuerwerkskörper Pedro und zerschmetterte die Lampe, die ihm an nächsten stand, in tausend Stücke. Das brennende Petroleum ergoß sich in Windeseile über Pedros Gesicht und den gesamten Körper.

Tita, die soeben die nötigen Vorkehrungen für die einsetzende Menstruation getroffen hatte, hörte den Höllenlärm, den Pedros Unfall verursachte. Sie stürzte ans Fenster, öffnete es und sah Pedro als lebende Fackel über den ganzen Patio rennen. Schon holte Gertrudis ihn ein, riß mit einem Ruck den Rock von ihrem Kleid ab, bedeckte Pedro damit und schleuderte ihn zu Boden.

Tita wußte gar nicht, wie sie die Treppe heruntergelangt war, denn in nur wenigen Sekunden fand sie sich auf einmal an Pedros Seite wieder. Gertrudis zerrte ihm gerade die qualmende Kleidung vom Leib. Pedro schrie vor Schmerzen laut auf. Sein Körper war von oben bis unten voller Verbrennungen. Gemeinsam nahmen ihn einige Männer vorsichtig hoch, um ihn in sein Zimmer zu tragen. Tita ergriff Pedros einzige nicht von Brandwunden verunstaltete Hand und wich nicht mehr von seiner Seite. Als sie die Treppe hinaufstiegen, öffnete Rosaura die Tür ihres Schlafgemachs.

Sie hatte einen beißenden Geruch nach verbrannten Federn wahrgenommen. In der Absicht, unten nachzusehen, war sie zur Treppe gegangen und dort auf die Gruppe gestoßen, die Pedro in eine Rauchwolke gehüllt nach oben trug. An seiner Seite Tita, die herzzerreißend schluchzte. Rosauras erster Impuls war, ihrem Mann zu Hilfe zu eilen. Tita versuchte sofort, Pedros Hand loszulassen, damit Rosaura an ihn herantreten konnte, doch da entfuhr Pedro unter Stöhnen:

»Tita, geh nicht fort, laß mich nicht allein!«

Zum ersten Mal hatte er Tita geduzt.

»Nein, Pedro das werde ich nicht tun.«

Tita griff wieder nach seiner Hand, wobei sie und Rosaura sich einen forschenden Blick zuwarfen. Dann hatte Rosaura verstanden, daß sie dort nichts mehr zu suchen hatte, zog sich in ihr Zimmer zurück und schloß sich ein. Eine Woche lang ließ sie sich nicht mehr blicken.

Da Tita sich von Pedros Seite weder trennen konnte noch wollte, trug sie Chencha auf, Eischnee mit Öl und genügend rohe, gut zerstampfte Kartoffeln zu bringen. Dies waren die besten ihr bekannten Heilmittel gegen Verbrennungen. Der Eischnee wird mit einer feinen Feder auf die verletzten Stellen aufgetragen und ausgewechselt, sobald er angetrocknet ist. Als zweites legt man Umschläge mit rohem Kartoffelbrei auf, um die Entzündung zu mildern und die Schmerzen zu lindern.

Die ganze Nacht verbrachte Tita damit, diese Hausmittel anzuwenden.

Während sie den Kartoffelumschlag auflegte, betrachtete sie Pedros geliebtes Gesicht. Keine Spur war mehr von seinen üppigen Augenbrauen und seinen langen Wimpern übriggeblieben. Das kantige Kinn war nun zum Oval angeschwollen. Tita machte es nichts aus, wenn er Brandmale behalten sollte, doch vielleicht Pedro. Was konnte sie bloß mit ihm machen, damit keine Narben zurückblieben? Da gab Nacha ihr die Antwort, die sie wiederum von »Morgenlicht« erhalten hatte: Das beste Mittel in diesem Fall war, Pedro die Rinde des Tepezcohuite-Baums auf die Wunden zu legen. Ohne Rücksicht auf die vorgerückte Nachtstunde rannte Tita sogleich auf den Hof hinaus und weckte Nicolás mit der Bitte, diese Rinde für sie bei dem angesehensten Medizinmann der Gegend zu besorgen. Schon fast im Morgengrauen gelang es ihr endlich, Pedros Schmerzen etwas zu lindern, so daß er ein wenig Schlaf finden konnte. Diesen Moment nahm sie wahr, um draußen kurz von Gertrudis Abschied zu nehmen, hörte sie doch schon seit geraumer Zeit die Schritte und die Stimmen der Soldaten, die ihre Pferde in Reih und Glied aufstellten, um dann abzureiten.

Gertrudis sprach eine ganze Weile mit Tita und sagte ihr, wie leid es ihr tue, daß sie nicht länger dort bleiben und ihr in ihrem Unglück beistehen könne, leider habe sie jedoch Befehl erhalten, Zacatecas anzugreifen. Sie dankte Tita für die glücklichen Augenblicke, die sie mit ihr verbracht hatte, und riet ihr, sie solle ihren Kampf um Pedro nicht aufgeben. Zu guter Letzt überreichte sie ihr noch ein Rezept, das ihre Soldatinnen benutzten, um nicht schwanger zu werden: Nach jedem intimen Kontakt wandten sie eine Spülung mit abgekochtem Wasser und einigen Tropfen Essig an. In dem Moment näherte sich auch schon Juan, um Gertrudis wissen zu lassen, daß es Zeit zum Aufbruch sei.

Zum Abschied schloß er Tita fest in die Arme und trug ihr die besten Genesungswünsche für Pedro auf. Gerührt umarmten sich schließlich Tita und Gertrudis. Dann bestieg Gertrudis ihr Pferd und zog davon. Sie ritt nicht allein, sondern führte in der Satteltasche ihre Kindheit in Form eines Glases voller Torrejas mit.

Während Tita ihnen nachschaute, füllten ihre Augen sich mit Tränen. Chencha erging es nicht anders, doch in ihrem Fall handelte es sich um Freudentränen: Endlich konnte sie aufatmen!

Als Tita gerade ins Haus zurückkehren wollte, vernahm sie einen Schrei aus Chenchas Mund:

»Das kann doch nicht wahr sein! Sie kehren um!«

Tatsächlich schien es so, als näherte sich jemand der Farm, doch wegen der Staubwolke, die von den abziehenden Pferden aufgewirbelt wurde, konnte man nicht recht sehen, um wen es sich handelte.

Als die Sicht besser wurde, erkannten sie freudig, daß es sich um Johns Kutsche handelte. Er war also wohlbehalten wieder daheim. Beim Wiedersehen fühlte sich Tita völlig verwirrt. Sie wußte weder, was sie tun noch was sie ihm sagen sollte. Einerseits war sie unendlich erleichtert, ihn zu sehen, andererseits jedoch wurde ihr ganz elend bei dem Gedanken, ihre Verlobung mit ihm lösen zu müssen. John kam mit einem riesigen Blumenstrauß auf sie zu. Vor Wiedersehensfreude schloß er sie in die Arme und gab ihr einen Kuß. Da merkte er, daß sich etwas in Tita verändert hatte.

FORTSETZUNG FOLGT ...

Nächstes Rezept:
Dicke Bohnen mit Pfefferschoten
à la »Tezcucana«

Bittersüße Schokolade

KAPITEL XI

NOVEMBER:

Dicke Bohnen mit Pfefferschoten à la Tezcucana

ZUTATEN:

Pinto-Bohnen
Schweinefleisch
Ancho-Pfefferschote
Schweineschwarte
Zwiebel
Geriebener Käse
Salat
Avocado
Rettich
Tornachil-Pfefferschoten
Oliven

ZUBEREITUNG:

Zunächst müssen die Bohnen mit Leuchtstein abgekocht, dann gewaschen und zusammen mit dem kleingeschnittenen Schweinefleisch und der Schwarte abermals zum Kochen gebracht werden.

Die Bohnen aufsetzen war das erste, was Tita erledigte, sobald sie um fünf Uhr morgens aufgestanden war.

Heute würde John mit seiner Tante Mary, die extra aus Pennsylvania angereist war, um an der Hochzeit von Tita und John teilzunehmen, zum Essen kommen. Tante Mary brannte nur so darauf, die Verlobte ihres liebsten Neffen kennenzulernen, und hatte allein deshalb noch nicht darauf gedrängt, weil es angesichts von Pedros Gesundheitszustand unpassend erschienen war. Eine ganze Woche hatten sie abgewartet, daß Pedro sich erholte, bis sie ihren offiziellen Besuch machten. Tita bedrückte es schwer, dieses Essen nicht absagen zu können, denn Johns Tante zählte schon 80 Jahre und war von so weit her gekommen, nur um sie kennenzulernen. Tante Mary ein besonderes Gericht vorzusetzen war das mindeste, was sie einer so reizenden alten Dame und noch mehr John schuldete, wenn sie ihnen auch nichts weiter bieten konnte als die Nachricht, daß sie John nicht heiraten würde. Sie fühlte sich vollkommen leer, wie ein Teller, auf dem von einem vorzüglichen Kuchen nur noch ein paar Krümel übrig waren. Sie kramte nach Lebensmitteln in der Speisekammer, doch diese glänzten durch Abwesenheit, alles war bis auf den letzten Rest verbraucht. Gertrudis' Besuch auf der Farm hatte sie die gesamten Vorräte gekostet. Im Getreideschuppen blieb außer etwas Mais, um leckere Tortillas zu backen, nichts weiter als Reis und Bohnen. Doch mit etwas gutem Willen und viel Phantasie würde sie bestimmt noch ein akzeptables Essen herbeizaubern. Mit einem Menü aus Reis, Gemüsebananen und Bohnen nach Art von Tezcucana würde sie gar nicht so schlecht dastehen.

Da die Bohnen nicht so frisch waren wie üblich, rechnete Tita mit einer längeren Garzeit und stellte sie deshalb schon frühmorgens aufs Feuer. Während sie kochten, begab Tita sich daran, die Ancho-Pfefferschoten zu säubern.

Sind die Zwischenwände herausgetrennt, weicht man sie in heißem Wasser ein und zerdrückt sie schließlich.

Sobald Tita die Pfefferschoten eingeweicht hatte, bereitete sie Pedro das Frühstück und brachte es ihm auf sein Zimmer.

Inzwischen hatte er sich in bemerkenswerter Weise von seinen Verbrennungen erholt. Keinen Moment hatte Tita aufgehört, ihm Tepezcohuite-Rinde aufzulegen, und so verhindert, daß Pedro Narben zurückbehielt. John hatte diese Behandlung rundum gebilligt. Zufälligerweise war er schon seit geraumer Zeit dabei, die Versuche mit jener Rinde, die seine Großmutter »Morgenlicht« begonnen hatte, fortzuführen. Pedro erwartete Tita bereits ungeduldig. Abgesehen von den köstlichen Mahlzeiten, die sie ihm täglich brachte, spielte noch ein anderer Grund eine wesentliche Rolle bei seiner erstaunlichen Genesung: die Unterhaltungen mit Tita nach dem Essen. An diesem Morgen hatte Tita freilich keine Zeit für ihn, da ihr das Menü für John perfekt gelingen sollte. Von quälender Eifersucht getrieben, bemerkte er zu Tita:

»Statt ihn zum Essen einzuladen, solltest du ihn lieber ein für allemal wissen lassen, daß du ihn nicht zum Mann nehmen wirst, weil du nämlich ein Kind von mir erwartest.«

»Das kann ich ihm nicht sagen, Pedro.«

»Was? Fürchtest du etwa, du könntest das Doktorchen verletzen?«

»Nicht, daß ich Angst hätte, aber es wäre doch sehr undankbar. John auf diese Weise all das zu vergelten, was er für mich getan hat, ich muß schon einen geeigneten Moment abwarten, um ihm das zu eröffnen.«

»Wenn es nicht bald geschieht, tu ich es höchstpersönlich.«

»Nein, du wirst ihm gar nichts sagen; erstens, weil ich es nicht zulasse, und zweitens, weil ich überhaupt nicht schwanger bin.«

»Wie bitte? Was sagst du da?«

»Was ich für eine Schwangerschaft hielt, war nur eine Unregelmäßigkeit, aber jetzt hat sich alles wieder normalisiert.«

»Aha, das ist es also. Nun fange ich endlich an zu begreifen, was mit dir los ist. In Wirklichkeit willst du nicht mit John reden, weil du dir gar nicht so sicher bist, ob du überhaupt bei mir bleiben oder vielleicht doch lieber ihn heiraten sollst, ist es nicht so? Jetzt, wo ich krank bin, bist du auf einen armen Teufel wie mich nicht mehr angewiesen!«

Tita konnte Pedros Reaktion beim besten Willen

nicht verstehen: Er wirkte wie ein störrischer kleiner Junge. So wie er redete, hätte man tatsächlich meinen mögen, er würde für den Rest seiner Tage krank bleiben, doch ganz so schlimm war es ja nun auch nicht: In kürzester Zeit würde er wieder völlig der alte sein. Zweifellos hatte der Unfall seinen Verstand getrübt. Vielleicht waren seine Sinne noch ganz vom Rauch seines brennenden Körpers vernebelt, denn nicht anders als der Geruch von angebranntem Brot das ganze Haus mit seinem unangenehmen Geruch durchzieht, erfüllten jene finsteren Gedanken sein Hirn, vergifteten seine sonst so sanften Worte und machten sie unerträglich. Sie konnte einfach nicht fassen, daß er an ihr zweifelte, ja drauf und dran war, genau das Gegenteil seines sonst so tugendhaften Wesens im Umgang mit anderen hervorzukehren, indem er derart aus der Rolle fiel.

Völlig verärgert verließ sie sein Zimmer, und bevor sie die Tür schloß, brüllte er ihr noch nach, sie solle sich nur ja nicht unterstehen, ihm noch einmal das Essen zu bringen, und lieber Chencha damit beauftragen, damit sie auch genug Zeit habe, um sich ungestört mit John zu treffen.

Wütend betrat Tita die Küche, um zu frühstücken, was sie nicht eher getan hatte, weil ihre erste Sorge stets Pedros Wohlergehen galt und dann erst ihren täglichen Pflichten, doch wozu das alles? Etwa damit Pedro, statt es ihr zu danken, so reagierte wie gerade eben, sie in Wort und Tat beleidigte? Am Ende hatte sich Pedro doch wahrhaftig in ein vor Egoismus und Eifersucht strotzendes Ungeheuer verwandelt!

Sie machte einige Chilaquiles zurecht und ließ sich am Küchentisch nieder, um sie zu verzehren. Zwar frühstückte sie nicht gerne allein, doch in der letzten Zeit hatte sie ja keine andere Wahl, da Pedro sich nicht aus dem Bett erheben konnte, Rosaura nicht aus ihrem Zimmer herauskam, in dem sie sich verbarrikadiert hatte, und jegliche Nahrungsaufnahme verweigerte und Chencha schließlich nach der Geburt ihres ersten Kindes einige Tage Urlaub genommen hatte.

Unter solchen Umständen schmeckten ihr die Chilaquiles lange nicht so gut wie sonst: Es fehlte einfach die Gesellschaft. Da vernahm sie plötzlich Schritte. Die Küchentür öffnete sich, und im Türrahmen erschien Rosaura.

Tita war baß erstaunt, sie zu sehen. Rosaura war wieder so schlank wie vor ihrer Hochzeit. Und das bei nur einer Woche Fasten! Es schien unglaublich, daß sie in nur sieben Tagen an die 30 kg verloren haben sollte, doch genauso war es. Ganz Ähnliches hatte sich ereignet, als sie nach San Antonio gezogen waren: In Null Komma nichts hatte sie abgenommen, allerdings war sie noch nicht ganz wieder daheim gewesen, und schon hatte sie wieder begonnen anzusetzen!

Hoch erhobenen Hauptes stolzierte Rosaura herein und setzte sich Tita gegenüber. Die Stunde der Aussprache mit ihrer Schwester war wohl gekommen, doch nicht Tita würde den Disput beginnen. Sie zog den Teller näher heran, nahm einen Schluck Kaffee und begann sorgsam die Ränder der Tortillas, die sie für die Zubereitung der Chilaquiles gebraucht hatte, in winzige Stücke zu zerkrümeln.

Sie waren gewohnt, von allen Tortillas, die sie aßen, immer die Ränder zu entfernen, um sie den Hühnern vorzuwerfen. Zum gleichen Zweck zerkleinerten sie das Brotinnere. Tita und Rosaura blickten sich unverwandt in die Augen und rührten sich nicht eher, als bis Rosaura die Diskussion eröffnete:

»Ich glaube, wir haben etwas miteinander zu bereden, meinst du nicht?«

»Doch, doch, das meine ich durchaus. Und ich glaube, schon seit du meinen Bräutigam zum Mann genommen hast.«

»Also gut, wenn du willst, fangen wir an dem Punkt an. Daß du überhaupt einen Bräutigam hattest, war widerrechtlich. Er stand dir nicht zu.«

»Wer bestimmt das? Mama oder du?«

»Die Familientradition, gegen die du verstoßen hattest.«

»Und gegen die ich noch so oft verstoßen werde, wie es nötig ist, solange diese verfluchte Tradition mich benachteiligt. Ich hatte das gleiche Recht wie du, eine Ehe einzugehen, du hingegen warst im Unrecht, als du dich zwischen zwei Personen drängtest, die sich von ganzem Herzen liebten.«

»Ganz so aufrichtig ja wohl nicht. Du siehst doch, wie schnell Pedro dich bei der erstbesten Gelegenheit für mich im Stich gelassen hat. Ich habe ihn geheiratet, weil er es so wünschte. Und besäßest du auch nur ein bißchen Stolz, hättest du ihn ein für allemal vergessen.«

»Also nur zu deiner Information: Er hat dich allein deshalb geheiratet, um in meiner Nähe zu bleiben. Dich hat er nie geliebt, und das wußtest du im übrigen sehr genau.«

»Hör zu, besser reden wir nicht mehr von der Vergangenheit, mir sind Pedros Gründe, mich zu heiraten, auch herzlich egal. Er hat es getan, punktum. Und ich werde nicht weiter dulden, daß ihr mich beide verschaukelt, hast du verstanden? Da spiele ich nicht mit.«

»Niemand will dich verschaukeln, Rosaura, du hast aber auch überhaupt nichts kapiert.«

»Ach nein! Verstehe ich etwa falsch, was für ein Spiel ihr mir zumutet, wenn alle auf der Farm dich an Pedros Seite heulen und verliebt seine Hand halten sehen? Weißt du, wie man das nennt? Jemandem zum Gespött der Leute machen! Na wirklich, da kennst du ja nichts! Und eines kannst du mir glauben: Von mir aus könnt ihr, du und Pedro, mit euren Heimlichtuereien in dunklen Ecken zur Hölle fahren. Mehr noch, von nun an könnt ihr es treiben, sooft ihr nur wollt. Solange niemand etwas mitbekommt, ist es mir schnurzegal, denn Pedro wird es sowieso treiben müssen, mit wem er will, was mich nämlich betrifft, so wird er mich beileibe nicht mehr anrühren. Ich meinerseits habe meinen Stolz! Soll er sich doch so eine suchen wie dich für seine Schweinereien. Doch das eine sage ich dir, in diesem Haus bin und bleibe ich seine Frau. Und ebenso in den Augen der Öffentlichkeit. Denn den Tag, an dem euch irgend jemand zusammen ertappt und ihr mich erneut lächerlich macht, den werdet ihr verfluchen, das schwöre ich dir.«

Rosauras Schimpfen ging allmählich im vorwurfsvollen Geschrei Esperanzas unter. Seit geraumer Zeit weinte sie schon, ihr Schluchzen hatte sich allmählich gesteigert, bis es schließlich unerträgliche Ausmaße annahm. Sicher verlangte sie, daß man sie fütterte. Langsam erhob sich Rosaura und sagte:

»Ich werde meine Tochter füttern. Von jetzt an erlaube ich nicht mehr, daß du das machst, du könntest sie ja noch mit deinem Dreck beschmutzen. Von dir würde sie nur ein schlechtes Beispiel und ebensolche Ratschläge erhalten.«

»Da kannst du allerdings Gift drauf nehmen. Ich werde nicht mitansehen, wie du deine Tochter mit den Ideen verdirbst, die du in deinem krankhaften Hirn ausheckst. Und noch viel weniger werde ich untätig zusehen, wie du ihr das Leben ruinierst mit der Verpflichtung, eine unsinnige Tradition zu befolgen!«

»Ach, was du nicht sagst. Und wie willst du das verhindern? Sicherlich bildest du dir noch ein, ich würde dich weiterhin in ihrer Nähe lassen, aber denk mal an, meine Liebe, da hast du dich gründlich getäuscht. Hast du etwa jemals gesehen, daß man einer von der Straße den Umgang mit Mädchen aus anständigem Hause gestattet?«

»Sag bloß, du glaubst im Ernst, unsere Familie sei anständig!«

»Meine kleine Familie ist es sehr wohl. Und damit sie es auch weiterhin bleibt, verbiete ich dir den weiteren Umgang mit meiner Tochter, oder ich werde mich leider genötigt sehen, dich hier aus dem Haus zu werfen, das Mama immerhin mir vererbt hat. Ist das klar?«

Mit dem Brei, den Tita gemacht hatte, verließ Rosaura sodann die Küche, um Esperanza zu füttern. Sie hätte Tita nichts Schlimmeres antun können. Rosaura verstand es, zutiefst zu verletzen.

Esperanza war ihr mit das Wichtigste auf dieser Welt. Wie schlimm traf sie diese Maßnahme! Während sie das letzte Stück Tortilla zwischen den Fingern zerbröselte, wünschte sie sich sehnlichst, die Erde möge sich auftun und ihre Schwester verschlingen. Das war noch das mindeste, was sie verdiente.

Beim Streit mit ihrer Schwester hatte sie nicht aufgehört, Tortillastücke zu zerbröseln, weshalb sich nun unzählige Krümel vor ihr ausbreiteten. Diese tat sie auf einen Teller und verließ wütend die Küche, um den Hühnern ihren Anteil vorzuwerfen und sich anschließend wieder den Bohnen zu widmen. Die Wäscheleine auf dem Hof war über und über mit Esperanzas bezaubernden Windeln behängt. Es waren wunderhübsche Windeln. Sie hatten Tita viele Nachmittage gekostet, die sie ganz darauf verwandt hatte, die Ränder mit Stikkereien zu verzieren. Sie schaukelten im Wind wie schäumende Wellen. Da wandte Tita den Blick von den Windeln ab. Sie mußte unbedingt vergessen, daß die Kleine zum erstenmal ohne sie gefüttert wurde, wenn sie das Essen fertigbekommen wollte. Also begab sie sich in die Küche zu ihren Bohnen.

Die feingehackte Zwiebel wird in Schmalz goldgelb gedünstet. Dann fügt man die zerdrückte Ancho-Pfefferschote und Salz nach Geschmack hinzu.

Ist die Grundsauce fertig, gibt man die Bohnen mit dem Fleisch und der Schwarte hinein.

Doch es war zwecklos, Esperanza aus dem Gedächtnis streichen zu wollen. Als Tita die Bohnen in den Topf umfüllte, entsann sie sich, wie sehr die Kleine Bohnensuppe liebte. Um Esperanza damit zu füttern, pflegte Tita sie auf ihren Schoß zu setzen, ihr eine riesige Serviette umzulegen und die Suppe mit einem Silberlöffel einzuflößen. Wie hatte doch ihr Herz gehüpft, als sie das Geräusch des Löffels hörte, der gegen die Spitze von Esperanzas ersten Zähnchen stieß. Zur Zeit kamen gerade zwei weitere zum Vorschein. Tita hatte stets sorgsam darauf geachtet, keines beim Füttern zu verletzen. Hoffentlich gab Rosaura sich nun ebensolche Mühe. Aber was wußte ihre Schwester schon! Sie hatte Esperanza doch bisher noch nie gefüttert. Nicht die leiseste Ahnung hatte sie auch davon, daß ins Bad Salatblätter gehörten, damit Esperanza nachts ruhig schlief, oder wie man die Kleine anzog, sie herzte und küßte, sie in den Schlaf wiegte, so wie sie selbst es immer machte. Tita dachte, am besten würde sie die Farm einfach verlassen. Pedro hatte sie enttäuscht; Rosaura könnte ohne sie ihr Leben wieder in Ordnung bringen, und die Kleine würde sich über kurz oder lang sowieso daran gewöhnen müssen, daß ihre Mutter für sie sorgte. Würde Tita sie weiterhin Tag für Tag mehr ins Herz schließen, könnte es ihr später einmal nicht besser ergehen als bei Roberto. Denn es war nun einmal nicht daran zu rütteln, daß dies hier nicht ihre Familie war und man sie jederzeit mit der gleichen Selbstverständlichkeit fortjagen konnte, wie man einen Stein beim Verlesen der Bohnen entfernt. John hingegen bot ihr die Gründung einer eigenen Familie, die ihr niemand streitig machen würde. Er war ein wunderbarer Mann und liebte sie über alles. Es würde ihr bestimmt nicht schwerfallen, sich mit der Zeit unsterblich in ihn zu verlieben. Plötzlich wurde sie von einem Lärm aus ihren Grübeleien hochgeschreckt, den die Hühner im Hof mit einem ohrenbetäubenden Gegakker veranstalteten. Wie verrückt gebärdeten sie sich, es war gerade so, als wollten sie sich als Kampfhähne aufspielen. Beim Versuch, sich gegenseitig die letzten Tortillabröckchen auf dem Boden streitig zu machen, hackten sie wie wild aufeinander los. Sie hüpften und flatterten aufgeregt durcheinander und griffen sich wahllos gegenseitig an. Eine Henne war noch aggressiver als alle anderen; wütend hackte sie jeder, die sie erwischte, die Augen aus, wobei sie Esperanzas blütenweiße Windeln über und über mit Blut bespritzte. Von Entsetzen gepackt warf sich Tita dazwischen und versuchte mit einem kalten Guß aus dem Wassereimer dem Gemetzel ein Ende zu setzen. Doch damit erreichte sie lediglich, daß die Hühner noch mehr in Rage gerieten und den Kampf verschärften. Jetzt bildeten sie einen Kreis, in dem sie wie die Furien hintereinander herjagten. Plötzlich aber holte sie wie von selbst die Kraft wieder ein, die sie in ihrer wahnwitzigen Raserei vergeudeten, und schon konnten sie sich des Gestöbers aus Federn, Staub und Blut nicht mehr erwehren, das aufwirbelte und immer heftiger wurde, bis es wie ein Tornado alles niedermachte, was sich ihm in den Weg stellte, angefangen bei den nächsten Gegenständen, in diesem Fall Esperanzas Windeln auf der Wäscheleine im Hof. Tita versuchte mit Mühe und Not, einige zu retten, doch als sie darauf zustürzte, wurde sie von der Wucht des Wirbelwindes fortgerissen, der sie mehrere Meter über den Boden hob, sie inmitten der wütenden Schnabelhiebe dreimal um die eigene Achse drehte und schließlich mit aller Wucht bis ans andere Ende des Hofes schleuderte, wo sie wie ein Kartoffelsack zu Boden fiel.

Zu Tode erschrocken blieb sie dort bäuchlings liegen, ohne einen Mucks zu sagen. Lange Zeit rührte sie sich nicht vom Fleck. Sollte der Wirbelwind sie erneut mitschleifen, liefe sie Gefahr, daß die Hühner auch ihr ein Auge aushackten. Der ungeheure Hühnerwirbel bohrte solche Löcher in den Boden des Hofes, daß schließlich ein tiefer Schacht entstand, in dem die meisten für immer vom Erdboden verschwanden. Die Erde verschluckte sie buchstäblich. Nur drei Hühner überlebten diese Schlacht, völlig kahlgerupft und einäugig. Von den Windeln freilich wurde keine einzige gerettet.

Tita klopfte sich nach einer Weile den Staub ab und schaute sich auf dem Patio um: Keine Spur war von den anderen Hühnern geblieben. Was sie jedoch am meisten schmerzte, war das Verschwinden der Windeln, die sie mit soviel Liebe umhäkelt hatte. Sie mußten schnellstens durch neue ersetzt werden. Doch bei Licht betrachtet war das ja nicht mehr ihre Sorge; hatte Rosaura nicht gesagt, sie solle sich von Esperanza fernhalten? Nun gut, dann mußte ihre Schwester ihre Probleme eben allein lösen, und Tita würde sich um ihre eigenen kümmern, was im Augenblick nichts anderes bedeutete, als das Mahl für John und Tante Mary zu beenden.

Also begab sie sich rasch in die Küche und schickte sich an, die Bohnen fertigzumachen, doch wie verblüfft war sie dann, als sie feststellte, daß die Bohnen trotz der vielen Stunden auf dem Feuer immer noch nicht weichgekocht waren.

Zweifellos ging es hier nicht mit rechten Dingen zu. Tita entsann sich, daß Nacha immer gesagt hatte, wenn zwei oder mehr Personen bei der Zubereitung von Tamales stritten, würden diese nicht gar. So konnten ganze Tage vergehen, ohne daß sie weich wurden, denn die Tamales waren beleidigt. In solchen Fällen bestand die einzige Lösung darin, ihnen etwas vorzusingen, damit sie sich beruhigten und garzukochen geruhten. Tita vermutete, eben dies sei mit den Bohnen geschehen, da sie dem Streit mit Rosaura beigewohnt hatten. So blieb ihr wohl nichts anderes übrig, als die Bohnen aufzuheitern, indem sie ihnen in schmeichelndem Ton ein Liedchen vorsang, denn viel Zeit blieb nicht mehr, bis sie den geladenen Gästen etwas auftischen mußte.

Zu diesem Zweck war es das beste, sie kramte irgendeinen ihrer glücklichsten Momente aus dem Gedächtnis, um ihn im Gesang wieder aufleben zu lassen. Also schloß sie die Augen und stimmte einen Walzer an, dessen Text lautete: »Ich bin glücklich, seit ich dich erkor, dir schenkt' ich meine Liebe, doch mein Herz ich verlor...« Eindringlich kamen ihr die Bilder des ersten Treffens mit Pedro in der dunklen Kammer wieder in den Sinn. Die Leidenschaft, mit der Pedro ihr die Kleider vom Leib gerissen, und wie ihr Fleisch unter der Haut Feuer gefangen hatte beim Kontakt mit seinen schamlosen Händen. In ihren Adern geriet das Blut in Wallung. Das Herz drohte vor Wonne zu zerspringen. Nach und nach war die zügellose Leidenschaft jedoch einer unendlichen Zärtlichkeit gewichen, die ihre erhitzten Gemüter besänftigt hatte.

Während Tita sang, begann die Bohnensuppe bald heftig aufzukochen. Endlich saugten die Bohnen den Sud, in dem sie schwammen, in sich auf und quollen fast bis zum Platzen auf. Als Tita die Augen wieder öffnete, fischte sie eine Bohne heraus, um sie zu probieren, und stellte zu ihrem Erstaunen fest, daß sie genau den richtigen Garpunkt erreicht hatten. Dadurch gewann Tita genügend Zeit, um sich selbst noch zurechtzumachen, bevor Tante Mary eintreffen würde. Glücklich und zufrieden verließ sie die Küche und begab sich auf ihr Zimmer, um sich ein wenig herzurichten. Als erstes wollte sie sich die Zähne putzen, denn vom Sturz in dem Wirbelsturm, den die Hühner heraufbeschworen hatten, blieb ihr das unangenehme Gefühl, ihre Zähne seien noch voller schmutziger Erde. Sie nahm eine Portion Zahnpulver und reinigte sich damit gründlich die Zähne.

In der Schule hatte man sie gelehrt, wie man dieses Pulver herstellt. Man benötigt jeweils eine halbe Unze Weinstein, Zucker und Sepiaschale, zusammen mit zwei Drachmen Florentiner Lilien und Drachenblut; alle Zutaten werden zu Pulver zerstoßen und dann gründlich vermischt. Es war die Aufgabe der Lehrerin Jovita gewesen, ihnen das beizubringen. Drei Jahre lang hatten sie Jovita als Lehrerin gehabt. Sie war eine kleine, ganz zierliche Person. Allen war sie im Gedächtnis geblieben, nicht so sehr wegen der Kenntnisse, die sie ihnen vermittelt hatte, als vielmehr, weil sie eine ausgesprochen eigenwillige Persönlichkeit war. Man erzählte sich, sie sei mit achtzehn Jahren nach dem Tod ihres Mannes mit einem Sohn allein zurückgeblieben. Niemals hatte sie ihrem Sohn einen Stiefvater geben wollen, so daß sie freiwillig ein Leben in völliger Keuschheit führte. Gewiß, niemand wußte so genau, wie weit sie wirklich frei entschieden hatte oder insgeheim doch darunter litt, denn mit den Jahren war die Arme immer sonderlicher geworden. Tag und Nacht hatte sie sich wacker bemüht, der wirren Gedanken Herr zu werden. Ihr Lieblingsmotto war der Satz gewesen: »Müßiggang ist aller Laster Anfang.« So hatte sie sich den ganzen Tag lang nicht eine Minute Ruhe gegönnt. Immer mehr hatte sie gearbeitet und immer weniger geschlafen. Mit der Zeit genügten ihr die Pflichten im Haus nicht mehr, um ihr Gemüt zu besänftigen, daher war sie bereits um fünf Uhr in der Frühe auf die Straße gegangen, um auch den Bürgersteig zu fegen. Ihren und den der Nachbarn. Allmählich hatte sich ihr Aktionsradius auf vier Häuserblocks im Umkreis ihres Hauses ausgeweitet, und so war es, crescendo, weitergegangen, bis sie ganz Piedras Negras sauberfegte, bevor sie sich auf den Weg in die Schule machte. Bisweilen waren in ihrem Haar Reste von Straßenschmutz hängengeblieben, weshalb die Kinder sie auslachten. Als Tita sich nun im Spiegel betrachtete, entdeckte sie in ihrer Erscheinung eine gewisse Ähnlichkeit mit ihrer Lehrerin. Vielleicht lag es lediglich an den Federn, die sich beim Sturz in ihrem Haar verfangen hatten, dennoch erschrak Tita gehörig.

Um nichts in der Welt mochte sie sich zu einer zweiten Jovita entwickeln. Rasch schüttelte sie die Federn aus dem Haar und bürstete es gründlich aus, bevor sie gerade noch rechtzeitig nach unten ging, um John und Mary bei ihrer von Pulque mit lautem Gebell begrüßten Ankunft auf der Farm willkommen zu heißen.

Tita empfing sie im Salon. Tante Mary war genauso, wie Tita es sich vorgestellt hatte: eine feine und liebenswerte ältere Dame. Trotz ihres vorgerückten Alters erschien sie in makelloser Aufmachung.

Sie trug einen dezenten, pastellfarbenen Blumenhut, der sich angenehm vom Weiß ihrer Haare abhob. Ihre strahlendweißen Handschuhe paßten sich der Haarfarbe an. Beim Gehen stützte sie sich auf einen Mahagonistock mit schwanenförmigem Silberknauf. Charmant verstand sie es, Konversation zu machen. Die Tante war ihrerseits entzückt von Tita, beglückwünschte ihren Neffen überschwenglich zu seiner treffsicheren Wahl und lobte Titas ausgezeichnetes Englisch.

Tita entschuldigte sich für die Abwesenheit ihrer Schwester mit dem Hinweis, sie fühle sich nicht wohl, dann bat sie alle, drüben im Eßzimmer am Tisch Platz zu nehmen.

Reis mit gebratener Banane schmeckte der Tante hervorragend, die auch die Zubereitung der Bohnen als höchst gelungen pries.

Unmittelbar vor dem Servieren streut man den geriebenen Käse über die Bohnen und verziert sie mit zarten Salatblättern, Avocadoscheiben, gehackten Radieschen, Tornachil-Pfefferschoten und Oliven.

Die Tante war eine andere Art von Speisen gewohnt, doch das hinderte sie nicht daran, Titas vorzügliche Kochkünste zu bewundern.

»Hmmm. Das ist einfach köstlich, Tita.«

»Herzlichen Dank.«

»Was für ein Glück du hast, Johnny, von nun an wirst du zweifellos von Meisterhand bekocht werden, denn Catys Kochkünste lassen, um ehrlich zu sein, doch einiges zu wünschen übrig. In der Ehe wirst du dann endlich einmal zunehmen.«

John entging nicht, daß Tita sich in ihrer Haut nicht wohl fühlte.

»Stimmt etwas nicht mit dir, Tita?«

»Nein, aber ich kann jetzt nicht darüber reden, deine

Tante wird sich vielleicht brüskiert fühlen, wenn wir nicht Englisch sprechen.«

»Mach dir darüber keine Sorgen, sie ist stocktaub.«

»Wie kann sie sich dann aber so perfekt unterhalten?«

»Weil sie von den Lippen liest, aber nur auf Englisch, kümmere dich also nicht darum. Abgesehen davon nimmt sie niemanden wahr, solange sie mit dem Essen beschäftigt ist, und nun sag mir bitte, was mit dir los ist. Wir haben noch keine Zeit für ein Gespräch gehabt, immerhin findet die Hochzeit in einer Woche statt.«

»John, ich glaube, es ist besser, wir sagen sie ab.«

»Aber warum das denn?«

»Zwing mich nicht, es dir jetzt zu erklären.«

Bei dem Versuch, die Tante nicht merken zu lassen, daß sie über ein einigermaßen heikles Thema sprachen, lächelte Tita ihr freundlich zu. Die Tante erwiderte die Geste und machte, vollauf mit ihrem Bohnengericht beschäftigt, einen rundum zufriedenen Eindruck. Demnach stimmte es also, sie konnte tatsächlich kein Wort Spanisch von den Lippen ablesen. So durfte Tita ohne Gefahr offen mit John reden. John bestand weiterhin auf dem Thema.

»Magst du mich etwa nicht mehr?«

»Ich weiß es nicht.«

Wie schwer fiel es Tita fortzufahren, nachdem sie Johns schmerzvollen, doch sogleich wieder unterdrückten Gesichtsausdruck bemerkt hatte.

»In der Zeit deiner Abwesenheit hatte ich eine Beziehung zu einem anderen Mann, den ich schon immer geliebt habe, und dabei habe ich meine Unschuld verloren. Deswegen kann ich dich nicht mehr heiraten.«

Nach einer langen Pause wollte John wissen:

»Liebst du ihn mehr als mich?«

»Das kann ich dir wirklich nicht beantworten, ich weiß es einfach nicht. Wenn du nicht hier bist, meine ich, ihn zu lieben, aber wenn ich dich sehe, ist alles wieder ganz anders. An deiner Seite fühle ich mich sicher, geborgen, in Frieden..., aber ich kann es nicht sagen, beim besten Willen nicht... Verzeih mir bitte, daß ich so offen bin.«

Über Titas Wangen rannen nun die Tränen. Tante Mary ergriff ihre Hand und sagte zutiefst gerührt auf Englisch zu ihr:

»Wie schön es ist, eine verliebte Frau in Tränen aufgelöst zu sehen. Mir ist das auch immerzu passiert, als ich kurz vor der Hochzeit stand.«

John bemerkte sofort, daß diese Worte Tita vollends aus der Fassung zu bringen drohten und die Situation dann nicht mehr zu retten wäre.

Da streckte er seine Hand aus, um Titas zu ergreifen und sagte zur Beruhigung der Tante mit einem Lächeln auf den Lippen:

»Tita, mir ist egal, was du getan hast, es gibt Handlungen im Leben, die man nicht zu hoch bewerten sollte, solange sie an der eigentlichen Sache nichts ändern. Was du mir soeben gesagt hast, läßt meine Einstellung nicht wanken, und ich wiederhole noch einmal, daß ich überglücklich wäre, ein Leben lang an deiner Seite zu verbringen, doch vorher muß ich wissen, ob ich der Mann in deinem Herzen bin oder nicht. Fällt deine Antwort positiv aus, werden wir in einigen

Tagen unsere Hochzeit feiern. Wenn nicht, bin ich der erste, der Pedro beglückwünscht und ihn auffordert, dir den Platz einzuräumen, der dir gebührt.«

Tita war nicht im geringsten verblüfft, diese Worte aus Johns Mund zu vernehmen: Sie paßten zu seinem Charakter. Daß er jedoch genau wußte, wer sein Rivale war, hätte sie nicht erwartet. Sie hatte eben nicht mit seiner großartigen Intuition gerechnet.

Tita war es nun endgültig unmöglich, weiter am Tisch zu bleiben. Eine Entschuldigung stammelnd zog sie sich für eine Weile auf den Patio zurück, um dort ihren Tränen freien Lauf zu lassen, bis sie sich wieder beruhigt hatte. Dann kehrte sie zurück, gerade noch rechtzeitig, um den Nachtisch aufzutragen. John erhob sich, um ihr den Stuhl an den Tisch zu rücken, und behandelte sie mit dem gleichen Taktgefühl und Respekt wie immer. Er war wirklich ein bewundernswerter Mann. Wie sehr wuchs er in ihrer Achtung! Und wie sehr wuchsen in ihrem Kopf die Zweifel! Das Jasminsorbet, das sie als Dessert servierte, tat ihr überaus gut. Sein Genuß erfrischt den Körper und machte den Geist wieder klar. Die Tante war regelrecht begeistert von diesem Nachtisch. Noch nie hatte sie erlebt, daß ihr Jasmin als Speise aufgetischt wurde. Sie konnte sich gar nicht wieder beruhigen und wollte bis in jede Einzelheit alles über die Zubereitung erfahren, um ein derartiges Sorbet einmal zu Hause anzubieten. Ohne Hast, damit sie alles deutlich von den Lippen ablesen konnte, teilte Tita ihr das Rezept mit.

»Man zermahlt die Blüten eines Jasminzweigs und verrührt sie mit einem halben Pfund Zucker sorgsam in drei Cuartillos Wasser. Sobald sich der Zucker ganz aufgelöst hat, seiht man die Mischung durch ein feines Tuch und füllt sie dann in die Eismaschine.«

Den Rest des Nachmittags genossen sie in fröhlichem Einvernehmen. Als John sich zurückzog, gab er Tita einen Handkuß und sagte zu ihr:

»Ich will dich bestimmt nicht drängen, nur eins solltest du wissen: An meiner Seite wirst du glücklich werden.«

»Ich weiß.«

Und ob sie das wußte. Und ob sie das berücksichtigen würde bei ihrer Entscheidung, die endgültig ihre ganze weitere Zukunft bestimmen sollte.

FORTSETZUNG FOLGT ...

Nächstes Rezept:
Gefüllte grüne Pfefferschoten
in Walnußsauce

Bittersüße Schokolade

KAPITEL XII

DEZEMBER:

Gefüllte grüne Pfefferschoten in Walnußsauce

ZUTATEN:

25 frische Poblano-
Pfefferschoten
8 Granatäpfel
100 Walnüsse
100 g Parmesankäse
750 g saure Sahne
oder Crème fraîche
1 kg Rinderhack
100 g Rosinen
¼ kg Mandeln
¼ kg Pekan-Nüsse
1 kg Fleischtomaten
2 mittelgroße Zwiebeln
2 Tassen Zitronat
1 Pfirsich
1 Apfel
Kümmel
weißer Pfeffer
Salz
Zucker

ZUBEREITUNG:

Die Walnüsse müssen einige Tage vorher geschält werden, da diese Arbeit höchst aufwendig ist und viele Stunden in Anspruch nimmt. Sind die Schalen geknackt, muß noch die Haut von der Nuß abgezogen werden. Es ist besonders darauf zu achten, daß auch nicht die geringsten Hautreste haften bleiben, denn beim Zermahlen und Vermengen mit der Sahne würden sie die Sauce durch ihren bitteren Beigeschmack verderben und damit die ganze Mühe zunichte machen.

Am Eßtisch sitzend beendeten Tita und Chencha soeben die mühselige Arbeit des Nüssehäutens. Die Walnüsse waren für die Sauce des Pfefferschotengerichts gedacht, das am nächsten Tag als Hauptgang des Hochzeitsfestessens serviert werden sollte. Alle übrigen Familienmitglieder hatten den Tisch bereits unter dem einen oder anderen Vorwand verlassen. Nur diese beiden wackeren Frauen hielten noch die Stellung. Wenn sie ehrlich war, konnte Tita es den anderen nicht einmal verübeln. Immerhin waren sie ihr schon die ganze Woche über kräftig zur Hand gegangen, und sie sah ein, daß es keine Kleinigkeit bedeutete, mal eben 1000 Nüsse zu schälen, ohne schlappzumachen. Die einzige ihr bekannte Person, die das ohne die geringsten Ermüdungserscheinungen durchgehalten hätte, war Mama Elena.

Sie wäre nicht nur in der Lage gewesen, in wenigen Tagen einen Sack voll Nüsse nach dem anderen zu knacken, sondern hätte auch noch einen Heidenspaß bei dieser Plackerei gehabt.

Druck ausüben, zerquetschen und das Fell abziehen waren einige ihrer leichtesten Übungen gewesen. Die Stunden waren ihr wie im Fluge vergangen, wenn sie sich im Patio mit einem Sack voll Walnüsse auf dem Schoß niedergelassen hatte, und sie hatte sich nicht eher wieder erhoben, als bis sie mit dem ganzen Sack fertig war.

Für sie wäre das Knacken dieser tausend Nüsse, das sie allesamt soviel Mühe kostete, ein Kinderspiel gewesen. Diese unvorstellbare Menge erklärte sich daher, daß für 25 Pfefferschoten 100 Nüsse benötigt wurden, 250 Chilis also 1000 Nüsse erforderten. Zur Hochzeit waren 80 Personen aus dem engsten Familien- und Freundeskreis geladen. Jeder einzelne konnte gut und gerne drei Pfefferschoten verzehren, was eine realistische Rechnung war. Es handelte sich zwar um eine Hochzeitsfeier in intimem Rahmen, dennoch wollte Tita ein Festessen mit 20 Gängen geben, wie es früher üblich war, und dabei konnten selbstverständlich die gefüllten Pfefferschoten mit Walnußsauce nicht fehlen, denn so verlangte es der denkwürdige Anlaß, auch wenn das diese mühevolle Vorbereitung bedeutete. Tita kümmerte es wenig, wenn sie vom Häuten einer solchen Unmenge von Nüssen schwarze Finger bekam. Diese Hochzeit war ein Opfer allemal wert, hatte sie doch für Tita eine ganz besondere Bedeutung. Ebenso für John. Er war so überglücklich, daß er sich als einer der engagiertesten Mitstreiter bei der Vorbereitung des Festessens hervorgetan hatte. Daher war er auch einer der letzten gewesen, der sich zurückzog. Eine Verschnaufpause hatte er sich also redlich verdient.

Zum Umfallen müde wusch er sich wieder daheim im Bad die Hände. Ihm schmerzten die Nägel von all dem Nüsseschälen. Als er sich anschickte, schlafen zu gehen, überkam ihn erneut ein Gefühl tiefsten Glücks. In wenigen Stunden würde er Tita näher sein, und dieser Gedanke stimmte ihn froh. Die Trauung war für zwölf Uhr mittags angesagt. Er warf einen letzten prüfenden Blick auf den Smoking, der über einem Stuhl hing. Bis ins kleinste lag seine gesamte Hochzeitskleidung für den folgenden Tag ordentlich bereit, in freudiger Erwartung des großen Augenblicks, in dem sie zur vollen Geltung kommen sollte. Die Schuhe waren auf Hochglanz poliert, der Binder, die Schärpe und das Hemd makellos. Zufrieden darüber, daß alles seine Ordnung hatte, atmete er einmal tief durch, legte sich hin und fiel, kaum daß er seinen Kopf auf das Kissen gebettet hatte, in abgrundtiefen Schlaf.

Pedro hingegen konnte keinen Schlaf finden. Eine höllische Eifersucht nagte in seinen Eingeweiden. Der Gedanke, daß er an der Hochzeit teilnehmen und Titas Bild an Johns Seite ertragen sollte, machte ihm schwer zu schaffen.

Für Johns Haltung ging ihm jegliches Verständnis ab, es mochte gerade so scheinen, als flösse ihm Maisbrei in den Adern! Über seine Beziehung zu Tita mußte er doch einfach im Bilde sein. Und dennoch tat er weiterhin so, als wäre rein gar nichts geschehen! Gerade heute nachmittag noch, als Tita den Backofen anzünden wollte und nirgendwo die Streichhölzer finden konnte, war John, der unverbesserliche Kavalier, doch sogleich zur Stelle gewesen, um ihr seine Hilfe anzubieten. Und damit noch nicht genug! Nachdem das Feuer entfacht war, hatte er Tita die Streichhölzer verehrt, wobei er ihre Hände ergriff! Wieso mußte er Tita unentwegt derart einfältige Geschenke machen? Das nutzte John doch nur als willkommenen Vorwand, um vor seinen Augen Titas Hände zu streicheln. Ganz bestimmt hielt er sich für vorbildlich erzogen, doch er würde ihm schon zeigen, was einem Mann, der eine Frau wahrhaft liebt, so alles einfällt. Mit einem Griff nach seiner Jacke machte er sich wütend auf, um John grün und blau zu prügeln.

An der Tür hielt er jedoch jäh inne. Er würde damit nur das Gerede der Leute über Titas Schwager heraufbeschwören, der mit John am Tag vor der Hochzeit eine Schlägerei angefangen hat.

Der Lärm, den Tita in der Küche verursachte, schwoll nun in seinem Schmerz unerträglich an.

Tita dachte an ihre Schwester, während sie die paar Walnüsse schälte, die noch auf dem Tisch lagen. Rosaura wäre sicherlich gerne bei der Hochzeit dabeigewesen. Doch die Ärmste war vor einem Jahr gestorben. In ihrem Gedenken hatte man ein volles Jahr verstreichen lassen, bevor die kirchliche Trauung angesetzt wurde. Ihr Tod hatte sich auf äußerst merkwürdige Weise ereignet. Wie üblich hatte sie zu Abend gegessen und sich dann sogleich auf ihr Zimmer zurückgezogen. Esperanza und Tita waren noch auf eine kleine Unterhaltung im Eßzimmer geblieben. Pedro war nach oben gegangen, um Rosaura gute Nacht zu wünschen. Durch die beträchtliche Entfernung des Eßzimmers von den Schlafgemächern konnten Tita und Esperanza nichts hören. Zunächst wunderte sich

Pedro kaum, als er hinter der geschlossenen Tür die Auswirkungen der ungeheuren Gasbildung seiner Rosaura vernahm. Doch als eines dieser abstoßenden Geräusche länger währte als üblich, ja schier unendlich schien, horchte er doch auf. Mit dem Gedanken, jener anhaltende Laut könne unmöglich von den Verdauungsproblemen seiner Frau herrühren, versuchte Pedro krampfhaft, sich auf das Buch in seinen Händen zu konzentrieren. Schließlich begann jedoch der Boden zu erzittern, und das Licht flackerte. Einen Moment lang meinte Pedro noch, dieser Kanonendonner sei ein Zeichen für ein neues Aufflammen der Revolution, dann freilich verwarf er diesen Gedanken sogleich wieder, denn dafür herrschte im Moment zuviel Ruhe im Lande. Möglicherweise hatte es sich auch um den Automotor der Nachbarn gehandelt. Bei genauerer Überlegung mußte man allerdings zugeben, daß Automotoren nicht einen derart pestilenzartigen Gestank verbreiten. Seltsam war nur, daß er überhaupt diesen Geruch wahrnahm, hatte er doch in weiser Voraussicht schon einen Löffel mit einem Stück glühender Kohle und ein wenig Zucker durch sein ganzes Zimmer getragen.

Das ist eine der wirksamsten Methoden, um üblen Gerüchen zu Leibe zu rücken.

In seiner Kindheit wurde es üblicherweise in Krankenzimmern so gehandhabt, wo Magen-Darmkranke sich entleert hatten, und immer gelang eine erfolgreiche Reinigung der Luft. Doch in diesem Fall hatte selbst das nicht im geringsten genützt. Beunruhigt ging er zur Verbindungstür zwischen beiden Zimmern, klopfte leise mit den Fingerknöcheln an und fragte Rosaura nach ihrem Befinden. Als er jedoch keine Antwort erhielt, öffnete er schließlich die Tür und fand Rosaura mit blau verfärbten Lippen, eingefallenem Körper, verdrehten Augen, starrem Blick und einem letzten Luft ablassenden Seufzer auf den Lippen vor. Johns Diagnose lautete später akutes Magenversagen.

Die Beerdigung war sehr spärlich besucht, verstärkte sich doch mit dem Tod der unangenehme Gestank, den Rosauras Körper verbreitete. Aus diesem Grunde gingen nur wenige Personen das Wagnis ein, an der Beisetzung teilzunehmen. Eine Schar Truthahngeier, die den Leichenzug hoch in der Luft von Anfang bis Ende eskortierten, wollte sich diesen freilich um keinen Preis entgehen lassen. Dann aber, als sie schließlich erkennen mußten, daß es keinen Festschmaus geben würde, zogen sie sich sichtlich enttäuscht zurück und ließen Rosaura in Frieden ruhen.

Für Tita in der Küche war leider die Zeit der Ruhe noch nicht angebrochen. Ihr Körper verlangte zwar unmißverständlich danach, doch bevor sie diesem Verlangen nachgeben konnte, mußte sie noch die Walnußsauce beenden. Das klügste war also, statt vergangenen Dingen nachzuhängen, sich mit der Küchenarbeit zu beeilen, um endlich in den Genuß der wohlverdienten Ruhepause zu kommen.

Sind alle Walnüsse zu Ende geschält, werden sie zusammen mit dem Käse und der Sahne auf dem Metate zermahlen. Zum Schluß würzt man mit Salz und weißem Pfeffer nach Geschmack. Die Nußtunke wird über die gefüllten Pfefferschoten gegeben und mit dem Samen der Granatäpfel dekoriert.

Füllung für die Pfefferschoten:

Die Zwiebel wird in ein wenig Öl angebraten. Sobald sie goldgelb wird, fügt man das Hackfleisch mit Kümmel und etwas Zucker hinzu. Ist das Fleisch braun, kommen die Pfirsich- und Apfelstücke, das Zitronat, die Nüsse, Rosinen, Mandeln und zerkleinerten Tomaten hinein, bis alles gut durchgekocht ist. Dann wird das Ganze nach Geschmack gesalzen und eingekocht, bevor man es vom Feuer nimmt.

Die Pfefferschoten werden getrennt geröstet und enthäutet. Dann schneidet man sie an einer Seite auf, um die Körner und Rippen zu entfernen.

Tita und Chencha dekorierten die letzten der 25 Platten mit Pfefferschoten und stellten sie an einen kühlen Ort. Am darauffolgenden Morgen holten die Kellner sie in unversehrtem Zustand von dort hervor, um sie zum Festessen auf den Tisch zu tragen.

Beflissen liefen sie von einem Platz zum anderen, um die angeheiterten Festgäste zu bedienen. Gertrudis' unerwartete Ankunft erregte auf dem Fest aller Aufmerksamkeit. Sie fuhr in einem Ford-T-Coupé vor, einem der ersten Wagen mit Gangschaltung. Beim Aussteigen wäre ihr beinahe der überdimensionale, breitkrempige, mit Straußenfedern geschmückte Hut vom Kopf gerutscht. Ihr aufreizendes Kleid mit gepolsterten Schultern war der letzte Schrei. Juan stand ihr in nichts nach. Er trug einen eleganten, auf Figur geschnittenen Anzug, Chapeau Claque und Gamaschen. Ihr ältester Sohn hatte sich zu einem bildhübschen Mulatten entwickelt. Seine Gesichtszüge waren auffallend edel, und sein dunkler Hautton ließ die leuchtend blauen Augen durch den Kontrast besonders zur Geltung kommen. Die Hautfarbe hatte er von seinem Großvater geerbt und die blauen Augen von Mama Elena. Ja, er hatte dieselben Augen wie die Großmutter. Hinter ihnen tauchte der Sergeant Treviño auf, der seit dem Ende der Revolution als Gertrudis' persönlicher Leibwächter angestellt war.

Am Eingang zur Farm empfingen Nicolás und Rosalío die unablässig eintreffenden Gäste in festlicher Reitertracht und nahmen die Einladungen entgegen. Es handelte sich um wunderschöne Einladungskarten. Alex und Esperanza hatten sie eigens entworfen. Das Papier, die schwarze Tinte für den handgeschriebenen Text, der Goldrand der Umschläge und der Siegellack, den sie selbst abgestempelt hatten, waren ihr ganzer Stolz. Alles war in der traditionellen Weise und auf der Basis alter Familienrezepte hergestellt worden. Nur die schwarze Tinte mußte nicht mehr neu zusammengemixt werden, da noch genügend von Pedros und Rosauras Hochzeit übrig war. Zwar war sie inzwischen eingetrocknet, doch genügte ein wenig Wasser, und sie wurde wieder wie neu. Sie wird hergestellt, indem man 8 Unzen Gummiarabicum, 5½ Unzen Galläpfel, 4 Unzen Eisensulfat, 2½ Unzen Kampescheholz und ½ Unze Kupfersulfat miteinander vermischt. Die Goldtinte für die Verzierung der Umschlagränder entsteht aus einer Unze Auripigment und derselben Menge fein gemahlenen Bergkristalls. Diese Pulver werden mit fünf oder sechs Eiweiß gut verschlagen, bis sie sich ganz aufgelöst haben. Den Siegellack wiederum erhält man durch Schmelzen von einem Pfund Lackgummi, einem halben Pfund Benzoeharz, einem halben Pfund Teer und einem ganzen Pfund Zinnober.

Sobald es flüssig wird, gießt man alles auf den zuvor

mit Süß-Mandeln-Öl eingeriebenen Tisch und formt die Stöcke, bevor der Siegellack erkaltet.

Esperanza und Alex hatten ganze Nachmittage mit der akribischen Befolgung dieser Rezepte zugebracht und die hübschen Hochzeitskarten angefertigt, mit glänzendem Erfolg. Jede einzelne stellte ein Kunstwerk dar. Leider geriet diese Art künstlerischer Fertigkeiten allmählich aus der Mode, ebenso wie lange Kleider, Liebesbriefe oder der Walzer. Doch für Tita und Pedro würde der Walzer »Augen der Jugend«, den das Orchester soeben auf Pedros ausdrücklichen Wunsch hin anstimmte, niemals veraltet sein. Leichtfüßig glitten sie gemeinsam über die Tanzfläche. Tita sah hinreißend aus. Die zweiundzwanzig Jahre, die seit Pedros und Rosauras Hochzeit vergangen waren, schienen fast spurlos an ihr vorübergegangen zu sein. Mit ihren neununddreißig Jahren wirkte sie immer noch knackig frisch wie ein eben gepflückter Apfel.

Johns Augen, die ihnen beim Tanzen folgten, ließen Zärtlichkeit mit einem Anflug von Resignation erkennen. Liebevoll sanft rieb sich Pedros Wange an Titas, und diese spürte Pedros Hände auf ihrer Taille glühen wie nie zuvor.

»Erinnerst du dich noch, wie wir dieses Stück zum ersten Mal hörten?«

»Wie könnte ich das je vergessen.«

»In jener Nacht fand ich keinen Schlaf bei dem Gedanken, so bald um deine Hand anzuhalten. Ich konnte ja nicht ahnen, daß ich 22 Jahre verstreichen lassen müßte, um dir erneut die Frage zu stellen, ob du meine Frau werden willst.«

»Meinst du das im Ernst?«

»Natürlich! Ich will doch nicht sterben, ohne das noch zu erleben. Immer habe ich davon geträumt, mit dir eine über und über mit weißen Blumen geschmückte Kirche zu betreten und mitten unter ihnen du als die schönste.«

»In Weiß?«

»Aber wieso denn nicht? Jetzt hindert dich doch nichts mehr daran. Und weißt du was? Wenn wir endlich verheiratet sind, will ich auch einen Sohn von dir. Noch ist es nicht zu spät, was meinst du? Jetzt, wo Esperanza uns verläßt, brauchen wir Gesellschaft.«

Tita verschlug es schier die Sprache. Ein Knoten in ihrem Hals hinderte sie, etwas zu erwidern. Tränen rannen über ihr Gesicht. Ihre ersten Freudentränen.

»Und ich möchte, daß du weißt, nichts kann mich von dieser Absicht abbringen. Es ist mir schnurzegal, was meine Tochter oder sonst irgend jemand denken mag. Viel zu viele Jahre haben wir mit der Sorge vertan, was die Leute sagen könnten, doch von heute abend an wird mich nichts und niemand mehr von deiner Seite trennen.«

Aber zu diesem Zeitpunkt kümmerte sich auch Tita keinen Deut mehr um die Meinung der anderen, würde ihre Liaison mit Pedro öffentlich bekannt.

Zwanzig Jahre lang hatte sie den Pakt, den beide mit Rosaura geschlossen hatten, respektiert, und nun war sie es müde. Aus Rücksicht auf Rosaura, die vor allem anderen den Schein einer perfekten Ehe wahren und ihre Tochter im Schutz der geheiligten Institution der Familie erzogen wissen wollte – alleiniges Vorbild für gute Moral, wie sie meinte –, hatten sich Pedro und Tita zu absoluter Diskretion bei ihren Zusammenkünften und zu völliger Geheimhaltung ihrer Liebesbeziehung verpflichtet. In den Augen der anderen würden sie weiterhin stets eine ganz normale Familie sein. Dafür mußte Tita auf ein uneheliches Kind verzichten. Zum Ausgleich war Rosaura dazu bereit, Esperanza mit ihr auf folgende Art zu teilen: Tita würde die Verantwortung für die Beköstigung des Kindes übernehmen und Rosaura deren Erziehung.

Rosaura war ihrerseits verpflichtet, auf freundschaftliche Weise mit ihnen zusammenzuleben und jegliche Form von Eifersucht oder Ansprüchen aufzugeben.

Im großen und ganzen hatte sich jeder von ihnen an die Absprache gehalten, außer in bezug auf Esperanzas Erziehung. Tita wünschte für Esperanza eine völlig andere, als es Rosauras Absicht war. Daher nutzte sie über ihre Kompetenzen hinaus jeden Augenblick, den Esperanza an ihrer Seite verbrachte, dazu, dem Mädchen eine andere Art von Kenntnissen zu vermitteln als ihre Mutter.

Diese Momente machten den größten Teil des Tages aus, denn die Küche war Esperanzas bevorzugter Aufenthaltsort und Tita ihre engste Vertraute und Freundin.

Es geschah an eben einem dieser Nachmittage, die sie gemeinsam in der Küche verbrachten, daß Esperanza Tita gestand, Alex, John Browns Sohn, wolle um ihre Hand anhalten. Tita war die erste, die davon erfuhr. Nach langen Jahren hatten sie sich bei einem Fest am College, wo Esperanza studierte, wiedergetroffen. Alex war gerade dabei, sein Medizinstudium zu beenden. Vom ersten Moment an war der Funke übergesprungen. Als Esperanza Tita erzählte, unter Alex'

Blick habe sie sich wie ein Teigball bei der Berührung mit siedendem Öl gefühlt, war Tita klar, daß Alex und Esperanza um nichts in der Welt mehr getrennt werden konnten.

Mit allen ihr zur Verfügung stehenden Mitteln hatte Rosaura darum gekämpft, die Verbindung zu vereiteln. Von Beginn an widersetzte sie sich offen und hartnäckig. Pedro und Tita griffen zu Esperanzas Gunsten ein, so daß sich zwischen ihnen ein Kampf wie auf Leben und Tod entspann. Gellend forderte Rosaura ihr Recht: Pedro und Tita brächen den Pakt, und das sei unfair.

Dies war nicht das erste Mal, daß man wegen Esperanza stritt. Angefangen hatte es, als Rosaura sich weigerte, ihre Tochter zur Schule zu schicken, da sie das als Zeitverschwendung erachtete. Esperanzas einzige Mission im Leben sei die, stets für ihre Mutter dazusein. Zu diesem Zweck seien derart gehobene Kenntnisse völlig überflüssig, viel sinnvoller wäre es, sie würde das Klavierspiel erlernen sowie Gesang und Tanz. Die Beherrschung dieser Fertigkeiten würde ihr im Leben überaus hilfreich sein. Zum einen, weil sie Rosaura dann die Nachmittage aufs unterhaltsamste vertreiben könnte, und zum anderen, weil sie auf Gesellschaftsfesten stets angenehm auffallen und den spektakulärsten Applaus ernten würde. Auf diese Art könnte sie nicht nur aller Aufmerksamkeit auf sich lenken sondern würde auch in den höchsten Kreisen geachtet. Mit Mühe und Not gelang es ihnen, Rosaura in endlosen Disputen davon zu überzeugen, daß Esperanza über Gesang, Tanz und virtuoses Klavierspiel hinaus auch unbedingt geistreichen Unterhaltungen gewachsen sein müsse, wenn sie mit solchen konfrontiert würde, und daß es dafür nötig sei, die Schule zu besuchen. Zähneknirschend gab Rosaura schließlich ihre Einwilligung, das Kind aufs Gymnasium zu schikken, doch nur, weil sie zu der Überzeugung gelangt war, abgesehen von der Fähigkeit, auf angenehme und geistreiche Weise Konversation zu betreiben, bekäme Esperanza so die Gelegenheit, Seite an Seite mit der Crème de la Crème von Piedras Negras die Schulbank zu drücken. So ergab es sich, daß Esperanza zur Förderung ihrer geistigen Fähigkeiten die beste Schule besuchen durfte. Ihrerseits machte sich Tita dafür stark, Esperanza etwas mindestens ebenso Unverzichtbares beizubringen: die Geheimnisse des Lebens und der Liebe mit Hilfe der Kochkunst.

Dieser Sieg über Rosaura hatte bisher genügt, um weitere heftige Diskussionen abzuwenden, doch nun tauchte plötzlich Alex auf und mit ihm die Möglichkeit einer Verlobung. Rosaura geriet völlig außer sich, als ihr klar wurde, daß Pedro und Tita Esperanza vorbehaltlos bestärkten. Wie eine Löwin kämpfte sie mit allen ihr zur Verfügung stehenden Mitteln um die Beibehaltung der ihr von der Tradition zuerkannten Rechte: daß nämlich ihre Tochter bis zu ihrem Tode für sie sorgte. Mit der Macht der Verzweiflung schrie sie und trampelte, kreischte, spuckte und drohte. Zum ersten Mal verstieß sie gegen die Abmachung, warf Pedro und Tita Verwünschungen an den Kopf und beklagte sich bitterlich, wieviel Leid sie ihretwegen schon habe ertragen müssen.

Das Haus verwandelte sich in ein regelrechtes Schlachtfeld. Türenknallen war inzwischen an der Tagesordnung. Glücklicherweise währten die Auseinandersetzungen nicht allzu lange, denn nach drei Tagen heftiger und aufreibender Kämpfe zwischen beiden Parteien war Rosaura infolge schwerer Verdauungsprobleme auf äußerst... eben besagte Weise zu Tode gekommen.

Die Hochzeit zwischen Alex und Esperanza erreicht zu haben, bedeutete Titas größten Triumph. Wie stolz fühlte sie sich, Esperanza so intelligent, so allem gewachsen zu sehen, doch gleichzeitig so feminin und einfach glücklich. Bezaubernd war ihr Anblick, als sie in ihrem Brautkleid mit Alex zum Walzer »Augen der Jugend« tanzte.

Sobald die Musik endete, traten die Lobos, Paquita und Jorge hinzu, um Pedro und Tita zu beglückwünschen.

»Unseren Glückwunsch, Pedro, eine bessere Partie als Alex hätte deine Tochter nicht finden können.«

»Ja, Alex Brown ist wirklich ein wunderbarer Bursche. Der einzige Nachteil ist, daß sie uns verlassen werden. Alex hat ein Stipendium erhalten, um an der Universität von Harvard seinen Doktor zu machen, und noch heute, gleich nach der Hochzeitsfeier, werden sie sich auf den Weg dorthin machen.«

»Wie entsetzlich, Tita! Was wirst du denn jetzt machen?« ließ Paquita mit äußerst spitzer Zunge verlauten. »Ohne Esperanza im Haus wirst du doch nicht weiter in Pedros Nähe leben können. Oh je, bevor du aber woanders hinziehst, mußt du mir unbedingt noch das Rezept deiner Pfefferschoten in Walnußsauce verraten. Die sehen ja wahrhaft köstlich aus.«

Die gefüllten Pfefferschoten mit Walnußsauce sahen

nicht nur köstlich aus, sie schmeckten auch tatsächlich hervorragend, ja nie zuvor waren sie Tita so vorzüglich gelungen. Die Pfefferschoten leuchteten stolz in den Farben der mexikanischen Flagge: dem Grün der Chilis, dem Weiß der Nußrahmsauce, dem Rot des Granatapfelsamens.

Diese dreifarbigen Servierplatten blieben freilich nur kurze Zeit intakt: In Null Komma nichts verschwand das Essen von den Tabletts... Wieviel Zeit war doch verstrichen seit dem Tag, an dem Tita sich gefühlt hatte wie eine Pfefferschote in Walnußsauce, die man wohlerzogen übrigläßt, um keine Gier zu zeigen.

Tita fragte sich, ob die Tatsache, daß diesesmal keine einzige Pfefferschote zurückblieb, als Zeichen dafür zu werten sei, daß die feinen Sitten allmählich in Vergessenheit gerieten, oder ob sie tatsächlich nur so ausgezeichnet mundeten.

Die Tischgesellschaft zeigte sich wahrhaft überwältigt. Welch ein himmelweiter Unterschied zwischen dieser Hochzeit und der von Pedro und Rosaura. Anstatt, wie damals beim Kosten der Pfefferschoten mit Nußsauce, in abgrundtiefe Niedergeschlagenheit und ein unerklärliches Sehnen und Zehren zu verfallen, überkam sie nun ganz im Gegenteil ein ähnliches Gefühl wie Gertrudis, als sie die Wachteln in Rosenblättern verzehrt hatte. Und jetzt verspürte Gertrudis als erste die Symptome. Sie befand sich mitten auf dem Patio beim Tanz mit Juan zu »Mein lieber Capitán« und sang den Refrain, während sie drauflos tanzte wie nie zuvor. Jedesmal, wenn sie das »Ai, ai, ai, ai, mein lieber Capitán« hervorschmetterte, übermannte sie die Erinnerung an jene ferne Vergangenheit, als Juan noch

Hauptmann war und sie sich mit ihm gänzlich nackt mitten auf dem Feld verlustiert hatte. Sogleich erkannte sie die an den Schenkeln aufsteigende Hitze wieder, das Kribbeln in der Leibesmitte, die unkeuschen Gedanken und beschloß, sich schleunigst mit ihrem Gatten zurückzuziehen, bevor die Dinge ihren unvermeidlichen Lauf nehmen würden. Gertrudis war die erste, die den Rückzug antrat. Alle übrigen Gäste folgten unter dem einen oder anderen Vorwand ihrem Beispiel mit kaum verhohlener Lüsternheit im Blick und baten, man möge sie entschuldigen. Die frisch Vermählten dankten es ihnen insgeheim, denn nun hinderte sie nichts mehr, ihrerseits die Koffer zu pakken und so schnell wie möglich abzureisen. Sie konnten es kaum erwarten, endlich in ihr Hotel zu gelangen.

Als Tita und Pedro die Situation bemerkten, verweilten nur noch John, Chencha und sie beide auf der Farm. Alle anderen, einschließlich der Arbeiter, hatten bereits das Weite gesucht und frönten ungezügelt der Liebe. Einige trieben es gar unter der Brücke zwischen Piedras Negras und Eagle Pass. Die Altmodischeren zogen ihren in letzter Not mehr schlecht als recht auf der Landstraße abgestellten Wagen als Lustort vor. Alle übrigen blieben dort, wo sie gerade gingen oder standen. Jedweder Ort war genehm: am Fluß, auf der Treppe, im Waschtrog, im Kamin, im Backofen, auf dem Tresen in der Apotheke, im Kleiderschrank, ja gar auf den Baumwipfeln. Die Not ist die Mutter der Erfindung und jeder möglichen Stellung. Jener Tag war so reich an Erfindungsgabe wie kein weiterer in der Geschichte der Menschheit.

Tita und Pedro gaben sich ihrerseits alle nur erdenkliche Mühe, um ihren sexuellen Gelüsten nicht hemmungslos nachzugeben, doch diese gingen schließlich derart heftig mit ihnen durch, daß sie sogar die Barrieren der Haut sprengten und sich in Form von Hitze und eines befremdlichen Geruchs Luft verschafften. John, dem nichts entging, war kaum gewillt, als dritter das Nachsehen zu haben, nahm daher Abschied und verschwand. Tita tat es in der Seele weh, ihn allein fortgehen zu sehen. John hätte eine andere Frau heiraten sollen, nachdem sie damals doch noch abgelehnt hatte, ihn zum Manne zu nehmen. Leider hatte er sich aber nie mehr dazu entschließen können.

Sobald John fort war, bat auch Chencha um Erlaubnis, in ihr Dorf zu eilen: Vor einigen Tagen hatte sich ihr Mann dorthin begeben, um die ersten Ziegel für ihr Häuschen zu setzen, und nun hatte sie plötzlich ein unendliches Verlangen gepackt, ihn zu sehen.

Hätten Tita und Pedro geplant, ihre Hochzeitsnacht in großer Abgeschiedenheit zu verbringen, wäre es ihnen nicht leichter gemacht worden. Zum ersten Mal im Leben konnten sie sich ungehindert lieben. Lange Jahre hindurch war eine Reihe von Vorkehrungen nötig gewesen, damit niemand sie ertappte oder Verdacht schöpfte, damit Tita nicht schwanger wurde, ihr nicht vor Wonne ein Schrei entfuhr, wenn sie gemeinsam den Höhepunkt erreichten. Von nun an gehörte dies alles der Vergangenheit an.

In stillschweigendem Einvernehmen faßten sie sich bei den Händen und begaben sich zur dunklen Kammer. Bevor sie eintraten, hob Pedro Tita auf die Arme, öffnete langsam die Tür, und vor ihren Augen zeigte sich die dunkle Kammer vollständig verwandelt. Alles Gerümpel war verschwunden. Nur das Eisenbett thronte noch majestätisch in der Mitte des Raums. Sowohl die seidenen Bettlaken als auch die Decke strahlten in leuchtendem Weiß, ebenso der Blumenteppich, der den gesamten Fußboden bedeckte, und die 250 Altarkerzen, die das nun fälschlicherweise dunkle Kammer genannte Zimmer hell erleuchteten. Tita war zu Tränen gerührt bei dem Gedanken, wieviel Mühe es Pedro gekostet haben mochte, den Raum so auszuschmücken, und Pedro desgleichen bei der Vorstellung, Tita habe dies alles insgeheim arrangiert.

So sehr verzehrten sie sich vor Leidenschaft, daß sie nicht einmal gewahr wurden, daß Nacha in einem Winkel des Zimmers soeben die letzte Kerze anzündete und sich gleich darauf zurückzog, indem sie sich in Rauch auflöste.

Pedro legte Tita aufs Bett nieder und entledigte sie liebevoll nach und nach all der festlichen Kleidungsstücke. Nachdem sie sich eine Weile hingebungsvoll angeschaut und gestreichelt hatten, ließen sie ihrer die ganzen Jahre über angestauten Begierde freien Lauf.

Die Schläge des Eisenkopfteils gegen die Wand und die kehligen Laute, die beiden entfuhren, vermengten sich mit dem Lärm Tausender von Tauben, die wild über ihren Köpfen durcheinander flatterten. Der sechste Sinn, der die Tiere auszeichnet, hatte ihnen bedeutet, unverzüglich von der Farm zu flüchten. Die übrigen Tiere folgten sogleich ihrem Beispiel, die Kühe, die Schweine, die Hühner, die Wachteln, die Lämmer und die Pferde.

Tita war außerstande, irgend etwas zu bemerken. So

mächtig spürte sie den Höhepunkt nahen, daß es ihr vor geschlossenen Augen leuchtend hell wurde und sich ein strahlender Tunnel auftat.

In diesem Augenblick entsann sie sich der Worte, die John eines Tages zu ihr gesprochen hatte: »Wenn aus einer übermächtigen Gemütsbewegung heraus alle Streichhölzer, die wir in unserem Inneren bergen, auf einmal in Flammen stehen, verbreiten sie einen so hellen Glanz, daß er weit über das hinausleuchtet, was wir normalerweise zu sehen vermögen, und dann tut sich vor unseren Augen ein strahlender Tunnel auf, der uns den Weg weist, den wir im Augenblick unserer Geburt vergaßen, und uns dazu aufruft, unseren verlorenen göttlichen Ursprung wiederzufinden. Die Seele drängt es danach, erneut mit dem Ort unserer Herkunft zu verschmelzen und den Körper leblos zurückzulassen« ... Da zügelte Tita ihre Lust.

Sie war noch nicht bereit zu sterben. Diese explosionsartige Erregung wollte sie noch viele Male erleben. Das war nur der Anfang.

Sie bemühte sich, ihren heftigen Atem zu normalisieren, als sie plötzlich die lärmenden Flügelschläge des letzten Taubenschwarms beim Aufbruch vernahm. Außer diesem Geräusch hörte sie nur ihrer beider Herzschlag. Es war ein kräftiges Pochen. Sie konnte das Klopfen von Pedros Herz sogar gegen die Haut auf ihrer Brust spüren. Plötzlich hörte dieses Pochen auf. Eine Totenstille breitete sich über den Raum. Sie brauchte nicht lange, um zu begreifen, daß Pedro tot war.

Mit Pedro erstarb die Aussicht auf ein erneutes Entzünden ihres inneren Feuers, mit ihm verschwanden alle

Streichhölzer. Sie wußte, daß die natürliche Wärme, die sie jetzt noch verspürte, nach und nach erlöschen und ihre eigene Substanz aufzehren würde, sobald die Nahrung zu ihrem Erhalt ausbliebe.

Sicherlich war Pedro in dem Augenblick der Ekstase, als er den erleuchteten Tunnel betrat, gestorben. Nun bedauerte sie, nicht mit ihm gegangen zu sein. Von jetzt an würde es ihr verwehrt bleiben, jemals erneut dieses Licht zu erblicken, denn alle ihre Empfindungen waren ein für allemal erloschen. Einsam würde sie zurückbleiben, ziellos bis in alle Ewigkeit in der Finsternis umherirren, furchtbar einsam. Sie mußte eine Möglichkeit finden, und sei es auch nur auf künstlichem Wege, ein gleichartiges Feuer zu entfachen, das diesen Weg zurück zu ihren Ursprüngen und zu Pedro erleuchten könnte. Zunächst freilich galt es, die eisige Kälte zu bannen, die sie zu lähmen drohte. Schnell erhob sie sich und rannte los, um die riesige Decke zu holen, die sie in der unendlichen Reihe von einsamen und schlaflosen Nächten gehäkelt hatte, und warf sie sich über. Sie bedeckte inzwischen die gesamte Fläche der Farm, die nicht weniger als drei Hektar betrug. Dann nahm sie aus der Schreibtischschublade die Schachtel Pappstreichhölzer, die ihr John geschenkt hatte. Sie brauchte viel Zündstoff in ihrem Inneren. Nach und nach steckte sie sich die gesamten Streichhölzer der Schachtel in den Mund. Beim Kauen der einzelnen Hölzer schloß sie fest die Augen und rief sich mit aller Kraft die ergreifendsten Momente mit Pedro in Erinnerung. Seinen ersten Blick, den sie auffing, das erste Mal, als sich ihre Hände streiften, den ersten Blumenstrauß, den ersten Kuß, die erste Liebkosung, die erste intime Beziehung. Und so erreichte sie, was sie wollte. Als das Streichholz, das sie gerade kaute, mit dem strahlenden Bild, das sie heraufbeschwor, in Kontakt kam, zündete es lichterloh. Allmählich wurde ihre Vision immer heller, bis erneut vor ihren Augen der Tunnel erstrahlte. Dort am Eingang wartete die leuchtende Gestalt Pedros. Tita zögerte keinen Moment. Sie ließ sich ihm entgegentreiben, bis sie beide in einer unendlichen Umarmung verschmolzen, in der sie von neuem den Höhepunkt ihrer Liebe erreichten und gemeinsam zum verlorenen Paradies aufbrachen. Niemals mehr würden sie sich von nun an trennen.

In diesem Augenblick begannen Pedros und Titas glühende Körper leuchtende Funken zu sprühen. Diese setzten die Decke in Brand, deren Feuer dann auf die ganze Farm übersprang. Zum Glück waren die Tiere noch rechtzeitig ausgezogen und hatten sich vor dem Brand in Sicherheit bringen können. Die dunkle Kammer verwandelte sich im Handumdrehen in einen feuerspeienden Vulkan. Von dort stoben Steine und Asche weithin in alle Richtungen. Sobald die Steine an Höhe gewonnen hatten, explodierten sie und sprühten Lichterfunken in kunterbunten Farben. Die Bewohner der Nachbarsiedlungen beobachteten das Spektakel aus einiger Entfernung im Glauben, es handele sich um ein Feuerwerk zur Feier der Hochzeit von Alex und Esperanza. Doch als dieses Feuerwerk sich schließlich über eine ganze Woche hinzog, liefen sie neugierig herbei.

Eine mehrere Meter hohe Ascheschicht bedeckte die ganze Farm. Als Esperanza, meine Mutter, von ihrer Hochzeitsreise heimkehrte, fand sie unter den Resten dessen, was einmal die Farm gewesen war, dieses

Kochbuch, das sie mir vermachte, als sie starb, und das mit jedem Rezept von jener begrabenen Liebe zeugt.

Es heißt, in der Asche habe sich jegliche Art von Leben entfaltet und diesen Fleck Erde zum fruchtbarsten der Gegend gemacht.

In meiner Kindheit hatte ich das Glück, von den köstlichen Früchten und Gemüsesorten, die dort wuchsen, zu probieren. Mit der Zeit ließ meine Mutter auf diesem Grundstück ein Mietshaus errichten. In einem davon lebt noch Alex, mein Vater. Gerade heute wird er mich besuchen, um mit mir meinen Geburtstag zu feiern. Deshalb bin ich auch gerade bei der Vorbereitung von Weihnachtstortas, meinem Lieblingsgericht. Meine Mutter hat sie mir zu Ehren jedes Jahr gebacken. Ach, meine Mutter! ... Wie sehr vermisse ich die Würze und den Duft ihrer Küche, die Plauderei mit ihr, wenn sie die Mahlzeiten vorbereitete, ihre Weihnachtstortas! Weiß Gott, warum sie mir niemals so geraten sind wie ihr und vor allem warum ich so viele Tränen vergieße, wenn ich sie bereite, vielleicht, weil ich ebenso empfindlich auf Zwiebeln reagiere wie Tita, meine Großtante, die so lange weiterleben wird, wie jemand nach ihren Rezepten kocht.

Kleine Hilfestellung
für Adepten
mexikanischer Kochkunst

Champurrado	Maisbrei mit Schokolade
Chilaquiles	zerkleinerte, aufgewärmte Tortillas mit Pfefferschotensauce
Chorizo	stark gewürzte, getrocknete Schweinemettwurst
Comal	Tortilla-Backplatte aus unglasierdem Ton
Enchilada	gebratene Tortilla
Epazote	mexikanisches Teekraut ähnlich der Zitronenmelisse
Ipecacuanha-Wein	Abführmittel
Metate	Vulkanplatte zum Mahlen von Mais, von Zutaten für kalte Saucen etc.
Mole	mexikanische Saucen mit Pfefferschoten, z. T. auch mit Schokolade
Pfefferschoten/ Chilis	zahlreiche Varianten unterschiedlicher Größe und Schärfe, frisch oder getrocknet als Grundlage vieler Gerichte Mexikos:
Ancho	mild, ähnlich wie Poblano
Morita	rauchig-scharf, braun, klein
Mulato	mild, rötlich-braun
Pasilla	scharf, dunkelgrün, ziemlich groß
Poblano	mild, grün, mittelscharf, ähnlich wie Paprikaschote
Serrano	scharf, dunkelgrün, klein und dünn

Pulque	mexikanischer Agavenschnaps, dient oft als Basis für Saucen und kann durch Bier ersetzt werden
Tamales	in Maisblättern gegarte Mais-pastete
Tequila	Schnaps aus den Wurzelknollen der blauen Agave
Tortilla	Mais- oder Weizenfladen
Torta	Sandwich (Brot, Brötchen, etwas ausgehöhlt)

Spielarten der Liebe

Dreizehn Bücher zum Verlieben

Laura Esquivel
Bittersüße Schokolade

Mexikanischer Roman um Liebe, Kochrezepte und bewährte Hausmittel
Aus dem Spanischen von Petra Strien
st 2534. 280 Seiten

Die Atmosphäre dieses spritzigen Romans ist von unterschiedlichen Frauen geprägt, von Frauen, die die Männer in ihrer Umgebung fast völlig in den Schatten stellen. Da ist vor allem Tita, die kämpfen muß, zu leben und zu lieben, wie ihr Herz es befiehlt. Dieser »mexikanische« Bestseller ist Liebesroman und Kochbuch in einem.

Jörg Federspiel
Geographie der Lust

Roman
st 2535. 202 Seiten

Die Geschichte der Laura Granati: eine märchenhafte, schwerelose Legende voll fabelhafter Erotik. Der mächtige Primo Antonio Robusti ist nicht nur in sein Geld verliebt, sondern auch in Laura, auf deren Po er die Welt tätowieren läßt. Ihr und sein Schicksal nehmen damit eine ganz neue Wendung. Ein himmlisches Lesevergnügen.

Bodo Kirchhoff
Ferne Frauen

Erzählungen
st 2536. 160 Seiten

Elf männliche Blicke auf »ferne Frauen« – elf männliche Identitäten, die sich selbst suchen und dabei ins Leere laufen. Elf radikale und konsequente Geschichten von der schmerzhaften Heftigkeit der Begierde, die unerfüllt, stets im letzten Augenblick vor der alles entscheidenden Berührung zurückschreckt.

Spielarten der Liebe

Dreizehn Bücher zum Verlieben

Spielarten der Liebe

Moderne Geschichten
Herausgegeben von Wolfgang Schneider
st 2543. 256 Seiten

Die Liebe, dies höchste Gut, das unerreichbar scheint und uns in unendlich vielen Spielarten begegnet: Die schönsten Geschichten über die Liebe von Isabel Allende, Margaret Atwood, Ingeborg Bachmann, John Berger, Thomas Bernhard, Peter Bichsel, Irene Dische, Umberto Eco, Gabriel García Márquez, Günter Grass, Elfriede Jelinek, James Joyce, Bodo Kirchhoff, Paul Nizon, Grace Paley, Thomas Pynchon, Mario Vargas Llosa und anderen.